KB081467

당신의 마음을 정리해 드립니다

あなたの人生、片づけます

당신의 마음을 정리해 드립니다

가키야 미우 장편소설

이소담 옮김

NOW
BOOK

차
례

살 수 없는 여자

사지 않곤

시모키타자와 역 개찰구를 나와 나가사와 하루카는 자택 맨션을 향해 걸었다.

도중에 편의점에서 고모쿠야키소바(면과 고기, 새우, 당근, 표고버섯 등을 볶아 걸쭉한 녹말을 뿌린 볶음국수 – 옮긴이)와 콜라, 구사다이후쿠(쑥을 넣어 만든 떡 반죽으로 팥 앙금을 감싼 화과자 – 옮긴이)와 치즈 케이크를 샀다.

바로 어젯밤에 했던 결심, 점심에는 균형 잡힌 식사를 하고 저녁은 샐러드와 요구르트로 해결하겠다던 그 결심은 어디론가 사라졌다.

편의점 진열대를 보자마자 자제력을 잃는 자신이 한심했다.

혼자 사는 맨션 현관문을 연 순간, 시큼한 냄새가 코를 찔렀다.

또 쓰레기를 깜박하고 버리지 못했다. 아침에 맨션을 나서자마자 오늘이 가연성 쓰레기를 버리는 날이란 걸 떠올렸지만,

되돌아갈 시간도 기력도 없었다. 이로써 연속 2주나 버리지 못했다. 겨울이라면 그나마 괜찮은데 장마철에는 냄새가 강렬했다. 쓰레기 봉투에 이중으로 담아서 베란다에 내놔야겠다.

현관에는 수많은 신발이 층층이 겹쳐 있었다. 펌프스에 로퍼에 운동화에 샌들…… 통근용과 정장용과 캐주얼한 신발까지 죄다 엉망으로 뒤섞여 있다. 한가운데쯤에 겨울용 롱부츠가 철퍼덕 누워 있었다. 그것들을 밟으며 걸어가 오늘 신은 펌프스를 어제 신은 펌프스 위에 벗어 내동댕이쳤다.

짧은 복도를 지나 거실로 들어가 형광등 스위치를 눌렀다. 5층 건물인 아담한 맨션이지만 혼자 살기에는 호화로운 1LDK(방 한 개에 거실과 부엌을 겸한 집)로 40제곱미터다. 월세가 비싸지만, 대형 생명보험회사의 광고부에서 일한 지 10년째니까 월급은 그럭저럭 받아서 상관없다.

어라?

하루카는 자기도 모르게 거실문 옆에서 멈춰 섰다.

뭔가 다르다.

오늘 아침에 집을 나설 때와 어디가 어떻게 다른 거지? 하루카는 방 안을 재빨리 살폈다.

바닥에는 잡다한 물건이 널려있다.

빈 상자, 비닐봉지, 모피 코트, 종이봉투, 볼펜, 밑단에 마른 진흙이 묻은 청바지, 택배 상자, 블라우스, 편지봉투, 원피스, 잡지, 클립, 이불 건조기, 스테이플러, 사진, 재킷, 구급상자,

옷걸이, 반짇고리, 스카치테이프, 양말, 목욕 수건, 책, 공구함, 가격 태그를 떼지도 않은 모자, 담요, 역 앞에서 받은 휴대용 티슈, 선글라스, 머리카락이 달라붙은 헤어브러시, 목걸이, CD, 스카프, 검정색 경조사용 정장, 조화, 접착테이프, 스테이플러가 또 하나, 화장품 파우치, 반창고, 머리 손질할 때 쓰는 핫 컬러, 인형, 갈색 가방, 파란색 가방, 건전지, 다리미판, 분무기, 복사용지, 포스트잇, 노트, 손거울, 달력…….

익숙한 광경이었다. 물건이 너무 많아서 뭔가 하나 사라져도 알아차리지 못할 것이다.

그 너머에 카운터로 공간이 구분된 부엌이 있다. 그곳도 쓰레기 더미로 변해서 어지간한 변화는 알아차릴 수 없었다.

부동산의 안내를 받아 이 집에 처음 왔을 때는 정말 깔끔하다고 생각했는데, 지금은 그때 기억이 거짓말 같이 느껴진다. 남쪽에는 베란다로 나갈 수 있는 커다란 창이 있고, 서쪽에는 모퉁이 집의 특권인 세련된 돌출형 창문도 있다.

앗.

돌출형 창문이 몇 센티쯤 열려 있었다.

아까부터 뺨에 바람이 닿는 기분이 들었는데 저것 때문이었나.

누가 열었나?

설마……불길한 예감이 들었다.

부모님이 도쿄에 올라오신 것은 알고 있었다. 동향 출신인 전직 국회의원의 여든여덟 살 생일 축하연이 시나가와에서 열렸다고 들었다. 엄마가 전화로 돌아가는 길에 잠깐 들러도 될지 물어서 하루카는 즉각 거절했다. 이런 집을 보여줄 수는 없다.

지금 서 있는 곳에서 창문까지는 물건이 흩어져 있어서 도저히 지나갈 수 없었다. 자세히 살펴보니 돌출형 창문까지 길이 나 있었다. 창문에도 책과 잡지가 저렇게 쌓여 있는데 약간의 틈새로 손을 뻗어서 창문을 열었을까?

그때 휴대폰이 울렸다.

"여보세요, 하루카? 엄마야."

"엄마, 혹시 나한테 말도 않고 집에 들어온 거야?"

"미안하긴 한데 네가 어떻게 지내는지 너무 걱정되지 뭐니. 오카야마에 돌아오지도 않고, 아빠랑 엄마가 도쿄에 가도 집에 못 오게 하니까."

"설마 아빠도 같이 왔어?"

"그야 당연하지. 얘, 아빠가 얼마나 놀랐는지 공황 상태였어. 네가 이상한 종교에 빠진 것 같다면서."

"어떻게 들어왔어?"

"집주인이 열쇠를 빌려줬거든. 친절하고 좋은 분이더구나."

"주인이 어디에 사는지는 어떻게 알았는데?"

"옆집에 사는 새댁한테 들었지. 다들 정말 친절했단다. 네 집안 공기가 하도 답답해서 창문 열어뒀어. 5층 모퉁이 집이니까 열어둬도 방범에 문제는 없겠지."

"엄마, 아무리 부모라고 해도 괜찮은 일이 있고 안 괜찮은 일이 있는 거야. 나도 이제 어른이라고."

"말씀 참 잘하셨는데요, 하루카 씨."

엄마의 말투가 갑자기 정중해졌다. 꾹꾹 억누른 분노가 폭발한다는 징조다. 어려서부터 이게 가장 무서웠다. 공립 중학교에서 교사로 일한 사람이라 말발이 뛰어나서 받아칠 수가 없다.

"엄마, 나 너무 배고파. 회사에서 지금 막 퇴근해서 아직 저녁을 못 먹었어."

"어머, 그렇구나."

목소리가 확 바뀌어 다정해졌다. 엄마는 모성본능이 강하다. 딸이 배를 곯는다고 하면 가만있지 못하는 사람이다.

"얼른 먹으렴. 영양을 잘 섭취해야 해. 엄마랑 아빠가 알아서 잘 상의해볼 테니까."

"상의하다니, 뭘?"

"당연히 앞으로의 네 장래문제지. 너 정신 상태가 조금 이상한 것 같아서."

"전혀 이상하지 않거든? 바빠서 정리할 시간이 없었을 뿐이야."

"엄마가 보기엔 아니야. 애초에 뭘 그렇게 많이 사는 거니. 그런 걸, 그래…… 무슨 증후군이라고 한다더라. 정신이 황폐해졌다는 증거래."

"방이 조금 지저분한 정도로 함부로 단정 짓지 마."

"그게 조금이라고 할 수 있는 상태니? 평범한 정신 상태라면 그렇게까지 집이 엉망이진 않을 거다."

"엄마, 나, 배고프다고."

"아아, 그랬지. 엄마가 미안해. 그럼 아빠랑 대처법을 상의해볼게."

그러니까 그 대처법이 뭔데?

그것까지 물었다간 대화가 더 길어질 것이다. 그래서 말을 삼켰다.

"끊을게, 안녕히 주무세요."

얼른 전화를 끊었다.

짜증이 잔뜩 난 채로 침실에 들어가 원피스와 재킷을 벗어 옷걸이에 걸고, 그대로 커튼레일에 걸었다. 빽빽하게 옷이 걸려 있어서 커튼이 필요하지 않을 정도였다.

그건 그렇고 이 집 상태를 부모님께 들키다니…….

엄마는 워낙 깔끔한 걸 좋아하고 아빠는 매사 꼼꼼한 성격이다. 마음대로 집에 들어온 것에는 화가 나지만, 그만큼 딸을 걱정했다는 소리다. 당연하다. 최근 1년간 고향에 돌아가지 않았고, 모처럼 부모님이 도쿄까지 왔는데 집에 초대하지도 않았으니까.

딸이 걱정되는데도 당일에 바로 오카야마로 돌아간 것은 부모님 두 분 다 바쁘기 때문이다. 엄마는 오빠의 딸을 어린이집에 보내고 데려오는 일을 도맡아서 하고 있다. 오빠 부부는 둘 다 고등학교 교사다. 그리고 아빠는 은행에서 정년퇴직한 후, 지역 주민 센터를 빌려 평일에 격일마다 서예 교실을 운영하고 있다. 책임감이 강한 분이어서 갑자기 강의를 취소하지 못했을 것이다. 그런 스케줄이 없었다면 부모님은 도쿄에 머물렀으리라. 부모님 모두 바쁘셔서 다행이라고 생각했다.

다음 날, 통근 전철을 타고 휴대폰을 보니 엄마에게서 문자가 와 있었다.

'아빠와 상의한 결과, 오바 도마리 씨에게 도움을 받기로 했어. 예약이 꽉 찼을 줄 알았는데 운 좋게도 다음 주 토요일에 취소가 생겨서 바로 예약할 수 있었단다. 오후 3시부터 5시까지 2시간이야. 요금은 엄마가 낼 테니까 걱정하지 말고. 그럼 이만.'

이게 뭐야?
오바 도마리는 누군데?
예약은 또 뭐고?
오테마치 역에서 내려 본사 건물로 향했다.
자리에 앉자마자 옆자리의 아야코에게 물어보았다. 아야코는 입사 동기인데, 이미 결혼해서 아이도 있다. 남편은 대형 광고대리점에서 일하는 미남이고 딸은 만 두 살이다.
"오바 도마리라면 텔레비전에서 본 적이 있어."
아야코가 말해준 바에 따르면, 오바 도마리는 작년 9월에

《당신의 정리를 도와드립니다》라는 책을 낸 50대 여성이다. 운영하는 블로그가 출판사 편집자 눈에 띄어서 책으로 나오게 되었다고 한다.

"그런데 많이 팔리지는 않는다고 하더라고.《'버리기' 기술》이나《단샤리》나, 곤도 마리에의《인생이 빛나는 정리의 마법》같은 책이랑 비교하면 별로인가 봐."

"그래서 내가 들어본 적이 없구나. 그건 그렇고 재탕도 정도가 있지. 베스트셀러가 된 책의 좋은 점만 뽑아서 대충 정리한 거겠지?"

"그게 또 그렇지는 않대. 단순히 방뿐만 아니라 인생 그 자체를 정리해준다고 열광적인 팬도 일부 있다고 하니까."

"인생을? 그게 뭐야?"

"인생 상담을 해준다는 거 아닐까?"

"뭐야, 그런 거구나. 더 수상해."

"그런데 부모가 예약을 멋대로 잡을 정도로 하루카 집이 지저분해? 혹시 요즘 화제인 '오베야('더러운 방'이라는 뜻. 단순히 정리와 청소가 안 된 집이 아니라 쓰레기로 뒤덮인 그런 집을 말한다. — 옮긴이)' 수준이야?"

"설마. 그런 소리 하지 마, 듣기 싫게."

하루카는 얼른 주위를 살폈다. 이야기가 돌고 돌아 오가사와라 사토시의 귀에 들어가기라도 했다가는 큰일이다.

"우리 엄마가 좀 심하게 결벽증이라서 그래."

"흠, 그럼 다음에 놀러 가도 돼?"

"……응, 다음에."

책상 의자에 고쳐 앉아 컴퓨터를 켰다.

'오늘 저녁에 같이 밥 먹을래요?'

자산운용부에서 근무하는 사토시에게 사내 메일을 보냈다. 사토시와는 사귄 지 5년째가 되었다.

사내 잡지를 편집하면서 여러 차례 메일을 확인했지만, 사토시에게서 답장은 오지 않았다.

점심시간에 아야코와 함께 제일 꼭대기 층에 있는 사원식당으로 갔다.

최근 아야코는 도시락을 싸 가지고 다녀서 80엔짜리 된장국만 주문했다. 맨션을 장만한 뒤로 대출금을 갚아야 해서 절약 모드였다.

사원 전원이 한꺼번에 식당에 모이면 복잡해서 부서별로 점심시간이 조금씩 다르게 정해져 있다. 하루카가 속한 광고부는 11시 45분부터, 사토시가 있는 자산운용부는 12시 15분부터다. 그래서 식당에서 얼굴을 마주칠 기회는 거의 없었다. 마음 같아서는 다 먹은 뒤에 앉아 있다가 사토시의 얼굴을 보고 싶었지만, 워낙 식당 안이 붐벼서 느긋하게 차를 마시고 있다가는 빈축을 살 분위기였다.

하루카는 늘 그렇듯이 아야코와 나란히 앉았다. 마주 앉으면 다른 사람에게 대화가 들릴지 모르니까 옆에 앉아야 편했다.

문득 고개를 들자 앞쪽에 사토시가 보였다. 자산운용부 남자 여섯 명이 밥을 먹고 있었다. 회의가 일찍 끝났거나 점심시간 후에 바로 회의를 시작할 예정인가 보다. 업무 상황에 따라서 점심시간을 변경할 수도 있다.

마침 하루카가 앉은 테이블 앞에 관엽식물 화분이 있어서 사토시 쪽에서는 가려지는 위치였다. 하루카는 커다란 잎 사이로 자산운용부 사원들을 바라보았다. 모두 자신만만한 표정이었다. 엘리트 코스를 달리는 부서라는 선입견 때문일까, 다들 똑똑해 보였다.

5년쯤 전부터 사내 복장 규정이 바뀌어 외근하는 영업직 사원을 제외하고는 복장이 자유로워졌다. 특히 여름철에 남사원들이 넥타이와 양복이 아니라 폴로셔츠 한 장만 입으면, 빌딩 내 에너지 절약에 상당히 공헌한다고 한다. 사토시와 동료들도 캐주얼한 차림이었는데, 두뇌는 물론이고 태생도 좋다는 선입견이 있기 때문일까? 모두 상류층 같아 보였다.

사토시는 하루카와 같은 진자오로스 정식(돼지고기, 피망, 죽순 등을 얇게 썰어서 볶은 요리. - 옮긴이)을 먹고 있었다. 메뉴 선택까지 같다니, 뭔가 통한 것 같아서 기뻤다.

그들은 점심을 먹을 때도 일이 머리에서 떠나지 않는지, 진지한 표정으로 대화를 나누며 식사하고 있었다. 역시 사토시는 근사하다. 일을 진지하게 대하는 자세가 멋있다.

그때, 덮밥을 올린 트레이를 든 젊은 여자가 사토시의 테이블로 다가가는 모습이 보였다. 놀랍게도, 주저하지 않고 사토시 옆에 앉았다. 사토시는 그녀의 덮밥을 들여다보고 웃음을 지으며 짧게 뭐라고 말했다. 맛있어 보이는데, 같은 말이라도 했을까.

"저 여자애, 누구야?"

아야코에게 물었다. 아야코는 정보통에 수다쟁이였다. 그래서 그녀에게 사토시와 사귀는 것을 비밀로 해두었다. 친한 동기라고 해도 소문을 좋아하는 아야코에게는 알려줄 수 없었다.

"어떤 여자애?"

도시락을 먹으며 스마트폰의 가계부 앱을 노려보던 아야코가 고개를 들었다.

"저기, 저쪽에 분홍색."

"쟤는 사노 후린이야."

"후린이라니, 남부 풍경?"(풍경風聲을 일본어로 '후린'이라고 읽는다. 남부 풍경은 '철로 만든 풍경'으로, 이와테 현의 전통공에 남부 철기로 만든다. 나루세 쇼헤이라는 엔카 가수의 노래 제목이기도 하다. – 옮긴이)

"그래. 요즘 젊은 애들 이름은 진짜 이상하다니까."

그때 하루카는 후린이라는 이름이 이상하다고 생각하지 않았다. 왜냐하면, 그녀의 이미지와 완벽하게 어울렸기 때문이다. 마르고 자그마한 체격에 찰랑찰랑한 긴 머리카락을 휘날리는 그녀를 보니 시원한 바람이 연상되었다.

"팀에서 홍일점이라 아주 애지중지래."

꽃무늬와 데님이 어우러진 튜닉 원피스를 입고 있었다. 저 튜닉은 분명 면 100퍼센트일 것이다. 당당하면서 소박한 분위기를 풍겼다. 분홍색 카디건을 걸쳐서 보이지 않지만 아마 원피스는 민소매이리라. 더울 때는 카디건을 벗을까. 그리고 군살 하나 붙지 않은 늘씬한 팔뚝을 남자들에게 보여주는 걸까. 발을 보니 맨발에 샌들을 신었다. 그것도 굽이 납작했다. 힐을 신어도 작은 체구인데.

무심코 자기 구두를 내려다보았다. 조금이라도 다리가 길어 보이게 하려고 굽이 높은 펌프스를 신었다. 종일 신고 있으면 지치니까 자리에서는 아저씨들이나 신을 법한 슬리퍼로 갈아 신는다.

"저 애, 종합직이야?"(일본의 대기업은 신입 사원을 채용할 때, 보통 핵심 업무를 맡는 종합직과 보조 업무를 맡는 일반직을 구분한다. 일본은 기업 문화가 남성 중심적이어서 여성 사원은 일반직인 경우가 많다. – 옮긴이)

후린이 편안한 옷차림인 이유는 심야 야근이나 철야를 해야 해서가 아닐까.

그렇다면 저렇게 보여도 의외로 일류 대학을 졸업한 엘리트일까.

"설마. 파견직이야. 아직 스물한 살이래."

위험도가 더 높아졌다. 데이토대학 같은 일류 대학을 졸업한 엘리트 여성이라면 사토시 따위는 거들떠보지도 않을 테지만 파견직이니까. 과거에도 종합직으로 취직한 여성이 둘 있었는데, 둘 다 입사하고 2년쯤 지나 회사를 그만두었다. 회사에서 하는 일을 통해 보람을 찾을 수 없다는 것이 퇴직 사유로, 한 명은 영국으로 유학을 갔고 다른 한 명은 공인회계사로 독립했다.

"진짜 짜증 나. 쟤도 우리랑 같은 양띠래. 우리도 나이를 먹었네."

아야코는 분하다는 듯이 중얼거리며 달걀프라이를 먹었다.

멀리서 보기에도 귀여운 여자였다. 생글생글 웃는 상이고 꾸밈이 없어 보였다.

"성실한 애 같다."

후린에 대해 더 알고 싶어서 아야코에게 말을 걸었다.

"싹싹하고 귀엽대."

"그거 누가 한 말이야?"

무심코 목소리가 커졌다.

"부장."

부장은 성격이 좋아 보이는 남성으로 50대 중반이다.

"부장 딸이 저 정도 나이 아니었나?"

"아, 그래서인가."

아야코는 금방 이해했다는 듯이 고개를 끄덕였으나, 하루카의 기분은 우울해졌다.

이렇다 할 증거는 없지만, 후린이라는 어린 여자는 사토시가 좋아하는 스타일이라는 생각이 들었다. 후린이 올 때까지는 복잡한 표정으로 뭔가 논의하는 것 같았는데, 저 애가 자리로 오자마자 사토시의 얼굴에 웃음꽃이 피었다. 그것도 당장에라도 녹아내릴 듯이 다정한 웃음이다. 처음 사귀기 시작했을 무렵, 자신에게 보여주었던 그 표정이었다. 후린도 사토시에게만 말을 걸어서, 이쪽에서 보기에는 마치 둘이서만 시시덕대는 것처럼 보였다.

식판을 반납하면서 일부러 사토시 옆을 지나가야겠다. 시선이 마주쳤을 때, 사토시가 어떤 표정을 지을까. 자신을 향한 집착을 확인하고 싶었다.

그렇게 결심하고 있을 때 자산운용부가 먼저 식당을 나갔다. 늦게 온 후린도 빨리 먹는 타입인지 같이 나가버렸다.

오후부터는 은퇴한 선배가 쓴 원고를 읽었다. '현역 시절의 추억'이라는 코너에 싣는 원고였다. 오·탈자를 체크하면서도 사토시와 후린이 눈을 마주치고 웃는 그 광경이 머릿속에서 떠나지 않았다.

결혼하면 회사를 그만둘 생각이었다. 요즘 세상에 촌스럽다고 아야코는 웃었지만, 일하는 엄마를 둔 하루카는 쓸쓸한 어린 시절을 보냈다. 자신의 아이에게 그런 기억을 남기고 싶지 않았다. 결혼 후 퇴사를 결심한 뒤부터는 일에 열의를 느끼지 못했다. 애초에 사내 잡지 따위, 있든 없든 회사에는 별반 차이가 없을 테니까.

"나가사와 씨, 잠깐 좀 볼까?"

과장이 말을 걸었다. 바보처럼 성실해서 농담이 통하지 않는 사람이다.

"입사하고 3년도 지나지 않았는데 그만두는 젊은 사원이 늘고 있잖아. 나가사와 씨도 알겠지만 우리 회사도 예외는 아니야. 그에 관한 특집을 만들고 싶은데, 나가사와 씨한테 구성을 맡겨도 괜찮을까?"

전혀 흥미가 생기지 않았다. 회사를 그만두고 싶은 녀석은 얼른 그만두면 된다. 취재하기도 귀찮다.

"다음 호에요?"

"아니, 그렇게 급하진 않아. 경영진 쪽에서 의뢰한 거기도 하고, 나도 차분하게 접근해서 심오한 내용을 담고 싶어."

"……네, 알겠습니다. 생각해 볼게요."

만족스럽게 웃으며 멀어지는 과장의 뒷모습을 바라보았다.

"왜 그래? 아까부터 한숨만 쉬고."

옆자리의 아야코가 금방이라도 웃음을 터뜨릴 것 같은 표정으로 바라보았다.

"연애 고민이라면 언제든 상담해줄게."

"점심을 너무 많이 먹었는지 속이 더부룩해서 그래."

얼른 아무렇게나 둘러댔다.

"그러고 보니 하루카치고는 드물게 남기지 않고 다 먹었지."

사토시와 후린의 분위기를 신경 쓰느라 자신에게 부여한 위장 60퍼센트라는 규칙이 머릿속에서 사라졌을 뿐이다.

사토시에게 메일이 온 것은 오후 4시가 지나서였다.

'미안합니다. 오늘 밤은 무리입니다. 이제 곧 재무부 감사가 시작되는 관계로 자료를 만들어야 해서 지금 좀 바쁜 시기입니다. 그럼.'

미안합니다? 왜 이렇게 정중한 말투를 쓰는 건데?

남처럼 대하는 말투에 핏기가 싹 가셨다.

벌써 이런저런 이유로 3주나 데이트를 하지 않았다.

매년 이 시기에 바쁜 것은 안다. 그렇지만 처음 사귀었을 때는 잠깐이라도 좋으니까 같이 있고 싶다, 만나고 싶어 죽겠다는 감정이 아찔하게 전해졌다. 바쁜데도 그는 어떻게든 시간을 내서 짧은 밀회를 하고, 다시 서둘러 회사로 돌아가 밤을 새우며 일했다.

벌써 오래전에 일어났던 일 같았다.

마음이 식었나?

그럴 리 없어. 그렇게 열심히 프러포즈했으면서. 아마 전보다 훨씬 더 바빠져서 그럴 거야. 나이를 먹으면서 책임이 무거워졌을 테니까. 뭐든 다 나쁜 쪽으로만 생각하는 버릇 좀 고쳐야지.

'후린이라는 애, 사토시 부서에서 아이돌이라며.'

다시 메일을 보냈다. 바쁜데 귀찮게 군다고 여겨지기는 싫지만 사토시가 어떻게 반응할지 알고 싶었다. 그래도 바쁘다고 하니까 답이 바로 오리라 기대하지 않았다.

다시 원고를 계속 읽으려고 했는데, 화면 아래에 사내 메일이 도착했다는 알림창이 떴다. 사토시에게서 메일이 왔다.

'후린은 어린애야. 단순해서 그냥 고등학생 같아. 나이 먹어서 그런 애한테 관심을 보이는 남자들이 웃기다니까.'

답이 너무 빨랐다.

게다가 정색하고 잡아떼는 느낌이다.

짧은 문장이지만 다양한 것을 알 수 있었다. 부서 내에 진심으로 후린을 좋아하는 남자가 있다는 것, 그것도 '나이 먹은' 남자라는 것, 그리고 '남자들'이라고 하니까 여러 명이라는 것.

남자들만 있던 집단이 후린의 등장으로 한껏 들뜬 모습이 눈에 선했다.

그 날, 하루카는 퇴근하면서 역에 입점한 서점에 들러 오바 도마리의 책 《당신의 정리를 도와드립니다》를 샀다. 적을 알고 대책을 세우는 편이 현명하다고 판단했기 때문이다. 어떻게 해서든 오바 도마리라는 이상한 아줌마에게서 도망치고 싶었다.

예약한 날에 휴일 특근을 한다고 하면 어떨까. 엄마한테 취소 전화를 해달라고 하면 될 것이다.

역시 아니다. 예약 날짜가 나중으로 밀릴 뿐이지 도마리는 온다. 엄마는 일단 이거라고 생각하면 실행해야만 직성이 풀리는 성격이니까. 게다가 위압적인 엄마에게 저항했다가 부모님이 나란히 상경해서 딸의 생활에 전면적으로 간섭하는, 더 큰 성가신 일이 벌어질지도 모른다.

하루카는 전철을 타고 책을 펼쳐 차례를 읽었다.

1. 자신을 바라보자.
2. 방심한 사이에 자라나는 부정적인 사고
3. 나의 진짜 적은 누구인가
4. 정리하지 못하는 생활습관 그 뒤에 있는 것
5. 당신의 인생은 당신의 것

내용을 읽지 않고 차례만 봐도 대충 상상이 갔다. 아야코는 인생 상담을 해준다느니 했는데, 요컨대 저자는 그냥 참견하기 좋아하는 아줌마가 아닌가. 상대하기 제일 거북한 타입이다.

집 근처 역에 내려 슈퍼마켓으로 갔다. 어제 들른 편의점에 오늘 또 가지 않는다. 점원의 눈에 매일 같이 만들어진 제품만 사는 쓸쓸한 30대 여성이라고 비칠 자신을 생각하면 같은 가게에 이틀 연속해서 가기는 꺼려졌다. 그래서 편의점 A, 편의점 B, 도시락 가게, 포장이 가능한 초밥 가게, 슈퍼 반찬 코너, 빵집 등을 순서대로 돈다. 이렇게 하면 같은 가게에 가는 빈도는 일주일에 한 번 이하다.

그중에서도 슈퍼는 특히 편했다. 손님이 많으니까 눈에 띄는 차림만 아니면 점원의 인상에 남지 않는다.

슈퍼 입구로 들어서면 바로 채소 코너가 있다. 가끔은 샐러드라도 만들어 보자는 생각에 양상추를 손에 들고 생각에 잠겼다. 또 뭐가 필요할까. 토마토와 오이와 양파를 얇게 썰어서…… 그런데 집에 드레싱이 있던가. 냉장고에 있는 것 같은데 언제 샀는지 모르겠다.

문득 부엌의 처참한 상태가 떠올랐다.

역시 그만두자.

반찬 코너로 갔다. 처음부터 끝까지 살펴본 뒤, 교토풍 지에밥(찹쌀이나 멥쌀을 물에 불려서 시루에 찐 밥)도시락으로 정했다. 계산대로 가는 도중에 아이스크림도 바구니에 담았다.

집에 돌아와 실내복으로 갈아입고 거실에서 도시락을 열었다. 삼인용 소파의 한 자리와 커피 테이블 구석만큼은 절대 물건을 두지 않는다.

텔레비전 뉴스를 보면서 밥을 먹었다. 이 세상에 텔레비전이 없었다면 얼마나 쓸쓸했을까. 텔레비전 덕분에 오늘 사토시가 보인 쌀쌀맞은 태도도 없었던 일로 넘길 수 있다. 만약 집이 조용했다면 사토시 생각만 했을 것이다.

그날 밤은 일찍 잠자리에 누워 도마리의 책을 끝까지 대충 읽었다.

책 내용을 요약하면 이렇다.

'방을 정리하지 못하는 인간은 마음에 문제가 있다.'

그러면 단순히 꼼꼼하지 못한 성격인 사람은 뭐가 되는 건데? 태어나고 자란 가정환경에 따라 정리 정돈하는 습관이 없는 사람도 있지 않을까?

어쨌거나 오바 도마리라는 여자, 대단한 것은 없어 보였다. 버거운 상대라고 생각했는데 책을 읽다보니 조금씩 마음이 편해졌다.

그녀가 설교를 늘어놓으면 '네, 죄송하게 됐습니다요'하는 태도로 얌전히 들어주면 되겠지. 방이 지저분한 원인은 제 마음이 사악하기 때문입니다, 앞으로는 마음가짐을 새롭게 해서 도마리 선생님이 말씀하시는 대로 따르겠습니다. 이렇게 말하고 얼른 보내버려야겠다.

책을 덮으려고 했을 때, 끝에 〈정리하지 못하는 정도〉라는 체크 시트가 있는 것을 발견했다. 하루카는 누워있던 자리에서 일어나 바닥에 널브러진 옷이나 가방이나 슬리퍼를 짓밟으며 볼펜을 찾은 뒤, 배를 깔고 엎드려 체크 시트를 펼쳤다.

다음 질문에 ○나 ×로 대답해주세요. 괄호 안에 이유나 의견을 마음대로 적으세요.

제1문항: 옷을 제대로 개킨다.

×(그럴 기력이 있다면 방이 이렇게 난장판이 되지 않는다. 회사에서는 남들만큼 일하고 있지만, 집에 오면 갑자기 나른해진다. 어디가 안 좋은 건 아닌지 걱정이 되어 건강검진을 받았는데 특별히 이상한 곳은 없었다.)

제2문항: 바닥이 보이지 않는 방이 있다

물론 ○ (침실도 거실도 바닥은 거의 보이지 않는다. 바닥은커녕 침실 구석에는 허리 높이까지 옷이 쌓여 있다. 이유는…… 굳이 말하자면 늘 피곤하고 나른하니까.)

제3문항: 빵에 곰팡이가 자주 생긴다

당연히 ○ (나만 이러는 건 아닐 것이다.)

제4문항: 차를 바닥에 흘려도 닦지 않는다

자신있게 말하기는 좀 그렇지만 ○ (물론 닦으려는 마음은 있다. 거짓말이 아니다. 그런데 휴지가 보이지 않는다. 그래서 나중에 닦으려고 미룬다. 그러다가 잊어버린다. 그래도 당분이 들어간 음료일 때는 바로 닦으려고 한다. 반드시라고 할 순 없지만.)

제5문항: 신문을 버리지 못한다

○ (재활용쓰레기를 버리는 날에 깜박하고 내놓지 못한다. 깜박하지 않은 날에는 무거워서 포기한다.)

제6문항: 예전 연하장을 버리지 못한다.

이상한 질문이네. 물론 ○ (연하장을 버리는 사람은 성격이 꼬인 사람이다. 추억은 소중하니까.)

제7문항: 물건을 자주 찾는다

◎ (찾기 귀찮아서 똑같은 물건을 자주 산다. 반성합니다.)

제8문항: 충동구매를 한 뒤에 샀다는 사실 자체를 잊어버릴 때가 있다.

○ (특히 옷이랑 문구류. 가격 태그를 떼지 않은 옷이나 봉지에서 꺼내지 않은 문구류를 볼 때면 나도 소름이 끼친다. 그렇지만 문구류는 100엔 가게의 존재가 문제다. 어차피 100엔밖에 안하니까 찾는 것보다 사는 것이 빠르다.)

제9문항: 다른 사람을 집에 부르지 못한다

○ (다른 사람은 물론이고 부모님도 못 부른다.)

제10문항: 창문을 열 수 없다

○ (최근 몇 년간 열지 않았는데, 내가 집을 비웠을 때 부모님이 말도 없이 들어와서 열었다.)

토요일이 되었다.

오바 도마리가 오기 전에 방을 청소해버리자고, 일주일간 수도 없이 생각했다. 그러나 아무리 발버둥 쳐도 무리라는 결론에 도달했다. 친구나 아는 사람이 온다면 바닥에 널린 물건들을 죄다 옷장에 쑤셔 넣어 위기를 모면할 수 있다. 그러나 상대는 정리 전문가였다. 옷장이나 장롱도 죄다 열어 볼 테니까 의미가 없다. 무슨 수를 써도 속일 수 없다. 그래서 포기할 수밖에 없었다.

초인종이 울렸다.

문을 열자, 뜻밖에도 둥글둥글한 얼굴형에 평범한 아줌마가 서 있었다. 엄마처럼 깐깐한 분위기를 풍기는 여성이라고 지레짐작했기에 한 방 먹은 기분이었다. 얼굴처럼 몸도 둥글다. 검은색 반소매 폴로셔츠와 청바지 차림이었고 어깨에 커다란 가방을 메고 있었다. 팔뚝에 살이 많아 폴로셔츠 소매 부근이 꽉 끼어 보였다. 통통하고 매끈매끈한 피부는 부드러워 보였다. 엄마와 비슷한 연배지만 엄마와는 정반대 타입이었다. 엄마는 몸이 가늘고 그냥 보기에도 신경질적으로 보인다. 게다가 엄마는 남의 집을 방문할 때 절대 청바지를 입지 않는다. 도쿄에 사는 아줌마와 시골에 사는 아줌마의 차이일까?

"정리 전문가인 오바 도마리입니다."

평상시 그녀의 목소리가 어떤지는 모르겠지만, 격식을 한껏 차린 인사라는 느낌을 받았다.

"일부러 와 주셔서 고맙습니다. 오늘 잘 부탁합니다."

얌전한 표정을 꾸몄다.

최대한 빨리 돌아가게 해야지. 정리 방법을 가르쳐주면 일일이 호들갑을 떨며 놀라고 감탄해줄 것이다. 중요한 포인트는 상대를 존경 어린 눈으로 우러러보는 것이다. 그러면 흡족해져서 엄마 아빠한테 "따님이 마음을 고쳐먹은 것 같으니 이제 걱정하실 것 없습니다"라고 연락해줄 것이다.

"집이 참 좋네요. 세워진 지 얼마 안 된 것 같고 역에서도 가깝고요. 집세도 비싸겠어요."

"네, 뭐."

도마리는 문밖에 서서 좀처럼 안으로 들어오려고 하지 않았다.

"안으로 들어오세요."

"네, 하지만······."

도마리는 현관을 내려다보았다.

"아, 죄송해요."

신발이 몇 겹으로 쌓여 있어서 발을 둘 곳이 마땅치 않아 곤란했던 모양이다. 하루카는 쪼그리고 앉아 신발을 옆으로 치워 발 하나를 둘 만한 공간을 만들었다.

"실례합니다."

도마리는 그 공간을 노리고 훌쩍 뛰었다. 그녀가 작은 체구이고 다리가 짧은 것을 계산하지 못했다. 현관문부터 발 하나를 둘 공간까지 좀 멀었나 보다.

"이거요."

현관 앞에 슬리퍼를 놓고 권하자, 도마리가 숨을 삼켰다. 슬리퍼를 빤히 쳐다보고 있었다.

이 슬리퍼, 그렇게 지저분한가?

그야 먼지를 뒤집어썼고 군데군데 간장처럼 보이는 얼룩이 묻긴 했다. 최근 몇 년이나 사람을 집에 부르지 않아서 쓸 일이 없었으니까 곰팡이가 생겼나 보다. 첫인상부터 지저분한 여자로 낙인이 찍혔을지도 모른다. 의기소침해졌다.

"슬리퍼는 가져왔어요."

도마리는 그렇게 말하더니 커다란 까만 가방에서 일회용 슬리퍼를 꺼내 신었다. 두어 걸음 걸어와 현관문 쪽을 돌아보고, 천장까지 있는 신발장을 올려다보았다.

"저 신발장에 다 들어가지 않는 신발을 벗어둔 건가요?"

"네, 그렇죠."

"신발이 참 많네요."

"네, 신발을 좋아해서 눈에 보이면 저도 모르게 사거든요."

"알아요. 저도 정말 좋아해요. 패션은 발부터라고 하잖아요."

도마리가 그런 소리를 하다니 의외다 싶어서 무심코 그녀가 조금 전에 벗은 신발을 바라보았다. 까만색에 단순한 워킹슈즈였는데, 잘 살펴보니 가죽이 부드러워 착용감이 좋아 보였다. 양가죽일 것이다. 엄마도 비슷한 신발이 있다.

"사진을 찍어도 될까요?"

대답할 여유도 주지 않고 도마리는 가방에서 커다란 카메라를 꺼냈다. 일안 리플렉스(SLR) 디지털카메라였다. 카메라를 좋아하는 멍청이 과장이 쓰는 것과 같은 제품이었다.

"나중에 책을 출판할 때, 지도하기 전과 후의 예시로 쓰고 싶어서요."

그다지 마음이 내키지 않았다.

"절대 폐가 되지 않게 할게요. 당연히 익명이고, 만에 하나 누구의 집인지 알 수 있는 요소가 있다면 모자이크 처리를 할 테니까 걱정하지 마세요. 괜찮을까요?"

이미 카메라를 꺼내 들고 있으니 거절할 분위기가 아니었다. 어려서부터 싫어도 싫다고 확실히 말하는 것에 대해 거부감을 느꼈다.

"그럼 우선 집 전체를 간단히 살펴보겠습니다."

"그럼 이쪽부터."

짧은 복도를 지나 안으로 들어갔다.

"여기가 거실이에요. 저 안에 침실로 사용하는 다다미 여섯 장 크기의 마루방이 있고요."

"창문이 많아서 참 좋네요."

착각일지도 모르는데, 도마리의 눈이 반짝반짝 빛났다.

하루카의 시선을 느꼈는지, 도마리는 변명처럼 말했다.

"이런 방을 보면 닥치는 대로 정리하고 싶은 열망을 느끼거든요. 피가 들끓는다고 할까요."

말을 마치자마자 도마리는 서둘러 가방에서 마스크를 꺼내 장착했다. '장착'이라는 말이 딱 어울리는, 일회용치고는 튼튼해 보이는 마스크였다.

그녀가 눈을 치켜뜨고 노려보는 쪽을 같이 바라봤다. 해가 기울었는지, 커튼 틈새로 저녁 해가 비스듬히 들어왔다. 그 빛줄기를 따라 먼지가 가득 춤췄다. 이 시간에는 집에 거의 없으니까 공기에 먼지가 이렇게 많은 줄 몰랐다.

"이 마스크, 품질이 꽤 좋아요. 입과 코를 빈틈없이 막아주죠. 싸게 팔아도 약국에서 세 장에 900엔이나 해요."

하나 쓰라고 권할 줄 알았는데, 그런 말은 하지 않았다. 이렇게 더러운 방에서 몇 년이나 아무렇지 않게 사는 인간이 이제 와서 마스크를 써 봤자 소용없다고 무시하는 것처럼 느껴졌다.

도마리는 거실에서도 프로 사진가처럼 셔터를 눌렀다. 둥근 몸매에 어울리지 않게 움직임이 기민했다.

"걱정하지 마세요. 책에 실을 때는 미리 사진을 보여드릴게요. 그때 싫으면 싫다고 거절하셔도 괜찮으니까요."

"……네."

거절하지 못할 것 같은 예감이 들었다. 어떤 일이든 거절하려면 용기가 필요하다.

"커튼은 늘 쳐두나요?"

"네. 낮에는 회사에 출근하니까요."

잠깐 침묵이 흘렀다. 그럼 주말에는 어떻게 하는지 물어보려다가 만 것일까?

"정말 죄송합니다만, 고향에서도 이렇게 지내시나요?"

"아, 아니에요. 엄마가 깔끔한 걸 좋아하고 시골은 집이 넓어서 물건이 아무리 많아도 이렇게 되진 않아요. 방마다 벽장도 크게 있고."

"넓고 좁음 이전에요, 고향에 계신 어머님께서도 이렇게 괴이할 정도로 충동구매를 하시나요?"

"네?"

괴이하다고 생각하나 보다. 얼굴을 마주 보고 그런 소리를 들으니 충격이었다.

"엄마는 계획을 제대로 세워서 쇼핑하는 사람이라 저와는 달라요."

"그렇군요."

도마리는 무언가 고민하는 것처럼 잡동사니의 한 지점을 빤히 쳐다보았다. 그리고 마음을 가다듬었는지 고개를 들고, 다시 거실을 둘러보았다.

"혹시 저 아래에 가죽 재질의 소파가 있나요? 아주 일부만 보이는데요."

앉을 자리만큼은 확보해두는데 하필 오늘 그 위에 신문을 펼쳐 놓았다.

"커피 테이블도 있고요. 지금은 물건을 두는 용도로 쓰고 계시는데, 나뭇결이 살아 있는 고급 제품이네요."

"아, 네."

"거실 가운데에 깔린 베이지색 카펫도 털이 풍성하고 고가품 같아요. 비쌌겠어요?"

엄마가 창문을 열러 가느라 생긴 길 덕분에 카펫이 고개를 내밀고 있었다. 털이 착 가라앉아 있고 여기저기에 얼룩덜룩하고 시커먼 오물이 붙어 있었다.

"혼자 사는 여자분이 이렇게 좋은 물건을 갖췄다는 건……."

도마리는 거기까지 말하고 입을 다물었다. 그리고 바닥에 널브러진 물건을 피해 베란다로 이어지는 창문으로 갔다.

"베란다에도 쓰레기 봉투가 잔뜩 있네요."

"……네, 죄송합니다."

"앗. 가려워!"

도마리가 갑자기 통통한 팔뚝을 거칠게 긁었다.

"벌레가 있어요."

하루카는 놀라서 펄쩍 뛰었다.

"하루카 씨, 여기 살면서 가렵지 않나요?"

"별로 그렇지 않은데……."

"대단하네요. 면역이 생겼나 봐요."

어쩜 이렇게 얄미운 소리를 할까. 기가 차서 도마리를 바라보았는데, 그녀는 일부러 비꼰 것이 아니라 진심으로 감동한 것처럼 혼자 고개를 끄덕이고 있었다.

"어느 고객의 집이든 그래요, 나만 가려워져요. 고객분들은 전혀 가렵지 않다고 하시고요. 인간은 환경에 적응해서 살도록 만들어졌나 봐요."

"죄송합니다."

내 집 때문에 남이 가렵다니, 부끄러워졌다.

"이제 부엌으로 가보겠습니다."

도마리는 거실 안쪽으로 들어갔다. 목을 긁었다가 팔을 긁었다가 발을 긁었다가, 손이 바쁘게 온몸을 오갔다.

"부엌이 참 세련됐어요. L자형 시스템키친이라니, 제가 꿈꾸는 공간이네요. 마스크를 하고 있는데도 냄새가 나긴 하지만."

빨리 집에 가고 싶은지 말이 빨라졌다. 그리고 가방에서 반다나를 꺼내 마스크 위에 겹치더니 뒤통수에서 묶었다. 눈 바로 아래부터 가려져서 은행 강도 같았다.

"혹시 이건 조리대였나요?"

"지금도 조리대인데요."

조리대 위에는 물건이 잔뜩 쌓였다. 부엌과 거실을 나누는 벽에 난 창문이 완전히 막혀 있었다.

도마리는 갑자기 청바지를 걷어 올리더니 통통한 종아리를 마구 긁었다. 그리고 냄새를 견딜 수 없는지 다시 한번 손으로 반다나를 눌렀다.

"가스레인지 위에 물건을 이렇게 두면 위험해요."

"괜찮아요. 사용하지 않으니까."

"물을 끓이는 정도는 하지 않나요? 컵라면 정도는 드실 거 아니에요? 뜨거운 차를 마시고 싶을 때도 있을 거고요."

"테팔 전기주전자를 따로 이용해요."

"아하. 그럼 그건 어디에 있죠?"

"그게…… 행방불명 중이에요."

"그렇겠죠. 그건 그렇고 식기장이 참 멋지네요. 식기도 비싼 것을 갖추고 계시고요."

"도기류를 좋아해서요."

"이 커피잔, 웨지우드네요."

"몇 년 전에 보너스를 받았을 때 큰마음 먹고 샀어요."

"그런데 식기장 앞에 쓰레기 봉투가 이렇게 많으니까 문을 열 수가 없어요."

유리 너머로도 커피잔에 먼지가 살짝 쌓여 있는 것이 보였다.

"이 쓰레기 봉투에 들어있는 건 다 쓰레기인가요?"

도마리가 바닥에 쌓인 봉지를 가리키며 물었다.

"네, 쓰레기인데요."

대답하자 도마리는 말없이 그것들을 바라보았다.

'……버리지 그래요?'

그렇게 말하고 싶은데 참고 있나?

말하지 않아도 아는 것을 굳이 지적받으면 누구나 기분이 상한다. 그걸 고려해서 입을 다무는 것일까. 하지만 알고 있는데 하지 못한다. 그런 사람이 세상에 잔뜩 있으니까 도마리가 돈을 버는 것이다. 그보다 아무래도 좋으니까 빨리 돌아갔으면 좋겠다. 마음속에 굴욕감이 차곡차곡 채워졌다. 다시금 부모님에게 분노를 느꼈다.

'……이런 집을 다른 사람에게 잘도 보여주네.'

도마리는 분명 이렇게 생각하고 있을 것이다. 물론 돈을 벌어야 하니까 입 밖으로 내진 않겠지만.

생활이 단정치 못하고 금전 관리 능력이 없고 청결 관념도 제로인 여자…….

타인에게 집을 보여주는 것은 자기 내면을 드러내는 것과 마찬가지다.

"냉장고가 크네요."

열지 말지 망설이는 것처럼 보였다. 냉장고 안을 보기 두려워서 그러나? 일이라곤 해도 정체 모를 썩어 가는 음식물을 보면 기분이 좋지 않을 것이다. 도마리의 냉장고는 완벽하게 청결을 유지할 테니 더 싫을 것이다. 하지만 의뢰인에게 요금을 받는 입장이니 안 볼 수도 없겠지.

도마리는 숨을 들이마시고 과감하게 냉장고를 열었다.

"어머, 어두워라."

워낙 꽉꽉 채워져 있기 때문이다. 애초에 시작을 안 했으면 좋았을 텐데, 제대로 된 식생활을 해보려고 의욕이 넘치는 시기가 있다. 몸무게가 늘었을 때나 변비가 심할 때, 얼굴에 뾰루지가 생겼을 때 등이 그렇다. 그럴 때는 채소를 잔뜩 사 온다. 그러나 결국 썩어서 악취를 풍기게 된다. 그걸 질리지도 않고 몇 번이나 반복한다.

"의욕 넘치는 사람의 냉장고네요."

농담인지 사람을 바보 취급하는 건지 궁금해서 표정을 확인했다. 반다나로 얼굴 절반을 가리고 있어서 읽어낼 수 없었지만, 눈은 웃고 있지 않았다.

"애초에 요리를 할 생각이 없는 사람의 부엌은 깨끗해요. 먼지는 쌓이지만 지저분하진 않죠. 가스레인지 위에 주전자가 하나 달랑 있을 뿐이에요. 냉장고 안도 음료수와 마가린 정도만 들었지 거의 신제품이나 다름없고요. 요리를 열정적으로 하거나 아예 안 하거나, 그러지 않는 한 냉장고 안을 깨끗하게 유지하기 어렵고 경제적이지도 않죠."

그렇게 말하고 이쪽을 돌아보았다.

"다음으로 갈까요?"

"저쪽이 침실이에요."

쓰레기 봉투를 헤치며 부엌을 나와 바닥에 널린 다양한 물건을 짓밟으며 침실 문을 열었다.

"그런데…… 어디에서 주무세요?"

침대에는 물건이 가득했다.

"바닥에 담요를 깔고 자요."

"바닥이라니……."

도마리가 의아해하는 것도 당연하다. 바닥에도 물건이 잔뜩 있어서 담요를 깔 자리가 없었다.

"여기요."

하루카는 침대와 수납 박스 사이의 좁고 긴 틈새를 가리켰다. 거기에 1년 365일 이부자리를 펼쳐 놓았다. 이불 양 끝이 벽처럼 솟구쳐 있어서 이불에 폭 안긴듯한 안도감을 느끼며 잠들 수 있다.

"옷장과 장롱 안도 봐도 괜찮을까요?"

"네, 그러세요."

이제 아무래도 좋았다.

장롱 서랍은 전부 물건으로 가득 찼고, 옷장 안에는 천으로 만들어진 산이 있어서 뭐가 뭔지 알 수 없는 상태였다. 쭈글쭈글하지 않은 옷이 분명 한 벌도 없을 것이다.

"그렇군요. 잘 알겠어요."

이번에는 얼굴이 가려운가 보다. 반다나 위로 긁어도 시원하지 않은지 눈빛이 험악해졌다.

"욕실과 화장실도 좀 볼게요."

그러면서 도마리는 양손으로 반다나를 꾹 눌렀다. 토할 것 같은 장면을 상상하고 있나 보다. 두려움에 떠는 것을 딱 봐도 알겠는데 들키고 싶지 않은지 가슴을 활짝 펴 보였다.

"걱정하지 마세요. 욕실과 화장실만큼은 깨끗하니까."

하루카는 그렇게 말하며 욕실 유리문을 열었다.

"어, 정말이네. 의외네요."

실례되는 소리를 아무렇지 않게 한다.

어쨌든 하루카도 자신있게 대답할 순 없는 입장이었다. 샤워는 보통 헬스장에서 할 때가 많고, 화장실이 지저분하면 본인이 못 견디니까 평소 깨끗하게 사용한다.

"샤워 헤드 부분이 떨어졌네요. 그냥 호스 같아요."

"예전부터 그랬어요. 수리하고 싶은데 방이 지저분해서 사람을 부를 수가 없었고요."

그렇게 대답하자, 도마리는 천연덕스럽게 말했다.

"일단 수치심이란 건 있군요."

절규하고 싶었다.

예의가 없어도 정도가 있지.

"네, 이걸로 끝입니다. 일단 방을 전부 봤으니까요."

그러더니 도마리는 거실로 돌아와 들고 온 가방을 어깨에 걸쳤다. 이제 돌아가려나 보다.

하루카는 안심했다. 그런데 엄마의 문자에서 예약은 2시간이라고 했다. 생각해 보면, 1LDK 전부를 겨우 2시간 안에 정리할 순 없다. 혹시 도마리는 방을 대충 둘러본 뒤에 정리법을 적어서 나중에 팩스나 메일로 보내주는 스타일로 일하나? 그러면 이쪽도 편하지만, 겨우 그런 해결책을 제공하며 돈을 벌다니 사기처럼 느껴졌다. 부모님은 도마리에게 대체 얼마를 냈을까?

"잠깐이라도 좋으니까 앉을 수 있으면 좋겠는데요."

요통이 있는지 도마리는 허리를 손으로 문지르며 잡동사니로 채워진 소파를 원망스럽게 쳐다보았다.

"……죄송합니다."

"이 근처에 혹시 카페가 있나요? 거기에서 잠깐 이야기를 좀 하고 싶은데요.

"길 건너에 있어요."

"그럼 거기로 이동할까요?"

거부할 수 없는 분위기였다. 어쨌든 이 집에서 나가주는 것 은 고마웠다.

도마리는 현관에서 신발을 신고, 거울로 자신의 차림새를 체크했다.

"어머, 먼지가 잔뜩 묻었네."

그러더니 가방에서 소형 점착 클리너를 꺼내 온몸을 어루만 지듯이 롤러를 굴렸다. 폴로셔츠가 까만색이어서 먼지가 눈에 띄었다. 혹시 의뢰인에게 보여주려고 일부러 까만 옷을 입고 다니나?

"죄송한데 등을 좀 부탁할 수 있을까요?"

도마리가 롤러를 하루카에게 내밀었다.

"네, 그러죠."

등과 엉덩이, 다리도 먼지투성이였다.

현관을 나와 바깥 공기를 접하자 도마리가 마스크를 벗었다. 어깨가 위아래로 크게 움직였다. 한껏 심호흡을 하나 보다.

나란히 카페로 향했다. 산들바람이 기분을 좋게 했다.

창가 자리에 앉아 도마리는 물수건으로 손을 꼼꼼히 닦고, 표지에 '고객 지도'라고 적힌 노트를 펼쳤다.

"하루카 씨, 만약 내일이 인생에 마지막으로 쓰레기를 버리는 날이라면 어떻게 하겠어요?"

"현실에는 그런 일이 없잖아요."

"그렇다고 장담할 순 없죠. 지금은 쓰레기 처리장이 어디나 꽉 찼어요. 그런 날이 와도 이상하지 않다고 생각해요."

가려움과 악취에서 해방되자 도마리는 말투도 차분해지고 행동도 느긋해졌다.

"그런데 곧 결혼할 예정인가요?"

"어떻게 아셨어요?"

"냉장고는 가족용 대형 사이즈고 가구도 좋은 것들이니까 결혼 후를 생각해서 새로 마련한 것이 아닐까 해서요."

"사실 맞아요."

"전화로 어머님께서는 결혼 이야기를 하지 않으셨어요."

"아직 부모님께 말씀드리지 않았어요. 확실해진 뒤에 말하는 게 나으니까."

"확실하게 정해진 건 아니군요?"

"아니요, 정해진 건 맞아요."

그때, 점원이 음료를 가지고 왔다. 착각일까? 점원이 테이블에 커피를 내려놓는 팔 너머로 도마리가 이쪽을 쏘는 듯한 눈빛으로 바라보았다.

점원이 돌아가자, 도마리는 커피를 한 모금 마셨다.

"결혼하면 지금 맨션에서 사실 건가요?"

"아직 모르겠어요."

"예비 신랑은 맨션에 사시고요?"

"네."

"넓이는 어느 정도인가요?"

그게 당신하고 무슨 관계인데요? 왜 내가 이런 사적인 이야기까지 말해야 하는데요? 도마리 앞에서는 얌전히 다 받아줄 생각이었는데 점점 화가 났다.

"죄송해요. 너무 자세한 이야기를 물어봐서."

하루카의 불편한 심경을 알아차렸는지 도마리가 사과했다.

"그래도 결혼 후에 거주할 넓이를 고려해서 정리해야 하니까요."

"아, 그러네요. 3LDK에 아마 90제곱미터 정도일 거예요."

"네? 상당히 넓네요."

그렇게 말하더니 도마리는 하루카에게서 살짝 시선을 비꼈다.

"혹시 임대가 아니라 분양인가요?"

"네, 분양이에요."

즉시 대답하자, 도마리는 말없이 소파에 등을 기댔다. 무언가 짐작했는지도 모른다. 그리고 흔들리는 눈으로 허공을 쳐다보더니, "신랑 되시는 분은 몇 살이죠?"라고 물었다. 망설인 끝에 물어보는 느낌이었다.

"마흔한 살이요."

"40대라……. 교제한 지는 얼마나 됐죠?"

"5년이요."

"오래됐군요……."

그 말을 끝으로 도마리는 입을 다물었다.

하루카는 살짝 몸을 숙여 홍차 컵을 들었다. 그때 도마리가 이쪽을 힐끔 훔쳐보는 것이 시선 끝에 들어왔다.

"알겠습니다. 지금 들은 것을 바탕으로 정리 계획을 세우겠어요. 다음은 2주 후인데, 오늘과 같은 시간이면 괜찮을까요?"

"네? 오늘로 끝이 아니에요?"

"오늘은 〈정리하지 못하는 정도〉를 판정할 뿐이라고 부모님께는 미리 말씀드렸습니다만."

말도 안 돼. 하루로 끝날 줄 알고 참았는데.

"판정 결과는 경증부터 중증까지 세 단계로 평가하는데, 하루카 씨는 중증이에요."

"중증인가요?"

"그렇게 우울해하지 마세요. 저한테 의뢰하는 분들은 대부분 중증이니까요. 중증의 경우, 한 달에 두 번 지도를 3개월간 해요."

"3개월이나요?"

"거기에 더해서 반년 후에 체크를 합니다. 꾸준히 하지 않으면 다시 원상태로 돌아가니까요. 오늘은 숙제를 낼게요. 다음에 제가 올 때까지 부엌과 베란다에 있는 쓰레기 봉투를 버리세요. 그것 말고는 앞으로 둘이서 조율해가죠. 옷은 무리하지말고 지금 그대로 두어도 괜찮아요."

어떻게든 거절할 방법이 뭐 없을까?

다음 지도일까지 무슨 수를 쓰긴 써야겠는데.

다음 날 일요일엔 기치조지에 있는 아야코의 맨션에 갔다.

아야코는 한 달에 한 번 홈 파티를 연다. 보통 남녀 참가자 비율이 일정하다. 다다미 열다섯 장 크기의 거실에 살림 냄새가 나는 물건은 하나도 없다. 마치 모델 하우스 같다.

처음 참가했을 때는 요리가 맛있어서 놀랐다. 전통 일본식 요리여서 놀라기도 했고 요리 종류도 다양했다. 대체 언제 이렇게 실력을 키웠나 했는데, 요리는 아야코의 남편이 했다.

"뭐 사 가려고 하는데, 뭐가 좋을까?"

집에서 출발하기 전에 아야코에게 전화했다. 오늘은 남녀 세 명씩 참가하기로 했고 남자들은 남편의 동료라고 들었다. 평소에는 유명한 노포 과자점의 과자를 사 가는데, 가끔은 아야코의 의향을 물어본다.

"그냥 와도 돼."

"맛있는 걸 대접받는데 빈손으로 가기 미안하잖아."

남자들은 포도주나 일본 술을 선물로 가져오는 경우가 많은데, 하루카는 술을 잘 몰라서 괜찮은 것을 고를 수 없었다. 그래서 늘 화과자를 사곤 했다. 일본식 요리와 맞추려는 생각이었다.

"그럼 미안한데 케이크 사다 줄래?"

"어, 케이크?"

예상을 벗어난 대답이었다. 늘 사오는 과자가 좋아, 그기 정말 맛있으니까. 이렇게 대답할 줄 알았다.

"……알았어, 그럼 적당히 찾아서 살게."

"이왕이면 포와종의 초콜릿 케이크가 좋은데."

"포와, 뭐? 그 가게가 어디 있는데?"

"다카시마야 백화점 지하에."

"다카시마야가 어디에 있더라?"

"얘가, 신주쿠랑 니혼바시."

여기에서 아야코의 맨션까지 갈 때, 둘 다 지나는 역이 아니다.

"전원 그 케이크면 돼? 그럼 전부 여섯 개?"

"그냥 커다란 홀 케이크로 사다줄래? 조그만 게 따로따로 있으면 분위기를 망치니까."

아야코의 맨션 문을 열자, 만 두 살 먹은 미사키가 달려왔다. 환하게 웃으며 하루카에게 매달렸다.

설마……오늘도?

솔직히 짜증이 났다.

"미사키, 오랜만이네. 잘 지냈어?"

웃어 보일 수밖에 없었다.

사실은 당장 뒤를 돌아 나가버리고 싶었다.

오늘은 미사키를 친정에 맡길 줄 알았는데.

언제부턴가 하루카는 아이를 좋아하는 사람이 되어 있었다. 그래서 늘 미사키를 도맡아야 했다. 지금까지 홈 파티에 초대를 받아 미사키가 없었던 적이 한 번도 없었다. 혹시 친정에 맡기지 못할 때, 애를 돌보는 역할로 부르는 것은 아닐까. 그런 의심도 들었다.

거실로 들어가자 모두 모여 있었다. 남자들은 하루카의 남편을 포함해서 다들 미남이었다. 집안도 좋아 보였다. 여자들도 모두 아름다웠다. 아야코의 대학교 동창생이라고 한다.

"미사키, 방으로 가야지. 조용히 디즈니 DVD를 보기로 약속했지?"

"그러면 불쌍하잖아요. 미사키도 같이 놀고 싶지"라고 어떤 남자가 말했다.

"미사키가 하루카를 얼마나 따르는지 몰라. 하루카가 오면 기뻐서 어쩔 줄 모른다니까."

"하루카 언니, 소꿉놀이."

미사키가 그렇게 말하며 하루카의 스커트 자락을 잡아당겼다.

"하루카, 미안해. 미사키, 잠깐만이야. 요리를 테이블에 내올 때까지."

"네에."

아야코의 그 말 때문에 지난번과 마찬가지로 하루카는 방구석에서 미사키와 소꿉놀이를 하는 처지가 되었다.

"아이를 좋아하는 여자분은 역시 좋네요."

"응, 이상적이야."

남자 참가자들이 늘 하는 소리까지 들리면 사실은 아이를 보기 거북하다고 말을 꺼내기 어렵다.

"애는 귀여우니까. 나는 애를 셋은 낳고 싶어요."

아야코의 친구가 애를 좋아한다고 어필하면서도 미사키와 놀아주려고 하진 않았다. 이것 역시 항상 있는 일이다.

미사키는 오직 하루카의 이름만 기억하고 있었다. 다음번엔 홈 파티 초대를 거절해야겠다고 생각하면서도 거절하지 못하고 지금에 이르렀다.

그러고 보니 케이크를 어디에 뒀더라.

얼른 뒤를 돌아보는데, 어느새 아야코의 손에 들어갔는지 커다란 냉장고에 상자째 넣으려고 하는 모습이 보였다. 고맙다는 말 정도는 듣고 싶다. 포와종의 초콜릿 케이크는 5,000엔이나 했으니까.

결국, 그 날은 처음부터 끝까지 미사키를 상대해야 했다. 친절하게도 아야코가 요리를 접시에 따로 담아서 소꿉놀이하는 곳까지 배달해주었다. 그래서 미사키를 두고 테이블로 이동하고 싶어도 기회를 잡을 수 없었다.

아야코를 보고 있으면 역시 결혼하면 가정주부로 살아야 한다는 생각이 들었다. 주중에 아이를 어린이집에 맡기니까 주말에는 좀 놀아주면 좋을 텐데, 아야코는 절대 그러지 않는다. 툭하면 홈 파티를 열어 아이보다 어른의 즐거움을 우선적으로 챙긴다. 그리고 그 댓가가 죄 없는 나에게 돌아온다.

왠지 불쾌했다.

나도 포도주를 마시며 어른의 대화를 즐기고 싶다.

나는 편리한 보모 역으로 이용될 뿐이다.

오늘로 끝내자, 다시금 결심했다.

내일은 가연성 쓰레기를 버리는 날이다. 하루카는 베란다에 있는 쓰레기 봉투를 현관 앞으로 옮겼다.

아침에 쓰레기를 깜박하지 않도록 현관문 앞 정중앙에 놓아 둘 생각이었다. 쓰레기 봉투를 치우지 않는 한 밖으로 나가지 못하는 상황을 만들어 두면 깜박하진 않으리라. 봉지 몇 개로 현관이 꽉 찼다. 쓰레기 봉투를 이중으로 묶었는데도 음식물 쓰레기의 썩은 냄새가 방을 가득 채웠다.

'주말에 회사 안갔어요? 피곤하죠. 일이 좀 정리되면 밥이라도 같이 먹어요.'

사토시에게 문자를 보냈지만 답이 없었다.

언제부터였을까, 불안해지면 자꾸 달콤한 것이 먹고 싶어졌다. 편의점 진열장이 눈에 선했다. 푸딩에 슈크림에 말차 바바로아(Bavarois: 우유, 달걀, 설탕, 향료, 젤라틴 및 거품을 낸 생크림으로 만든 디저트)……

이렇게 늦은 시간에 디저트라니, 말도 안 된다. 다이어트의 최대 적이다. 그렇게 생각했지만 일단 머릿속에 떠오른 디저트가 사라지지 않았다. 작은 것 하나쯤이라면 괜찮지 않을까. 결국 지갑을 들고 현관을 나섰다.

엘리베이터를 기다리는데 옆집 부인이 나왔다.

"안녕하세요."

서로 가볍게 인사 정도는 나누는 사이다.

부인이라고 해도 아마 자신보다 어릴 것이다. 휴일에 남편과 손잡고 걷는 모습을 근처 슈퍼마켓 등에서 종종 목격한다. 언제 봐도 사이가 좋아 보였다. 밤이 늦었는데 오늘은 부인 혼자였다. 어디에 다녀왔을까. 재빨리 전신을 훑어보았다. 그녀는 건강 샌들을 신고 있었고 손에 든 것은 없었다.

하루카의 시선을 깨달았는지, 부인이 생긋 웃었다.

"쓰레기를 버리고 왔어요."

"네?"

하루카는 엘리베이터에 타려고 한 발을 무심코 뺐다.

"쓰레기요?"

"네, 내일은 가연성 쓰레기를 버리는 날이니까요."

"전날에 내놓아도 괜찮아요?"

문이 닫히고, 엘리베이터가 가버렸다.

"전날 오후 5시 이후부터는 내놔도 돼요. 겨울철에는 1시간 더 이른 4시부터 가능하고요."

몰랐다. 이 사람보다 여기에 더 오래 살았는데도.

"1층 게시판 구석에 〈알림〉이 붙어 있어요."

"좋은 정보네요. 고마워요."

"에이, 이런 걸 가지고 뭘요."

피부는 하얗고 뺨은 발그스름한 부인은 살짝 인사하고 집으로 들어갔다. 스물다섯 살 정도일까. 남편도 대충 그 정도일 것이다. 대학 동급생이며 친구 같은 부부로 보였다. 맞벌이에 아이는 없다. 매일 아침, 양복을 입어도 어려 보이는 남편이 먼저 집을 나서고 20분쯤 후에 아내가 나온다. 연한 색의 재킷을 입을 때가 많다. 그 아래는 원피스일 때도 있고 바지일 때도 있다. 둘 다 건실한 곳에서 일하는 것 같았다.

건전하게 생활하는 냄새가 났다. 집은 분명 깨끗하게 정돈되어 있겠지. 자신보다 어린데 야무지다. 이사 온 지 겨우 3개월밖에 안됐는데 쓰레기를 내놓는 규칙도 제대로 알고 있다. 도시 생활은 서로에게 무관심해서 옆에 어떤 사람이 사는지도 모른다. 물론 젊은 부부가 어디에서 일하고 어디 출신인지 모르지만, 그래도 어떻게 사는지는 대충 보인다. 땅에 뿌리를 내리고 있는, 제대로 된 생활을 할 것이다.

그렇다면 젊은 부부도 이쪽을 대충은 알고 있을 것이다. 나는 그들에게 어떤 이미지로 보일까.

지금쯤 아내는 집에서 남편에게 이렇게 말할지도 모른다.

"조금 전에 엘리베이터 앞에서 옆집 여자랑 만났어. 하루 전날에 쓰레기를 내놓는 것도 모르더라. 그 사람, 생활감각이 없어보여."

아침에 일찍 일어나기 힘들었다. 정신없이 집을 나와 회사 근처 카페에서 커피를 마신다. 그러고 나서야 간신히 뇌와 몸이 각성되는 것이 일상이었다.

하루카는 집으로 돌아왔다. 편의점은 안 갈래. 밤에 쓰레기를 내놔도 되니까 오늘 버려야지.

현관을 열자마자 음식물 쓰레기 냄새가 진동했다. 무심코 코와 입을 양손으로 막으려다가 그만두었다. 그런 짓을 하면 옆집 젊은 부인에게 지는 것 같았다.

지다니, 대체 무엇에 대해?

굳이 말하자면 요즘 유행하는 〈여자력〉이니 뭐니 하는 것에서 나는 열등한 걸까.

하루카는 양손에 하나씩 제법 묵직한 쓰레기 봉투를 들고 맨션의 쓰레기장으로 향했다. 세 번 왕복해서 현관 앞에 있는 쓰레기를 버린 뒤, 부엌에 있는 쓰레기 봉투도 버리기로 했다.

또 몇 차례 왕복한 끝에 마지막 쓰레기 봉투를 버렸을 때, 부엌은 상상했던 것보다 몇 배나 청량해 보였다. 뜻밖의 발견을 한 기분이었다. 바닥에 조금의 공간이 생겼을 뿐이고, 쓰레기 봉투가 있던 곳에는 먼지를 뒤집어쓴 영수증이나 바퀴벌레의 잔해가 있었지만.

점심시간, 사원 식당에서 오늘의 정식을 먹는데 아야코가 갑자기 얼굴을 가까이 댔다.

작은 소리로 해야 하는 이야기가 있나 보다. 보통 사내에 떠도는 소문이었다.

"후린 소문, 알고 있니?"

아야코가 목소리를 낮추고 물었다.

하루카가 고개를 좌우로 살짝 젓자, 아야코는 의기양양한 표정을 지었다.

"자산운용부 과장하고 사귀고 있대."

"어? 과장이라니 누구?"

설마 사토시는 아니겠지.

"오가사와라 사토시라는 과장이래. 후린이 과장의 집까지 쳐들어갔다지 뭐야."

온몸에서 소름이 돋았다.

"왜?"

목소리가 뒤집혔다.

"오가사와라 과장의 아내한테 이혼해달라고 말하러 갔대."

"넌 그걸 누구한테 들었어?"

아야코의 이야기 중에는 지금까지 헛소문이 많았다. 이번 건 거짓말이어야 한다. 하지만 내용이 구체적인 것으로 보아 완전히 헛소문은 아닌 것 같았다. 최근 사토시가 쌀쌀맞은 것도 후린과 사귀기 때문일까. 그리고 후린이 집까지 쳐들어간 것이 사실이라면, 사토시는 후린에게도 같은 말을 했다는 것이다.

곧 이혼할 예정이니까 결혼해 달라는 그 말을.

"나는 이노우에한테 들었어."

이노우에는 하루카와 동기인 남성으로, 입사하자마자 자산운용부에 배치된 엘리트다.

"이노우에가 그런 소문을 떠들고 다닐까?"

그는 성실해 보이는 타입이다. 학창 시절에는 한눈팔지 않고 공부에만 전념했고, 취직한 후에는 오로지 일만 생각해서 연애나 다른 사사로운 것에 무관심해 보이는 사람이었다.

"이노우에가 복도에서 불렀을 때는 나도 깜짝 놀랐어. 무슨 일인가 했더니 갑자기 후린과 과장의 관계를 말하지 뭐야."

"어디 복도?"

"광고부 앞에 복도."

"이노우에가 광고부에 무슨 일로 왔대?"

"우연히 지나가는 길이라고 하던데."

자산운용부는 동관 18층에 있고 광고부는 서관 5층에 있다.

그런 어설픈 변명을 하면서까지 이노우에는 소문을 퍼뜨리고 싶었던 걸까?

"우연일 리가 없어. 일부러 아야코한테 말하러 온 거야."

"이상한 녀석이네. 역시 얄팍하다니까, 이노우에는."

이노우에는 후린에게 반한 것일까? 사토시에게 빼앗긴 분함을 견디지 못해서? 늘 말수가 적고 무슨 생각을 하는지 알 수 없는 이노우에지만, 아야코의 귀에 들어가면 금방 사내에 소문이 퍼진다고 짐작했을 것이다. 제법 사람을 보는 눈이 있나 보다.

"그런데 아야코, 이노우에가 하는 말을 믿을 수 있을까?"

이노우에는 자기 고집이 세서 착각에 잘 빠지는 성격이다.

어느새 하루카의 머릿속에 이야기가 하나 완성되었다.

이노우에는 퇴근길에 후린과 카페에 들렀다. 겨우 그것뿐인데 후린과 사귄다고 착각해서 기분이 좋아졌다. 그런데 다음 날 출근했더니 사토시와 후린이 시시덕대고 있었다. 그 광경을 보자마자 연애 경험이 부족한 그는 발끈했다.

대충 이런 것이 아닐까.

"나도 이노우에가 하는 말을 모두 믿진 않아. 그래서 영업부 기시 씨와 라커룸에서 만났을 때 물어봤어."

"기시 씨가 누구야?"

아야코는 발이 넓다. 근속 연수도 부서도 자신과 같은데, 회사 내에 알고 지내는 사람의 숫자는 하늘과 땅처럼 차이가 난다.

"영업부 소속인 대선배. 성격도 좋고 자기주장도 강해서 명

물인 언니야."

"아아, 그 사람."

대화를 나눠본 적은 없지만, 남을 잘 돌보는 사람이어서 고등학교 야구부의 기숙사 아줌마 같은 분위기가 나는 사람이다.

"기시 씨도 그 소문이 사실이라고 했어."

"진짜일까? 그 기시 씨라는 선배가 그런 것까지 어떻게 알아? 여자이고 대선배라면 제일 소문을 접하기 어려운 사람이지 않을까?"

"기시 씨는 오가사와라 과장의 부인이랑 동기였대. 과장 부인은 접수처 아가씨였는데, 취직하고 1년도 지나지 않아 결혼해서 퇴사했고 지금도 기시 씨랑 친구로 지내고 있대. 부인한테 직접 들었다더라."

하루카는 너무 엷어서 아무 맛도 나지 않는 사원식당의 녹차를 한 모금 마셨다.

소문은 아무래도 사실인가 보다.

사토시의 바람이 이걸로 몇 번째더라.

"기시 씨가 말하기를, 그 과장, 예전부터 인기가 좋았다더라. 남자 사원들이 동경하던 접수처 아가씨를 순식간에 아내로 삼고서는, 그 후로도 여자 사원들이랑 툭하면 염문을 뿌린대."

"툭하면? 예를 들어서?"

"유통부의 여자랑 경리부 여자."

"아아, 알고 있어."

"오? 하루카도 생각보다 소문을 잘 아네."

유통부 여자는 2년 전이고 경리부 여자는 작년이다. 두 번다 사토시를 추궁해서 알아냈다.

"과장은 관계를 원만하게 정리하려고 했나 봐. 그런데 이번에는 이노우에가 가만히 두고 보지 않은 거지."

"그런 소문이 나면 조용히 끝나진 않겠다!?"

"과장은 징계를 받지 않았는데 파견사원인 후린은 잘렸대."

"결과가 너무 빠르게 났네."

"과장은 상사들한테 신뢰를 받으니까. 차기 부장이 될 거라더라. 그래서 과장한테는 흠집을 내지 않으려는 거지. 처세술이 뛰어난 사람은 역시 무슨 짓을 해도 출세하는 건가봐."

사내에는 이미 소문이 퍼졌다. 그런데 무슨 이유에선지, 자신과 사토시만은 소문이 나지 않았다.

자신이 이런 입소문에도 언급되지 않을 하찮은 여자라는 소리를 들은 기분이었다.

너는 스타가 아니야, 관객석에 앉아있는 인간이야, 라고.

2주일 후, 약속한 시간에 딱 맞춰 도마리가 왔다.

"어라라, 깨끗해졌네요."

고객을 과하게 칭찬하는 것도 비즈니스 전략일까. 솔직히 칭찬을 받을 만큼 깨끗해지진 않았다.

"음식물 쓰레기 썩는 냄새가 안 나요."

칭찬을 받아도 기쁜 표정을 짓지 않는 하루카를 살피며 도마리는 기분 좋게 심호흡을 했다. 둥글둥글한 아줌마가 양팔을 벌리고 눈을 감고서는 작은 콧구멍을 벌렁대며 공기를 들이마시는 모습이 꼭 곰 인형 같아서 하루카는 무심코 웃고 말았다.

악의라고는 없는 얼굴을 보고 있자니 왠지 기분이 차분해졌다.

"그럼 현관부터 순서대로 정리할까요?"

도마리는 마스크를 꺼내 장착하고 장갑을 꼈다.

"실례지만 신발장을 열겠습니다."

꼭꼭 채워져 있었다. 신발을 왜 이렇게까지 샀는지 나 자신도 잘 모르겠다. 학창 시절에는 모두 합쳐도 다섯 켤레가 안 됐는데.

"이거 대단하네요."

정리 전문가이면서 당황한 표정이었다.

"어떻게 하면 좋을까. 하루카 씨는 어떻게 생각해요?"

갑자기 도마리가 하루카에게 물었다.

"우선 현관에 있는 것부터 해치우면 어떨까요?"

어쩔 수 없이 대답했다.

"그래요, 그렇게 하죠."

자신을 고무하는 것처럼 도마리가 말했다.

"그럼 한 켤레씩 확인할게요. 우선, 이 신발은 앞으로 신을 건가요?"

도마리는 바로 앞에 있는 신발 한 짝을 들었다. 굽이 낮은 빨간 펌프스였다. 마음에 들어 사긴 했는데 가지고 있는 옷에 어울리지 않았다. 지나치게 귀여운 스타일이다. 이걸 왜 샀느냐 하면, 후린이 비슷한 것을 신었으니까.

"이제 안 신어요."

애초에 한 번도 신지 않았다.

"그래요, 그럼 버리죠."

도마리는 그것을 쓰레기 봉투에 넣었다. 싼 가격은 아니었는데 딱히 미련을 느끼지 않았다. 오히려 비참한 감정의 일부가 사라진 듯한 기분이 들었다.

"이 체크 운동화는요? 혹시 학생 때 신던 건가요? 그건 아닌 것 같네요, 새것 같아."

"그것도 필요 없어요."

그것도 후린을 따라서 샀으니까.

"이거 색이 참 좋네요. 파란색 계열의 펌프스는 흔하지 않아요. 가죽도 좋고."

도마리가 현관에 쪼그리고 앉아 펌프스를 관찰했다.

"그런데 자주 신지 않았나 봐요."

배우 무라이 마리아가 비슷한 펌프스를 신어서 따라 샀다. 사토시가 마리아를 섹시하다고 칭찬해서 자신도 마리아처럼 되고 싶었다.

"발에 안 맞아요. 살 때 분명 가게를 한 바퀴 돌면서 확인했는데 걸을 때마다 벗겨질 것 같아요."

"발에 맞지 않는 건 망설이지 말고 버리는 게 좋아요. 갖고 있어도 앞으로 계속 안 신으니까."

"그래도……."

"비쌌죠?"

"네, 꽤."

"너무 우울해하지 마세요. 쇼핑은 원래 어려워요. 이 구두도 가게에서 제대로 신고 걸어 봤죠? 충동구매가 아니라 신중하게 사도 이럴 때가 있어요. 특히 여자 구두는 굽이 있고 발볼 넓이도 있으니까요. 그래서 장시간 신어보고서야 맞지 않는다고 알 때가 종종 있어요. 제일 위험한 건, 그런 걸 볼 때마다 또 낭비했다고 후회하면서 우울해하는 거예요. 보고 있으면 괴롭기만 한 것은 처분해야 정신적으로도 좋아요."

"그렇구나."

하루카가 이해하자 도마리는 고개를 끄덕였다.

"신발은 이제 괜찮죠? 남은 건 스스로 판단할 수 있을 거예요. 다음은 부엌입니다."

부엌으로 간 도마리는 먼저 식기장을 열었다.

"쓰레기 봉투를 다 버리니까 문을 열 수 있게 되었네요. 이것만으로도 큰 발전이에요."

또 거창하게 칭찬했다.

"이거 멋있어요."

도마리는 빨간 꽃병을 손에 들었다. 이탈리아 여행 때 산 것이다. 꽃병 전체가 마치 루비로 만든 것 같은 베네치아 글라스의 아름다움에 홀딱 반했다. 귀국하면 사토시를 집에 초대해서 이 꽃병에 꽃을 잔뜩 장식해서 보여줄 생각이었고, 실제로 그렇게 한 적도 있다. 아주 오래전 일 같았다. 전에는 이 집에 사토시를 자주 초대했다. 그때는 이사한 지 얼마 지나지 않아 물건도 적었다.

'남자친구를 집에 초대하지 마세요. 집안 살림을 보여주면 남자친구가 당신에게 금방 질립니다. 그리고 당신과 결혼하고 싶다는 마음이 서서히 줄어들 거예요.'

여성잡지 특집 기사에 이런 문구가 있었다. 그래서 사토시를 집에 부르지 않게 되었다. 체험담도 잔뜩 실려 있어서 진짜 같았다. 결혼 이야기가 좀처럼 진행되지 않아 불안했을 때였다.

"보통은 평소 사용하지 않는 물건은 이 기회에 버리라고 지도하는데요."

도마리는 잠깐 말을 끊고 팔짱을 끼고 생각에 잠겼다.

이런 솜방망이 처방에도 잘도 장사가 된다 싶었다. 하루카의 불손한 생각이 전해졌는지, 도마리는 서둘러 덧붙였다.

"그게 하루카 씨는 이 식기들을 결혼 후에 쓰려고 모아둔 거잖아요? 실제로 결혼해서 생활해보지 않는 한, 지금 시점에서는 뭐라고 말할 수 없으니까요. 너무 많긴 하지만, 이제 곧 결혼하신다면…… 으음, 어떻게 해야 할까. 예비 신랑은 식기를 얼마나 갖고 계시죠?"

"……보통이라고 생각해요."

"생각? 그럼 신랑이 되실 분의 집에 가본 적이 없나요?"

"네, 뭐."

"흐음."

도마리는 자기 손을 가만히 내려다보았다. 왜 간 적이 없는지 묻지 않아서 오히려 기분이 나빴다.

다음 순간, 도마리는 생각을 정리했는지 고개를 들고 식기장 안을 탐색하기 시작했다.

"이것도 한 번도 사용하지 않았죠?"

스테이크용 접시를 꺼냈다. 철로 된 타원형 접시에 목제 받침대가 달렸다. 사토시가 스테이크를 좋아한다고 해서 샀는데 언제 샀는지 정확히 기억나질 않았다.

"메밀국수 양념장 용기는 이마리(사가 현 아리타를 중심으로 한 지역에서 생산되는 도자기를 말한다. 이마리는 이 지역에서 생산된 도자기가 배에 실리는 수출항이었다. 그 지명을 따서 도자기를 이마리야키라고 부르기 시작했다. - 옮긴이)잖아요. 정말 비쌌겠어요."

하나에 8,000엔이나 했다. 그걸 다섯 점이나 샀다. 사토시가 메밀국수의 맛은 메밀국수 양념장을 담는 용기의 분위기로 정해진다는 소리를 했기 때문이다.

"웨지우드는 역시 좋네요. 이 에메랄드그린은 아무리 봐도 질리지 않아요."

도마리가 커피잔을 살폈다.

이 고급 잔이 사토시의 집에 있다고, 임신해서 회사를 그만둔 동기가 말해주었다. 그녀의 남편이 사토시의 대학 후배여서 집에 초대를 받은 적이 있다고 했다. 그 이야기를 듣자마자 어떻게든 똑같은 것을 가져야겠다는 생각이 들어 안절부절을 못했다. 그래서 그 말을 들은 그 날, 퇴근하면서 백화점에 들러서 바로 샀다. 대체 뭐가 그렇게 초조했을까.

"나도 이렇게 예쁜 걸 좋아해서 열심히 사들인 시기가 있어요. 식기장이 금방 꽉 찼죠."

"지금도 갖고 계세요?"

"기부했어요. 친구가 '세계에서 기아를 없애는 모임'이라는 NPO 법인을 운영하고 있어서 거기에서 주최한 벼룩시장에 냈더니 제일 비싼 가격으로 팔렸다고 고맙다고 하더군요."

"그렇군요."

이 식기장 안에는 사토시를 떠올리게 하는 것들이 가득했다. 이걸 전부 처분하면 얼마나 기분이 산뜻해질까.

어라?

하루카는 자신의 마음이 변한 것을 깨달았다.

이미 사토시를 잊고 싶다고 생각하는 것일까? 우유부단한 성격이어서 예전부터 자신의 감정을 확인하는 데 시간이 걸렸다.

"굳이 서두를 필요는 없죠. 스스로 납득이 될 때까지 충분히 생각하면 돼요."

도마리는 마치 하루카의 속을 꿰뚫어 본 것처럼 말했다. 그리고 가방에서 고가 일안 리플렉스 카메라를 꺼내 식기장과 부엌 사진을 연속해서 찍었다.

사원식당에서 파는 오늘의 정식은 녹새치 소테(조수육·어류를 버터나 샐러드유를 녹인 프라이팬이나 철판에 굽는 방법 또는 그 요리)였다.

"토요일 홈 파티, 하루카도 올 거지?"

아야카가 물었다.

"미안해, 그 날은 일이 있어."

전부터 준비한 대사를 말했다. 이제 혼자 애 보기는 질렸다.

"일이라니, 뭔데?"

원래 그렇게 구체적으로 묻니, 보통?

"시골에서 엄마가 올라오셔."

"어머니, 하룻밤만 계시는 거야?"

왜 그런 걸 묻는 거야.

"……하루는 아니겠지만."

"그럼 토요일 밤에 2, 3시간 정도는 괜찮잖아?"

그거였구나. 집요하긴.

"아야코, 미안한데 그 날은."

거절하려는데 아야코가 고개를 바싹 들이밀고 목소리를 낮췄다.

"사실은 후린을 불렀어."

"왜? 걔랑 아는 사이였어?"

"지인의 지인을 통해서 소개받았지. 과장과의 진실이 뭔지 알고 싶어서."

"아야코, 한가하구나."

"한가할 리가 없잖아. 애가 있고 맞벌이인데. 굳이 말하자면 호기심이 많다고 해줘."

자기가 한 말이 재미있는지 아야코가 한바탕 웃었다.

"왜 그렇게 멍한 표정을 짓는 거야. 잘생긴 엘리트도 오니까 하루카도 예쁘게 하고 와."

속된 흥미와 후린에 대한 질투, 사토시에게 느끼는 미련으로 마음이 정리되지 않았다. 입을 다물었더니 아야코는 승낙한 줄 알고 "그럼 5시에"라고 말하더니, 후리카케(밥 위에 뿌려 먹는 맛가루. - 옮긴이)를 뿌린 밥을 먹었다.

토요일, 아야코의 맨션에 도착해 현관 초인종을 눌렀다.

"열려 있어."

아야코의 목소리가 들렸다.

집 안으로 들어가자 조용한 음악이 흐르고 있었다. 친정에 맡겼는지 미사키는 없는 것 같았다.

조용히 가슴을 쓸어내렸다.

거실로 들어가니 남자 둘이 있었다. 아야코가 말한 잘생긴 엘리트이리라. 요즘은 앞머리를 비스듬하게 내리기만 하면 실제 얼굴이 어떻든지 간에 잘생겼다고 하나 보다.

"안녕하세요."

"잘 부탁합니다."

둘 다 차분하고 예의가 발랐다.

아야코는 부엌으로 돌아가 남편과 같이 요리를 마무리하고 있었다.

남자들과 날씨 따위를 이야기하고 있는데 초인종이 울렸다. 아야코가 현관까지 맞으러 갔고, 서른 전후로 보이는 여자가 들어왔다.

"대학 때 친구야."

남자 둘이 순간적으로 품평하듯이 여자를 위에서부터 아래로 훑어보는 것을 하루카는 놓치지 않았다. 그들은 재빨리 붙임성 좋은 얼굴을 꾸미며 실망한 표정을 감췄다.

혹시 자신이 들어왔을 때도 그랬을까. 불쾌해졌다.

한동안 잡담을 하는데, 초인종이 또 울리고 "늦어서 죄송해요"하고 말하며 후린이 들어왔다. 달려왔는지 뺨이 상기되었다. 분홍색 면 스웨터에 하얀 반바지 아래로 뻗은 맨다리 때문에 평소보다 더 어려 보였다.

"안녕하세요."

"여기, 비었어요."

기다렸다는 듯이 입을 모아 말하는 남자들의 표정은 지금까지와 완전히 달랐다. 마음이 들떠보인다고 해야 할까. 차분한 분위기라고 생각했는데 앞서 도착한, 그러니까 자신을 포함한 여자 둘이 기대를 벗어나서 그랬나 보다.

그때, 등 뒤에서 시끄러운 소리가 나서 모두 일제히 뒤를 돌아보았다. 안쪽 문을 열고 판다 인형을 안은 미사키가 파자마 차림으로 나오고 있었다. 잠에 취한 눈을 비비면서.

"어머, 미사키, 일어났니?"

부엌에서 아야코가 뛰어나왔다.

"엄마."

미사키가 아야코의 다리를 끌어안았다.

"엄마는 손님맞이 하느라 바빠. 자, 하루카 언니랑 놀고 있어."

미사키는 그제야 하루카가 있는 줄 깨닫고 기뻐서 웃었다.

"하루카는 아이를 정말 좋아해요."

"그거 좋네요."

"결혼한다면 아이를 좋아하는 다정한 여자가 좋겠죠."

늘 그렇듯이 남자들이 입을 모아 칭찬했다.

"그렇죠? 신부로 삼는다면 하루카처럼 아이를 잘 돌보는 여자가 좋다니까요."

미리 짜놓은 각본처럼 하루카가 미사키와 놀아줘야만 하는 분위기가 만들어졌다. 매번 느끼지만 아야코의 이런 방식이 정말 교묘해서 감탄이 나왔다.

역시 오지 말 걸 그랬다. 모처럼 휴일인데 왜 남의 애나 봐줘야 하는 걸까. 이럴 줄 알았으면 집을 정리하는 게 차라리 나을 뻔 했다. 내일은 도마리가 오는 날이니까.

"나도 애를 좋아해요. 어린이집 선생님이 되고 싶었을 정도죠."

아야코의 대학 시절 친구가 말했다.

"그렇군요. 그거 좋네요."

남자 중 하나가 감정이 담기지 않은 목소리로 대답했다.

"나는 애가 좀 불편해요. 어떻게 상대해야 좋은지 전혀 모르겠어요."

후린이 말하자 남자 둘이 유쾌하게 웃으며 말했다.

"그건 당신이 아직 어린애라서 그런 거 아니야?"

"그 말이 맞는 것 같네."

둘 다 후린에게만 반말을 쓰고 있다. 귀여워서 어쩔 줄 모르겠다는 듯 애완동물을 바라보는 눈빛으로 후린을 보고 있었다.

"후린은 하루카를 알고 있어?"

아야코가 물었다.

"그러고 보니 사원식당에서 몇 번 뵌 적이 있는 것 같기도……."

그것뿐?

사토시한테 내 이야기를 하나도 듣지 못했어?

그 사람, 나한테 몇 번이나 청혼했어. 아내와 헤어질 테니까 조금만 기다려달라고. 후린, 너도 그 소리, 들었겠지?

"자, 다 됐어."

아야코의 남편이 부엌에서 요리를 내왔다.

"도와드릴게요."

후린이 일어나자 나머지 세 사람도 일제히 일어났다. 하루카도 도우려고 했는데, "하루카 언니, 저기서 놀자"하고 미사키가 원피스를 세게 잡아당겼다. 유치하게도 후린에게 지고 싶지 않아서 큰 맘 먹고 새로 산 화려한 레이스 원피스였다. 찢어지기라도 하면 안 되니까 미사키에게 이끌려 방 한쪽 구석으로 이동했다. 그곳에는 이미 헬로키티 피크닉 시트가 깔려있었다.

"자, 건배해요."

테이블에서 소리가 들렸다. 하루카가 서둘러 일어서려고 했는데, 아야코가 얼른 맥주잔을 피크닉 시트까지 가져왔다.

"고마워, 친절하네."

"신경 쓰지 마. 요리도 가져다줄게."

비꼬아 보았지만 못 들은 척을 하는 건지, 아니면 눈치가 없는 건지 모르겠다.

"자, 후린. 괜찮으니까 마음껏 마셔. 안 좋은 일은 풀어야지."

아야코가 후린에게 맥주를 따라주는 것이 보였다.

"안 좋은 일을 풀라고? 무슨 일이 있었나요?"

남자가 물었다.

"이 애, 불쌍하게도 임자가 있는 남자한테 속았지 뭐야. 그 남자가 우리 회사 과장인데 출세 코스를 달리는 사람이야."

식탁에서 나누는 이야기에 하루카는 귀를 기울였다.

"그거 심하군. 결혼한 걸 감추다니, 같은 남자로서 수치야."

"저는 그 사람이 기혼자인 건 알고 있었어요. 그런데 부인하고 헤어진다고 해서."

"그런 소리를 했다면 죄가 더 깊네."

"심한 말처럼 들릴지 모르겠는데, 보통 그 시점에서 속은 건지 아닌지 의심하지 않아?"

아야코의 친구가 끼어들었다.

"그게……."

후린의 목소리가 꺼질 것 같았다.

"뻔한 패턴이잖아. 소설이나 드라마에서 질리도록 듣는 이야기."

"그렇게 말하면 좀 불쌍하잖아요."

"여자가 여자한테 더 무섭다는 거, 진짜였네."

남자들이 보기에 서른 먹은 여자가 어린 여자를 괴롭히는 것처럼 보이나 보다.

"어떻게 사귀기 시작했어? 그쪽에서 먼저 말을 걸었니?"

아야코가 물었다. 하루카도 꼭 알고 싶었다.

"파견 첫날에 팀 환영회가 있었어요. 그 2차 때……."

놓치지 않으려고 집중하자, "하루카 언니, 제대로 해야지"하고 미사키가 귓가에 대고 목소리를 높였다. 하루카는 미사키를 무시하고 잔을 들고 일어났다. 그리고 테이블까지 가서 후린 옆에 앉았다.

"거기 가면 안 돼, 싫어. 하루카 언니!"

미사키가 울먹이며 외쳤다.

"미안한데 애 좀 대신 상대해줄래요?"

아야코의 친구에게 말하자, 그녀는 험악한 눈빛으로 하루카와 미사키를 번갈아 노려보았다.

"어린이집 선생님이 되고 싶을 정도로 아이를 좋아하잖아요?"

"미사키, 울지 마. 이번에는 이쿠코 언니가 놀아준대."

아야코가 시치미를 뚝 떼고 말하자, 여자는 느릿느릿 일어나 미사키에게 갔다.

"그래서 어떻게 됐어? 막차가 끊길 때까지 둘이 마시고, 그러고 나서는? 청혼은 진짜 받은 거야?"

아야코가 틈을 주지 않고 질문했다.

"저, 거짓말하는 거 아니에요."

"의심하는 거 아니니까 걱정하지 마. 다들 후린이 안타까워서 그래. 정말 힘들었지. 이렇게 어린데 고생했어."

하루카는 사내 소프트볼 대회 이후에 있던 술자리에서 사토시와 가까워졌다.

"그 사람이 말했어요. 너처럼 귀여운 여자는 처음 본다고."

후린이 눈물을 뚝뚝 흘리며 말했다.

하루카는 그때 처음으로 사토시에게 증오를 느꼈다. 그래도 5년이나 사귄 정이 남아있었다. 후린과 헤어졌다면 이번에야말로 진짜 자신 곁으로 돌아오지 않을까? 자기가 생각해도 짜증이 나지만, 우유부단한 성격이 또 고개를 불쑥 들었다.

도마리는 옷장을 열고 산처럼 쌓여있는 옷가지를 바라보며 말했다.

"차라리 전부 버리면 어떨까요?"

"네?"

"번거롭잖아요. 이건 버리자, 저건 남기자, 이렇게 확실히 구별할 수 있으면 좋은데 대부분 새것이니까 아깝다거나 내년에 입을지도 모른다면서 고민하게 되니까요."

"저기, 그런 걸 지도하는 게 정리 전문가가 하는 일 아닌가요?"

"의외로 아픈 곳을 찌르네요."

도마리가 불쾌한 표정을 지었다.

"죄송해요, 딱히 그런 의미는 아니……."

내가 왜 사과하는 거지.

대체 어느 쪽이 고객이야.

"나처럼 쉰 살을 넘긴 아줌마도 계절별로 옷을 사요. 봄에는 봄옷을 사고 싶고 여름이면 또 여름옷이 사고 싶죠. 수십 년이나 살았으니 봄옷도 여름옷도 잔뜩 있는데, 그래도 반드시 새옷을 사고 말죠. 여자들은 대체로 이럴 거예요. 이말은 즉, 전부 버려도 상관없다는 거예요. 특히 하루카 씨는 고소득자잖아요."

"하아……."

"이번 기회에 전부 버리고 하나하나 다시 사도 괜찮지 않겠어요? 정말 필요한 것이 무엇인지 충분히 생각해서 조금씩 사면 돼요."

"정말 다 버려요?"

"그게 좋을 것 같아요. 처음부터 다시 시작하는 거죠."

아무렇지 않은 표정으로 도마리가 말했다.

처음부터 다시 시작하라고? 설마 아니겠지만, 혹시 비유일까?

전부 버리라는 것에 인간관계도 포함되는 걸까?

"당장 문제가 되는 게, 이 주름투성이를 전부 다 세탁소에
보낼 거예요? 아니면 직접 다리미질을 할 건가요? 세탁기로
빨아서 베란다에 널어두기만 해도 깨끗해지는 폴리에스터 100
퍼센트인 옷도 있겠지만……."

'그냥도 야무지지 못한 네가 그런 걸 할 수 있을까?'라는 도
마리의 속마음이 들리는 것 같았다.

도마리는 속으로 말을 삼켜도 금방 들키는 그런 사람이었다.

"어, 이 스커트, 허리가 58센티미터네요."

도마리가 베이지색의 펜슬스커트를 옷더미 안에서 끄집어냈다.

"나도 58센티였던 시절이 있어요. 믿지 못하겠지만."

그러면서 양손으로 스커트 허리 부분을 눈높이까지 들어 진
귀한 것을 발견한 듯한 눈으로 살펴보았다.

입사하고 바로 산 스커트였다. 물론 지금은 입지 못한다. 몸
무게는 그때와 크게 다르지 않은데, 허리 사이즈는 분명 변했다.

"이 스커트가 산처럼 쌓인 옷 중에서 제일 위쪽에 있다는 건
요즘에도 즐겨입는다는 건가요? 하루카 씨, 허리가 가느네요."

"아니요, 안 입었어요. 요즘은 커튼레일에 걸린 옷들만 입으니까."

오랜만에 베이지색 펜슬스커트를 입어보려고 한 이유는 후린의 허리가 부러질 것처럼 가늘었기 때문이다. 지고 싶지 않았다. 그러나 지퍼가 중간부터 올라가지 않아 오히려 비참해졌다.

"하긴, 그러네요. 이렇게 주름진 옷을 밖에 입고 나갈 순 없죠. 그럼 하루카 씨, 눈을 감아보세요. 나도 감을 테니까."

하라는 대로 하루카는 눈을 감았다.

"상상해보세요. 옷장 안에는 아무것도 없어요. 침대 위나 바닥에 있는 옷들도 없고요. 그리고 거실이요. 거실에도 바닥이나 소파 위에 옷이 잔뜩 있었죠. 전부 다 주름투성이에 먼지를 뒤집어쓴 상태지만, 어쨌든 지금은 다 없어요. 마룻바닥이 구석구석까지 잘 보여요."

이사했을 때 본 광경이 머릿속에 떠올랐다. 바닥에 아무것도 두지 않으니까 청소기를 돌리기만 해도 깔끔했다. 창문에도, 테이블 위에도 아무것도 없었으니까 대충 닦으면 되었다. 5분이나 10분만 투자해도 청소는 끝났다.

"다음은 부엌이에요. 아직 눈을 뜨지 마세요. 자, 식기장을 열어보세요. 식기가 잔뜩 있네요. 보기만 해도 슬픈 식기들 아닌가요? 식기뿐만 아니라 옷이나 신발도 그래요. 이번 기회에 비참한 기분이 드는 것들은 전부 버려요."

수많은 물건이 머릿속에 떠올랐다. 식기의 절반 이상은 슬품의 원천이다. 신발도 옷도, 분하고 괴로운 추억일 뿐이다. 사토시와 만나며 입은 원피스도 이제 보고 싶지 않다. 데이트는 분명 즐거웠지만, 지금은 데이트 전투복이라는 단어도 부끄럽다.

"자, 끝이에요."

눈을 뜨자 산을 이룬 옷이 눈에 들어왔다.

꿈속의 영상과 현실의 격차가 너무 심해 말을 잃었다. 여긴 더러운 집, 오베야다.

후린과 사토시의 사이를 의심하기 시작한 그 주말, 원피스를 두 벌이나 샀다. 미용실에도 갔다. 후린에게 지고 싶지 않았다. 그러나 어떤 옷을 입고 어떤 머리 스타일을 해도 어리고 상큼한 여자는 되지 못했다.

"오늘 지도는 이쯤에서 끝내죠."

도마리는 그렇게 말하고 돌아갈 채비를 했다. 도착하고 아직 10분도 지나지 않았다.

"하루카 씨, 카페에서 차라도 마시며 얘기 좀 할까요?"

아아, 그러자는 거구나.

아직도 가려운가 보다. 도마리가 목덜미를 긁었다.

아침부터 비가 세차게 내려서 그런지 카페는 비어 있었다.

안쪽 자리에 마주 앉았다.

"하루카 씨, 오늘은 왠지 기운이 없어 보여요."

"그런가요. 그건…… 아마, 점점 더워지니까 그럴 거예요."

얼버무리면서도 하루카는 자신이 처한 상황을 말하고 싶었다. 지금까지 아무에게도 상담하지 못했는데, 남의 의견을 들어보고 싶었다.

"사실 제 동료가 상사와 사귀는데, 결혼 약속도 했다고 하는데 상대방이 어린 파견사원과 바람을 피웠다고 해요."

"저런."

도마리는 미간을 찌푸리더니 갑자기 몸을 불쑥 앞으로 내밀었다. 집안정리와 관계없는 이야기인데 흥미진진한 표정을 짓는 것으로 보아 역시 평범한 아줌마인 것 같다.

"그 이야기, 꼭 듣고 싶어요. 나도 나이를 그냥 먹은 건 아니니까 혹시 도움이 될지도 모르고."

"바람도 이번이 처음이 아닌 것 같아요. 전에도 같은 회사 여자랑 그런 일이 있었다고 해요. 그래서 어떻게 하면 좋을지 저한테 상담했는데, 저도 뭐라고 충고해야 좋을지 몰라서……."

"동료분은 몇 살인데요?"

"저랑 같은 서른두 살이요. 상사는 기혼자고요."

"네?"

"곧 아내와 이혼할 테니 결혼해달라고 했다고 해요."

"당신 친구와 그 남자와의 관계가 이미 바람이잖아요?"

"그건 아니에요. 그 남자는 진심이니까."

"진심이라고요? 그런데 자녀는 있고요?"

"중학생 남자애와 초등학생 여자애가 있어요."

"그 사람은 어떤 집에서 사나요?"

"분양 맨션이요."

"그럼 대출금이 있겠네요. 그래서 지금 상황은?"

"아내가 좀처럼 이혼에 동의해주지 않아서 더 기다려 달라고 하나 봐요."

"그것참, 흔하디흔한 패턴이네요. 그런 뻔한 이야기, 요즘 세상에는 영화나 소설 소재도 못 될 걸요. 하루카 씨도 그렇게 생각하죠?"

"네? 네, 뭐. 그래도 남이 보니까 그렇게 보이는 거라고 생각해요."

"그건 무슨 뜻이죠?"

"남자의 진심은 여자 말고는 모를 테니까요."

그러자 도마리는 기가 막힌다는 듯이 희미하게 웃었다.

"동료분은 몇 년이나 기다렸나요?"

"아마 5년이었나."

"그러니까 스물일곱 살 때부터 계속 사귄 거네요. 지금 들은 이야기를 정리하면, 애가 둘 있고 아내가 이혼에 동의해주지 않아서 5년이나 기다렸다. 그러는 사이에 애인은 어린 여자애와 바람이 났다, 정리하자면 이런 스토리인 거죠?"

"네, 맞아요."

"어떻게 봐도 속은 거잖아요. 아아, 싫어라. 신물이 나."

그러더니 컵의 물을 전부 마셨다.

"갑자기 단 게 먹고 싶네요. 화가 나면 늘 이렇다니까. 추가로 케이크를 시킬 생각인데, 하루카 씨는 어떻게 할래요?"

"저는 괜찮아요. 다이어트 중이어서."

"전혀 살이 찌지 않았는데요."

"아니요, 요즘 여기가 약간."

그렇게 말하며 배를 살짝 집어 보였다.

"그 정도는 뚱뚱한 축에 들어가지도 않아요."

통통한 아줌마한테 그런 소리를 들어도 기쁘지 않다. 애초에 '살이 찌지 않았다'의 기준이 다르다.

도마리는 메뉴를 열심히 살폈다.

옆에서 힐끔 보기에 전부 다 맛있어 보였다.

"역시 저도 먹을래요. 여기 이 농후 치즈케이크로 할래요."

"그럼, 그래야지. 그런데 농후가 어느 거지? 아, 이런 것도 있네. 나는 딸기 쇼트케이크."

하루카가 점원을 불렀다.

"주문하시겠어요?"

여자 점원이 다가왔다.

"저는 농후 치즈케이크요."

"나도 그걸로 할까, 그래도, 역시…… 응, 딸기 쇼트케이크. 생크림이 혀에서 녹는 걸 상상하니까 참지 못하겠어요."

"알겠습니다."

점원은 터지려는 웃음을 간신히 참는 표정으로 돌아갔다.

"그 상사라는 남자, 내가 생각하기에 아내와 헤어질 생각은 손톱만큼도 없을 걸요. 애도 있고 주택 대출금도 있는 상황에서 인생을 다시 시작하려는 남자는 없으니까."

"그럴까요? 친구한테 들으니까 남자 쪽이 적극적이고 진지한 것 같던데요."

"그 남자는 무드에 휩쓸리기 쉬운 단순한 바보이거나 아니면 연기를 잘하는 약아빠진 남자, 둘 중에 하나예요. 가정을 든든하게 이루었잖아요. 앞으로 교육비가 더 많이 들어요. 이혼하면 위자료가 추가로 들죠. 금전적인 문제만이 아니에요. 부모와 자식 관계도 무너지게 되죠. 약은 남자가 그런 위험한 짓을 할 것 같아요?"

"그래도 남자 쪽에서 청혼할 정도니까."

"하지만 5년간 그는 아내와 헤어지지 않았잖아요?"

"그건 그러니까…… 지금 헤어지면 위자료나 양육비가 큰일이니까…… 조금만 참아달라고 하는 게 아닐까요."

"언제 헤어지든 위자료와 양육비가 큰일인 건 똑같아요. 입만 열었다 하면 거짓말이라니, 정말 불성실한 남자네요."

"그렇지만…… 친구가 말하기를 그가 오직 자신만을 사랑한다는 건 자신만 안다고."

"멍청한 것도 정도가 있지."

"말씀이 너무 심한데……."

"그럼 내가 그 남자한테 전화해서 본심을 캐볼까요?"

"네?"

"내가 그 여자의 엄마라고 하면 되니까. 그의 반응을 알면 눈을 뜰 거예요. 동료한테 그렇게 전하세요. 언제든 협조하겠다고요."

"그건, 아무리 그래도……."

"앞으로 몇 년을 더 기다릴 생각이에요? 인생을 다시 설계하는 게 훨씬 빨라요. 나라고 꼭 약삭빠르게 살라는 소리만 하는 건 아니에요. 단, 지금 상태로는 앞으로 나아가지 못해요."

"그래도 역시 전화는 됐어요."

"어머, 왜요?"

"왜라니요…… 친구한테 그런 소리 못해요."

"요즘은 솔직하게 말해주는 사람이 드물죠. 언제부턴가 다들 상대가 기분 나빠하지 않을 소리만 해요. 누구나 악역은 맡고 싶지 않을 테니까요. 원망을 들어도 좋으니까 진실을 말해주는 편이 진정한 친절함이 아닐까요?"

도마리가 그렇게 말했을 때, 케이크가 나왔다.

하루카는 우울한 기분으로 케이크를 느릿느릿 잘랐다. 도마리도 말이 없었다.

"역시 내가 전화할게요."

케이크를 재빨리 해치운 도마리가 고개를 들더니 단호하게 말했다.

"괜찮다니까요."

"그럴 순 없어요. 지금 확실히 해두지 않으면 앞으로 후회해요."

"아무리 그래도 그렇게까지 하는 건 너무 깊이 참견하는 거 잖아요."

"내가 오지랖이 넓은 사람인 건 잘 알고 있어요. 그 사람 전화번호, 알려주세요."

"지금요?"

"쇠뿔도 단김에 빼라잖아요."

그러면서 도마리는 가방에서 휴대폰을 꺼냈다.

"혹시 오해하신 거 아니에요? 지금 이야기는 제 친구……."

도마리가 사납게 노려보아서 그다음 말은 삼켰다.

"진실을 아는 게 두렵죠?"

친구 이야기로 꾸몄는데 처음부터 다 알고 있었나 보다.

"정말 괜찮아요. 그런 짓을 했다가는…….."

"그런 짓을 했다가는, 뭐요? 남자가 당신을 싫어한다고?"

정답이었다.

도마리는 슬픈 표정을 지었다.

"하루카 씨, 당신도 사실은 다 알고 있죠. 상대의 감정이 결국 그 정도였다는 걸. 그리고 겨우 그런 수준의 남자였다는 것도. 무절제하게 쇼핑을 하고 방을 자꾸만 더럽힌 건, 그와의 미래가 보이지 않았기 때문이죠, 그렇지 않나요?"

"090⋯⋯."

하루카는 휴대폰을 열고 무엇에 홀린 듯 사토시의 전화번호를 읽었다.

도마리는 놀라지도 않고 불러주는 대로 자기 휴대폰의 번호판을 눌렀다.

"여보세요."

스피커폰 버튼을 눌렀는지, 사토시의 목소리가 하루카에게도 똑똑히 들렸다. 모르는 번호에서 온 전화여서 그런지 경계한듯 딱딱한 목소리였다.

"여보세요, 나는 나가사와 하루카의 엄마예요."

"네?"

그렇게 말하고, 사토시는 절규했다. 전화 너머로도 얼어붙은 모습이 보였다.

"여보세요, 들려요?"

"네⋯⋯ 들립니다."

금방이라도 사라질 듯한 목소리였다.

"당신, 우리 딸한테 청혼했다면서요."

"아니요, 저는 딱히⋯⋯."

"지금 '딱히'라고 했어요?"

"아니요, 그게⋯⋯."

"우리 하루카는 당신이 부인과 이혼하기를 5년이나 기다리고 있어요. 그거, 알고 있죠?"

"아니요, 저는……."

"뭐야, 몰라요?"

"그런 건…… 아닙니다만."

"당신, 우리 딸을 어떻게 생각해요?"

대답이 없다.

"하루카를 진심으로 사랑해요?"

"그게 그러니까……."

"말을 똑바로 못하네. 예스인지 노인지 대답하면 되는 간단한 질문일 텐데요."

"네, 그게……."

"이혼 이야기는 어느 정도 진행됐어요?"

"아니, 그게……."

그러고는 또 침묵했다.

"당신하고는 얘기가 안 되네. 잠깐 부인을 좀 바꿔줄래요?"

"그럴 순 없습니다!"

'왜 그래, 여보. 누구한테 온 전화야?'

전화 너머로 여자의 목소리가 들렸다.

'아니, 아무것도 아니야. 일 관련한 전화야.'

"부인한테 이혼 이야기를 했나요?"

"그러니까 그건 아직……."

"아직이라니, 혹시 한 번도 안 했어요?"

"그게……."

"확실히 하세요."

"네, 한 번도 안 했습니다."

"나쁜 짓은 이제 그만두지 그래요."

"네…… 정말 죄송했습니다."

도마리는 전화를 끊고 말했다.

"겨우 불륜 정도로 회사를 그만두면 안 돼요."

"네."

"그럼 나는 갈게요."

그렇게 말하고 계산서를 들고 일어났다. 하루카를 혼자 있게 해주려는 생각인 듯하다. 마음껏 울어도 좋다는 배려가 분명했다.

그런데 신기하게도 눈물이 나지 않았다.

아마 평생을 미적지근하게 살아온 성격이 무의식중에 도움이 되는 건지도 모른다. 진실을 직시하기 무서우니까 정면을 보지 않고 조금씩 포기하는 훈련을 해왔다. 왜냐하면, 이미 너무 잘 알고 있었으니까.

도마리가 등을 밀어주는 마지막 역할을 맡아주었을 뿐이다.

처음 방문했을 때, 도마리는 전부 꿰뚫어 보았으리라, 분명히.

그날 밤, 책장을 정리하다가 그리운 책을 발견했다. 처음 입사했을 때 받은 《사내보 제작 소양》이라는 책자였다. 먼지가 잔뜩 쌓였다. 책을 펼쳐 '사내보 담당자의 바람직한 자세'라는 항목을 읽었다.

  −경영 비전, 경영 방침, 경영 과제를 전달하는 대변인이 되
어라
  −사원 한 명 한 명의 마음과 의욕을 전달하는 저널리스트가
되어라
  −임원과 사원의 원만한 커뮤니케이션을 도와 통풍이 잘되
게 하는 선풍기가 되어라

  입사 초기, 광고부에 배속된 것을 알고 기뻐서 어쩔 줄 몰
랐다. 대학 시절, 취직 활동을 하며 여러 출판사에 원서를 냈
지만 전부 떨어졌다. 이 과정에서 문장을 쓰는 일을 포기했다.
그래서 사보를 만드는 일을 통해 활자를 다루게 되어 감격했
다. 취재도 하고 사진도 찍고 문장도 쓴다. 혼자 다양한 역할
을 하는 것에도 보람을 느꼈다. 그런데 언제부터 이렇게 의욕
없는 사원이 되고 말았을까.
  그때, 과장에게 의뢰받은 특집 기사 제목이 떠올랐다.
  '입사 3년 미만인 사원의 높은 이직률을 생각하다'
  퇴직해서 떠난 사원을 취재해야지. 그리고 '일신상의 사정'
이 아닌 진짜 퇴사 이유를 들어봐야겠다. 그 결과를 가지고 좌
담회를 열어야겠다. 임원과 중간 직책과 평사원을 균형 있게
모아야지. 토론 결과는 긍정적이어야 한다. 사원의 동기를 높

이러면 무엇을 해야 하는가. 이런 방향으로 이야기를 끌어가려면 사회자인 자신의 역할이 중요하다. 자신의 역량을 믿고 있기에 성실하기 짝이 없는 과장이 맡겨준 것이다. 기대에 부응해야 한다.

사진도 표정이 활기찬 것으로 실어야지. 차근차근 생각하다 보니, 도마리의 일안 리플렉스 카메라가 떠올랐다.

하루카도 좋은 카메라가 갖고 싶었다. 이번 기회에 살까.

일에 의욕을 느끼는 것은 오랜만이었다.

토요일에는 근처 드럭스토어에서 밀대를 샀다. 사실은 청소기를 돌리고 싶었는데, 청소기를 넣어둔 수납창고 앞이 짐으로 막혀 있어서 꺼낼 수 없었다. 꺼냈더라도 바닥에 물건이 잔뜩 쌓여서 청소기 본체를 끌고 돌아다닐 수가 없다. 마스크도 샀다. 도마리가 방문해준 덕분에 지금까지 먼지를 대량으로 마시며 살았던 것을 이제야 깨닫고 무서워졌다.

창문을 열고 부엌 바닥을 밀대로 쭉 청소했다. 마무리로는 100엔 가게에서 산 대형 물티슈로 바닥을 닦았다. 티슈가 금방 새까매졌다. 걸레는 사용하지 않았다. 걸레를 쓰면 걸레를 빨아야 하니까 할 일이 더 많아진다. 그러면 대체 언제쯤 깨끗해질지 몰라 멍해졌을 것이다.

다음으로 식기장 앞에 섰다. 문을 열 순 있지만 먼지 쌓인 식기류를 하나하나 다 꺼내서 씻을 기력은 없었다.

조금씩 하면 돼.

그렇게 생각하기로 했다.

너무 무리하다가 피로가 쌓이면 일에 지장을 준다.

아야코가 베스트셀러가 된 정리법 책을 알려줘서 몇 권쯤 사서 읽었는데, 그다지 도움이 되지 않았다. 그런 책에서 나오는 예시는 하루카가 보기에 깨끗한 집들이었다. 물건이 많아서 정리하지 못한다고 적혀 있는데, 자신과는 그 정도가 달랐다. 제대로 정리되어 있고, 애초에 청결했다.

조리대의 서랍을 열었다.

편의점에서 받은 플라스틱 숟가락, 포크, 나무젓가락, 빨대, 스틱 설탕, 커피용 크림, 케이크를 사면 상자에 넣어주는 종이 냅킨, 고무줄, 회를 사면 들어있는 미니 와사비, 겨자와 케첩, 마요네즈 미니팩도 나왔다.

언제 받았는지도 모른다. 전부 버려도 될 것들이었다.

쓰레기 봉투에 휙휙 던져 넣었다. 옷이나 신발과 달리 버릴지 말지 망설일 것도 없었다.

두 번째 서랍도 열었다.

빨래집게가 하나, 두통약, 쿠키틀, 공공요금 영수증, 슈퍼 봉지, 옷 단추, 연필, 대일밴드, 길에서 받은 휴대용 티슈 등등.

두통약은 언제 샀는지 생각이 나지 않으니까 버리기로 하고, 빨래집게는 아직 사용할 수 있으니까 베란다로 가져가자. 쿠키틀은 어디에 넣어두면 좋을까. 일회용 티슈는 어디 한 곳에 모아두면 좋을 것 같은데.

아아, 귀찮아.

쿠키 따위 다시 만들 거야?

마지막으로 쿠키를 만든 게 대체 몇 년 전이지?

빨래집게를 베란다로 가지고 간다고? 그건…… 다음에. 다음에라니, 언제? 차라리 지금 가지고 가지 그래. 그래도 베란다에 나가려면 방을 헤치고 나가야 한다. 바닥에 물건이 가득해서 또 귀찮아졌다.

그러니까…… 한숨이 나왔다.

아무리 시간이 지나도 정리하지 못할 것이라는 예감이 들었다.

물론 평생 이러고 살진 않겠지만…….

"만약 내일이 인생에 마지막으로 쓰레기를 버리는 날이라면 어떻게 하겠어요?"

도마리의 말이 불현듯 생각났다.

어쩌면 그녀는 매일 이렇게 각오하고 살고 있을까?

그렇게 생각한 순간, 하루카는 서랍을 통째로 빼내 쓰레기 봉투에 그대로 넣고 뒤집어 바닥을 두드렸다. 전부 다 쓰레기 봉투에 버리고 나니까 기분이 산뜻해졌다. 밤에 쓰레기를 내놔도 된다는 걸 안 이후로 쓰레기 버리기가 고통스럽지 않았다.

일단 조리대 서랍은 전부 깨끗하게 치우자. 오랫동안 사용하지 않았으니까 없어도 괜찮을 것이다. 그러니까 깔끔하게 버리는 게 낫다. 쓰레기 봉투에 잡동사니를 차례차례 던져 넣고, 대형 물티슈로 서랍을 닦았다. 차츰차츰 깨끗해졌다. 가게에서 받은 것들이 대부분이고 비싼 것이 없어서 버리기도 쉬웠다.

부엌부터 정리하는 것은 생각보다 좋은 방법 같았다.

이왕 시작했으니까 냉장고도 정리해버릴까? 그런 다음에 슈퍼에 장을 보러 가서 오랜만에 요리라도 만들까. 지금이 몇 시더라, 벽시계를 보았는데 건전지가 다 되어서 작년부터 움직이지 않았다. 주머니에서 휴대폰을 꺼내 시간을 확인하자 오후 2시였다. 2시간 동안 냉장고를 깨끗히 정리하고 슈퍼에 가자.

그렇게 결심하고 냉장고를 열었다.

딱딱하게 굳은 분말 맛국물이 눈에 띈다. 고추는 이미 색이 변해 갈색이 되었다. 유통기한이 지난 지 오래되었다. 산초가 든 병도 오래됐을 것이다. 튜브에 든 와사비나 생강, 겨자는 언제 마지막으로 썼는지 생각이 나지 않았다. 채소실에는 비닐에 든 정체 모를 것들이 잔뜩 있었다. 질척하게 녹은 녹색은 아마 오이겠지. 그리고 주황색으로 말라붙은 물체는 당근이다. 다 버리자.

다음은 냉동실. 아이스크림이 잔뜩 있었다. 몇 년 전 것이긴 해도 냉동 보존이니까 괜찮겠지. 시험 삼아 하나를 꺼내 뚜껑을 열었는데 뭔가 이상했다. 성분끼리 분리된 듯한 형상이었다. 한 입 먹자 이상한 맛이 났다. 서둘러 싱크대에 뱉고 입을 헹궜다.

그때 전화가 왔다. 아야코였다.

"하루카, 갑자기 미안한데 오늘 저녁에 혹시 무슨 일 있니?"

"없어."

"아아, 다행이다. 오늘 홈 파티가 있어. 오는 길에 저번에 사다 준 초콜릿 케이크 홀사이즈로 부탁할 수 있을까?"

"미안, 나 못 가."

"왜? 일 없다고 했잖아."

"오늘은 집 청소를 하고 싶어서."

"청소? 그런 거 언제든 할 수 있잖아."

"꼭 오늘 하고 싶거든."

"어, 그러면 곤란한데."

"곤란해? 왜?"

"그게……."

"애 볼 사람이 없어서?"

"어머, 너도 참. 지금까지 그렇게 생각했니? 그거 진짜 오해야. 하루카가 먹을 요리도 다 준비해뒀고, 하루카한테 어울릴 미남들도 불러뒀어."

"그래서 오늘은 미사키를 친정에 맡겼어?"

"그게…… 엄마도 좀 바빠서."

"아야코, 나 앞으로도 홈 파티에는 안 갈 거야."

"왜 그래? 미사키 때문이라면 사과할게."

"그게 아니야. 개인적인 사정이 있어. 그럼 다음 주에 회사에서 봐."

전화를 끊었다.

분노를 건전하게 발산해야지. 아야코한테 화를 내는 시간이 아까웠다. 그럴 시간 있다면 냉장고를 깨끗하게 하자.

분노를 해소하려고 아무도 없는 부엌에서 억지로 생긋 웃었다. 그러자 조금 기분이 밝아졌다.

좋아, 힘내자!

냉동실 청소를 다시 시작하는데, 이번에는 문자 알림이 울렸다. 사토시였다.

생각해 보니 주말에 연락하는 것은 처음이었다. 사토시는 휴일에는 가족과 보내서 지금까지 연락한 적이 없었다.

'다음 주에, 오랜만에 한 잔 하러 가지 않을래?'

마음이 전혀 흔들리지 않았다. 우유부단한 기분조차 없었다.

이 남자, 그냥 바보네. 엄마를 가장한 도마리의 전화에도 질리지 않았나 보다.

미련이라곤 전혀 없는 자신을 확인하고 안도했다.

'이제 그만 좀 하지? 나도 후린처럼 집에 쳐들어갈까? 당신 두 번 다시 만나고 싶지 않아. 안녕.'

좀 더 건실하게 살자.

송신 버튼을 눌렀을 때, 갑자기 그런 생각이 들었다.

생활 그 자체를 즐기자.

앞으로 그 누구에게도 휘둘리지 말고 살자.

눈을 감고 상상했다. 커다란 창으로 들어오는 태양 빛, 청결한 마룻바닥, 고급 소파와 단정한 커피 테이블, 그리고 창가에 장식한 꽃.

빨간 베네치아 글라스 꽃병은 앞으로도 소중히 사용할 것이다. 얼마 전까지만 해도 버리려고 했다. 볼 때마다 사토시가 떠올라 괴로웠으니까. 하지만 지금은 달랐다. 그렇게 멀지 않은 어느 날, 사토시를 떠올리지 않고 또 다른 즐거운 추억을 만들 수 있다는 예감이 들었다.

깨끗한 거실에서 정성껏 우린 홍차를 마시자.

혼자서 느긋하게 살아가는 성인 여자가 되자.

누구를 위해서도 아니고 나 자신을 위해서.

그렇게 결심하고 눈을 반짝 떴을 때, 열어둔 창으로 신선한 바람이 불어왔다.

Case 2

버 물
릴 건
을
수

없
는

남
자

나한테 물어보지도 않고 정리 전문가를 부르다니.

후미코는 대체 무슨 생각인 거야.

애당초 나는 정리 전문가인지 뭔지 하는 수상쩍은 일을 업으로 삼은 아줌마를 믿는 정신머리를 이해하지 못하겠다.

나는 딸을 그렇게 어리석게 키우지 않았다고 생각한다.

세면실 거울을 들여다보며 구니토모 덴조는 오랜만에 수염을 깎았다.

생각해 보면 최근 후미코 이외의 사람과는 아예 만난 적이 없었다. 집에 가족 아닌 다른 사람이 들어오는 것도 오랜만이다. 그래서 아침부터 왠지 모르게 긴장이 됐다.

어이, 갈아입을 옷 좀 꺼내 줘.

무심코 그 말이 나올 뻔해서 황급히 입을 다물었다.

아내 미츠코는 반년 전에 암으로 세상을 떠났다. 위의 3분의 2를 제거하는 수술에 성공해서 일단 집에 돌아와 평범하게 생활했는데, 1년도 지나지 않아 암이 여기저기에 전이되고 말았다. 그다음 일부터는 모두 순식간에 벌어졌다.

집에 사람 출입이 빈번했던 것이 미츠코의 인품 덕분이었음을 최근 들어 깨달았다. 나처럼 우중충한 할아버지에게는 아무도 찾아오지 않는다. 빨리 미츠코 곁으로 가고 싶다.

"실례합니다."

현관 쪽에서 소리가 들렸다.

"오바 도마리입니다."

예상보다 차분한 목소리였다. 좀 더 간드러지고 애교 섞인 장사꾼 목소리를 상상하고 있었기에 경계심이 조금 누그러들었다.

현관문을 열자, 어디에서나 흔히 볼 법한 평범한 아줌마가 서 있었다. 폴로셔츠에 청바지를 입은 가벼운 차림이었다. 나는 은테 안경을 쓰고 정장을 딱 갖춰 입은 비쩍 마른 여자를 상상했는데…….

"멋진 동네네요. 서민적인 풍정이 좋아요."

"허, 그거 고맙소."

이곳은 장인이 많이 사는 동네이다. 예전부터 내려오는 표구사, 다다미 장인, 불상 조각사, 인감 조각사, 건구사, 양복 재봉사 등 다양하다. 직종은 다양해도 돈을 벌지 못하는 것은 공통점이고, 덧붙여서 대부분 후계자가 없다.

예전에는 활기 넘치는 동네였는데 지금은 한산하다. 어느 집이나 아들들은 회사원이 되고 딸들은 회사원과 결혼해서 판에 박은 듯이 깨끗한 맨션에서 살고 있다. 딸 후미코도 마찬가지다.

구니토모 목어당은 자신이 3대째였다. 후미코는 외동딸이니까 데릴사위를 들여 목어(두드려 소리를 내는 불구. 나무를 깎아 만든 물고기 모양이다. ─ 옮긴이) 장인을 가업으로 물려주려고 생각한 적도 있었다. 그러나 자신도 후미코도 그런 말을 입 밖에 꺼낸 적은 한 번도 없었다. 나는 장남이니까 좋든 싫든 가업을 이어야 했기에 인생을 자유롭게 선택하지 못했다. 그래서 자식만큼은 좋아하는 일을 마음대로 하기를 바랐다. 소중한 딸을 나와 똑같은 처지로 만들고 싶지 않았다.

"오늘은 따님이신 후미코 씨께 의뢰를 받아서 왔습니다."

"그 얘기는 후미코에게 들었소. 그런데 나는 이번 일은……."

"그럼 실례하겠습니다."

아직 말이 끝나지 않았는데 신발을 벗고 멋대로 들어왔다.

"1층에는 작업장과 사무소와 부엌과 욕실과 화장실, 그리고 거실과 도구방이 있죠."

아줌마는 커다란 가죽 가방에서 꺼낸 종이를 펼치고 확인하듯이 말했다.

황당하게도 후미코 그 녀석, 배치도까지 줬나 보다. 이런 정체 모를 여자에게 집 상세구조까지 알려주다니, 이거 불안해서 살겠나. 후미코 녀석은 방범 의식이란 게 없어도 너무 없어.

"그리고 2층에는 다다미 여섯 장짜리 방이 세 개 있는데 지금은 아무도 사용하지 않고요. 맞나요?"

둥그런 얼굴과 작은 몸집에 어울리지 않게 마치 형사처럼 캐묻는 말투여서 마치 이쪽이 나쁜 짓이라도 한 것 같았다. 점점 더 마음에 들지 않았다.

"틀리지 않지만 어쨌든 나는 일이 바쁘니까 알아서 청소하고 돌아가면 좋겠어."

"저는 청소하러 온 게 아닙니다."

"음? 아니, 나는 정리 전문가가 온다고 딸에게 들었는데……."

"제 일은 청소가 아니라 청소하는 방법을 지도하는 것이라서요."

무슨 소리야, 잘난 척하기는.

"지도라니 뭐야, 이보쇼, 애초에 나는……."

"집을 둘러보면서 정리 방침을 정하도록 하겠습니다. 그리고 그 방침에 따라주셔야 하니까 양해 부탁드립니다."

뭐 이렇게 강압적인 여자가 다 있지.

지도라고?

가소롭기 짝이 없다.

입으로 이래라저래라 대충 주워 삼키고 돈을 벌다니, 그런 일이라면 나도 하고 싶다.

발끈한 표정이 감출 새도 없이 드러났지만, 아줌마는 깨닫지 못했는지 아니면 알면서도 무시하는 건지, 통통한 손을 다시 가방에 넣고 뒤적뒤적 뭔가를 찾기 시작했다.

"후미코 씨가 체크 시트를 보내주셨습니다. 그거에 따르면⋯⋯."

아줌마는 아기처럼 포동포동한 손으로 종이 한 장을 꺼냈다.

"내가 좀 보지."

종이를 낚아채 그 자리에서 읽었다.

다음 질문에 ○나 ×로 대답해주세요. 괄호 안에 이유나 의견을 마음대로 적으세요.

제1문항: 옷을 제대로 개킨다.

×(아버지는 집안일을 전혀 하지 않아서 제가 합니다.)

제2문항: 바닥이 보이지 않는 방이 있다

×(없습니다. 제가 청소하니까.)

제3문항: 빵에 곰팡이가 자주 생긴다

×(먹는 것도 제가 제대로 관리하고 있습니다.)

제4문항: 차를 바닥에 흘려도 닦지 않는다

○ (아마 아버지라면 닦지 않을 거예요.)

제5문항: 신문을 버리지 못한다

×(이것만큼은 아버지가 합니다. 아버지가 말하기를 신문을 모아 끈으로 묶는 건 '남자의 일'이라고 합니다.)

제6문항: 예전 연하장을 버리지 못한다.

○ (정리 정돈해서 불필요한 물건을 버린다는 발상 자체가 아버지에게는 없을 거예요.)

제7문항: 물건을 자주 찾는다

○ (어머니가 살아계실 때는 어머니한테 말만 하면 뭐든지 마법처럼 나오는 생활을 하셨어요. 그러니까 어머니가 돌아가신 후로는 손톱깎이 하나도 어디 있는지 몰라서 쓸 때마다 온 집 안을 뒤지는 것 같아요.)

제8문항: 충동구매를 한 뒤에 샀다는 사실 자체를 잊어버릴 때가 있다.

×(아버지는 쇼핑을 하지 않습니다. 의류는 어머니가 적당히 사왔어요. 아버지는 패션에 아마 관심이 없을 거예요. 애초에 슈퍼에 간 적도 손에 꼽을 정도라고 생각합니다.)

제9문항: 다른 사람을 집에 부르지 못한다

×(제가 퇴근길에 들러서 청소합니다. 완벽하다곤 할 수 없지만 어느 정도는 깔끔하게 유지하고 있습니다.)

제10문항: 창문을 열 수 없다

×(바닥에 물건이 쌓여서 창까지 접근하지 못할 정도로 심각하진 않습니다. 집은 그럭저럭 깨끗한 편이라고 생각합니다. 그래도 어머니가 살아계실 때와 비교하면 약간 어수선해진 것 같습니다.)

추신 : 아버지는 어머니가 돌아가신 후, 모든 일에 의욕을 잃은 것처럼 보여요. 아내를 먼저 저세상으로 보내면 남편이 뒤를 따라가듯이 세상을 떠난다는 이야기를 자주 들어서 걱정이에요. 아버지는 아직 60대고, 실력이 뛰어나서 목어 주문도 종종 들어오는 것 같아요. 회사원이 아니니까 정년도 없고 일을 하시면서 취미도 즐기셨으면 해요. 도마리 씨의 저서 부제에는 '마음을 청소해드립니다'라는 명문이 달려 있죠. 부디 아버지에게 긍정적인 계기를 만들어 주셨으면 좋겠어요. 잘 부탁드립니다.

후미코 이 녀석이, 나한테는 비밀로 하고 제멋대로 이런 글이나 끼적이다니.

"그럼 방을 순서대로 살펴보겠습니다."

슬슬 후미코가 올 시간인데 왜 이리 안 올까?

후미코는 초등학교 교사다. 오늘은 토요일이니까 학교는 쉬는 날일 텐데. 혹시 긴급 직원회의라도 있나. 예전과 달리 요즘 초등학교 교사는 이래저래 힘든 것 같다. 뭐라더라, 몬스터 부모(일본에서 교사에게 자신의 아이만을 위하여 무리한 요구를 하는 부모를 이르는 말)니 이지메니 학급 붕괴니 하는 소리를 흔히 듣는다. 학교 교장들이 매일 같이 보호자의 집을 찾아가 사죄하느라 바빠서 요즘은 교장이나 교감이 되려는 사람이 없다고 들어서 깜짝 놀랐다. 후미코의 남편도 초등학교 교사인데, 작년쯤부터 스트레스로 원형탈모를 앓고 있다.

그건 그렇고 후미코가 빨리 오면 좋겠군.

이렇게 인상이 험악한 아줌마와 집에 둘이 있다고 생각하기만 해도 숨이 막혔다.

"후미코 씨는 가까이에 사시나요?"

"차로 30분쯤 걸리는 곳에 살고 있지."

"꽤 멀리 사시네요. 후미코 씨는 학교를 마치고 여기로 와서 저녁을 차리시는 거죠? 매일 하시려면 힘들겠어요. 후미코 씨 가정의 집안일도 있는데."

"나는 예전부터 집안일에는 젬병이어서. 또 이 나이를 먹고서 집안일을 하나하나 배울 수도 없는 노릇이고."

그야 그렇겠죠, 혹은 어느 집이나 남자들은 다 그렇죠, 같은 대답이 돌아올 줄 알았는데 아줌마는 이쪽을 힐끔 보기만 하고 아무 말도 하지 않았다. 인생을 살면서 이렇게 기분 나쁜 여자를 본 적이 없다.

아줌마는 거실로 성큼성큼 들어가더니 정리장 앞에 섰다.

"열어보려고 하는데, 괜찮을까요?"

"허어, 그러시구려."

당연히 기분이 좋지 않았지만 정리 전문가라고 하니까 어쩔 수 없다.

아줌마는 위에서부터 순서대로 서랍을 열어 대충 훑어보았다.

"옷이나 속옷을 찾기 힘들지 않으세요?"

"그래요. 어디에 뭐가 있는지 모르겠어. 셔츠 한 장을 찾으려고 해도 장롱을 죄다 열어 봐야 해. 게다가 장롱이 한 방에 다 모여 있으면 좋은데 이 방, 저 방에 따로따로 있으니."

"이 정리장에는 80퍼센트가 사모님 의류인데 다른 장롱들은 어떤가요?"

"대부분 비슷해. 2층에는 집사람 물건만 들어 있는 장롱도 몇 개 있고. 내 전용 장 같은 건 없지만."

"그렇군요. 그럼 어르신 전용 장롱을 하나 만들죠. 후미코 씨한테 어르신 의류가 적은 편이라고 들었으니까, 아마 하나면 다 들어갈 거예요. 그러면 옷을 갈아입을 때마다 여기저기 장롱을 열며 찾으러 다닐 필요가 없으니까 그것만으로도 꽤 편해지실 거예요."

"그렇군. 그것도 그렇겠어."

"사모님 물건은 어떻게 하시겠어요?"

"후미코가 조만간 정리한다고 했는데, 그 애가 워낙 바빠서."

"후미코 씨가 사모님의 옷을 입으시기도 하나요?"

"아니, 그러진 않아. 키가 10센티미터 가까이 차이가 나고, 후미코는 어깨가 있고 탄탄한 편이라서."

"그럼 어르신께서 처분하시면 어떨까요? 시간 여유가 있는 어르신이 솔선해서 움직이시면 바쁜 따님에게도 도움이 될 텐데요."

"아니, 괜찮아. 후미코가 하겠다고, 자기가 그렇게 말했으니까."

그런가요, 혹은 알겠습니다, 같은 말을 할 줄 알았는데 이 아줌마는 또 장롱을 빤히 들여다보기만 하고 대답하지 않았다. 그런 점이 정말 기분 나빴다. 이런 태도로 잘도 장사를 한다 싶었다.

"다음은 욕실을 보고 싶습니다."

"그러시구려."

반쯤 질렸다. 뭐든 마음대로 해. 그리고 냉큼 돌아갔으면 좋겠다.

욕실로 간 아줌마는 대충 둘러본 뒤, 탈의실의 찬장을 하나하나 열어보았다.

"사모님이 쓰시던 물건들만 있네요."

미츠코가 애용한 샴푸, 색이 예쁜 비누 등이 생전 모습 그대로 놓여 있었다.

"어르신께서 사용하시지 않는 건 버리는 게 좋아요."

"조만간 후미코가 처분하겠다고 했으니 괜찮아."

그러자 아줌마는 한숨을 쉬었다. 마치 들으라는 듯이 커다란 한숨이었다.

뭐야. 기분 정말 나쁜데.

빨리 돌아가란 말이다.

그때, 현관 미닫이문이 덜컹덜컹 열리는 소리가 들렸다.

"늦어서 죄송해요."

후미코의 목소리였다.

"도마리 씨, 오늘 이렇게 와주셔서 감사해요."

후미코가 욕실에 얼굴을 내밀었다.

"잠깐 폐를 끼치고 있습니다. 집을 둘러보던 중이에요."

오늘도 후미코의 표정은 어두웠다.

"어떠니, 하루토의 상태는."

아줌마 앞이었지만 걱정이 되어서 물어보았다.

"응…… 여전해요."

"이번 주에도 결국 학교에 안 갔어?"

"……네."

"단 하루도?"

"네……. 하루도."

"그렇구나……. 그렇게 좋은 고등학교에 들어갔는데."

5월병이라는 건 5월에 걸리는 병일 테니까 6월이면 자연스럽게 나을 줄 알았다.(5월병은 무기력증을 말한다. 일본에서는 5월에 특히 이런 증상을 보이는 사람이 많아서 이렇게 불린다. − 옮긴이) 그런데 지금은 벌써 7월이다. 앞으로 몇 주만 지나면 학교는 여름방학이다.

내게 하루토는 단 하나뿐인 사랑스러운 손자다. 아직 고등학교 1학년인데 벌써 인생에 실패를 맛보고 있다. 하루토의 장래를 생각하면 걱정이 되어서 좀처럼 잠들지 못하는 날도 있었다. 이럴 때, 미츠코가 살아 있으면 좋았을 것이라는 생각이 들곤 했다. 고생을 많이 한 미츠코라면 뭔가 좋은 지혜를 짜냈을지도 모른다.

"아버지, 2층도 안내해드렸어요?"

"아니, 아직이야. 네가 왔으니까 너한테 맡기마."

"여긴 아버지 집이잖아요. 아버지가 안내해요. 나는 바쁘니까."

냉랭한 말투였다. 평소 후미코와 달랐다.

후미코는 재킷을 벗을 시간도 아까운지, 욕실 앞 세면대 근처에 있는 세탁기에 세제와 빨랫감을 넣고 스위치를 눌렀다. 가방도 여전히 어깨에 멘 채였다. 그다음에는 부엌으로 서둘러 들어갔다. 늘 그렇지만 분주하니 바빠 보였다.

"따님은 늘 저러신가요?"

후미코의 뒷모습을 바라보는 아줌마의 표정이 왠지 슬퍼 보였다.

"음…… 뭐, 보통은."

아줌마는 조용히 발소리를 내지 않고 복도를 지나 부엌으로 들어가더니 후미코의 뒷모습을 가만히 바라보았다.

후미코는 싱크대 앞에 서서 스펀지에 거품을 내 식기를 하나하나 닦고 있었다.

"있잖아요, 아버지."

뒤를 돌아본 후미코가 갑자기 나를 노려보았다.

"종이접시랑 종이컵을 왜 안 쓰는 거예요? 내가 바쁜데도 일부러 사와서 눈에 띄는 곳에 뒀는데."

"일회용을 아까워서 어떻게 써. 종이컵 같은 건 캠프나 피크닉을 갈 때 쓰는 거잖아."

"아버지가 그러니까 내가 맨날 이 집 접시까지 설거지해야 하잖아요."

"응?"

겨우 접시를 닦는 것이 그렇게 부담이 되는 일일까? 별로 대단한 일이 아니라고 생각했는데…….

그때, 후미코의 눈 밑에 거뭇거뭇 기미가 생긴 것이 보였다.

"아버지, 종이컵을 쓰기 싫으면 식기쯤은 직접 설거지하란 말이야!"

비명처럼 외치고 고개를 돌려 식기를 헹구기 시작했다. 달그락달그락 식기가 부딪치는 소리가 났다. 설거지를 그렇게 거칠게 하는 건 처음 보았다.

"어머니도 문제야. 미리 남편을 좀 가르쳤어야지. 하, 내가 진짜."

후미코가 폭발하다니, 굉장히 드문 일이었다.

"아버지, 이 큰 사발은 왜 썼어요?"

후미코가 다시 돌아보더니 거품이 묻은 사발을 양손으로 눈 높이까지 들어 올렸다.

"왜라니, 그냥……."

나는 식기 무늬나 형태에는 별로 흥미가 없다. 그저 거기에 있으니까 썼을 뿐이다.

이렇게 멋진 접시로 먹으니까 맛있다, 분위기가 나는 것 같다, 미츠코는 이런 소리를 자주 했는데 나는 하나도 이해할 수 없었다. 어떤 식기로 먹어도 맛있는 음식은 맛있고 맛없는 음식은 맛없다.

"일부러 이렇게 무거운 건 안 써도 되잖아요. 더 가벼운 사발도 있는데. 이렇게 무거운 걸 씻으면 더 힘들단 말이야."

당장에라도 사발을 싱크대에 내던질 기세였다.

"아버지, 설거지하는 사람도 좀 생각해요!"

"……미안하다."

대체 왜 저러는 거지.

오늘 후미코는 이상했다. 학교에서 무슨 일이라도 있었나?

아니면 부부싸움이라도 했나?

혹시 내가 원인인가?

미츠코가 죽은 다음 날부터 후미코가 오기 시작했다. 절대 내가 먼저 부탁하지 않았다. 그래서 후미코가 좋아서 오는 줄 알았다.

내가 말도 안 되는 오해를 하고 있었나.

후미코를 힘들게 하고 있었다면, 그렇다면 좀 더 빨리 말해주면 좋았을 것이다. 혹시 내가 먼저 알아차리지 못한 것이 안 좋았나.

그렇지만 하필 정리 전문가가 온 오늘 굳이 저렇게 화를 낼 필요는 없지 않나.

"나중에 설거지하려고 생각했는데……."

안타까웠다.

"앞으로 내가 설거지하마."

"아버지, 저번에도 그렇게 말했어요."

"그랬니…… 미안하다."

아줌마는 어전히 말없이 후미코의 뒷모습을 바라보있다. 대화를 듣고 있을 텐데 말이다.

"그럼 내가 2층을 안내하지요."

"아니요, 저는 여기에서 부엌을 좀 지켜볼게요."

그렇게 말하고 아줌마는 움직이려고 하지 않았다.

딱히 할 일이 없어서 어쩔 수 없이 아줌마 옆에 서서 후미코의 뒷모습을 바라보았다.

후미코는 설거지를 마치자 쉴 틈도 없이 이번에는 쌀을 씻기 시작했다. 다 씻은 쌀을 전기밥솥에 넣나 싶더니 이번에는 냄비에 물을 받아 불에 올리고 냉장고에서 무를 꺼내 싱크대에서 껍질을 벗겼다.

뭐든지 다 대단히 빠른 속도였다. 서두르는 수준이 아니라 마치 일각을 다투는 것처럼 보였다. 보고 있는 쪽까지 지쳤다.

지금까지도 이랬던 걸까. 생각해 보면, 후미코가 집안일을 하는 모습을 가만히 지켜본 적이 없었다. 저렇게 서둘러서 하면 지치지 않을까.

"후미코, 너 왜 그렇게 서두르니?"

"서둘러서 해야 하니까 그렇죠. 나는 우리 집 일도 해야 한단 말이야. 그리고 하루토가 걱정되니까 1분이라도 빨리 집에 돌아가야 해요."

후미코는 당근을 써는 손을 멈추지 않고, 돌아보지도 않고 내뱉듯이 말했다.

채소와 고기를 차례차례 썰어 냄비에 넣었다.

재료를 전부 넣었는지 냄비 뚜껑을 닫고 약한 불로 줄이고, 기분 전환하듯이 크게 숨을 내쉬었다. 그리고 냉장고를 열어 안을 살피며 메모 용지에 무언가를 적었다.

"어어…… 낫토가 이제 없네. 그리고 식빵이랑 치즈랑 햄도 없어. 아버지, 조미료는 아직 괜찮아요?"

"글쎄다, 모르겠네."

후미코가 경멸이 담긴 시선으로 나를 보았다. 그리고 또 한숨을 쉬더니 메모 용지를 한 손에 들고 칸 여기저기를 살폈다.

"간장이랑 미림, 요리 술, 우스터소스랑 돈가스 소스랑 마요네즈랑 케첩, 된장……은 아직 충분하네. 아, 중국 드레싱이 얼마 없어. 그리고 겨자도."

혼자 중얼거리며 메모했다.

"아버지, 지금부터 슈퍼에 다녀올게요. 그동안 도마리 씨한테 2층을 안내해주세요."

후미코는 서둘러 앞치마를 벗고 벽시계를 힐끔 살폈다.

"도마리 씨, 이렇게 되어서 죄송해요……."

고개를 숙이면서 주머니에서 휴대폰을 꺼냈다. 하루토에게 전화하려나 보다. 후미코의 머릿속에서 하루토가 한시도 떨어지지 않나 보다.

신호음이 들렸지만 늘 그렇듯이 영 받지 않는다. 후미코의 미간 주름이 점점 깊어졌다.

"여보세요, 하루토? 왜 바로 안 받아. 걱정했잖아."

짜증이 정점에 달한 목소리였다.

"하루토, 듣고 있니? 오늘 엄마 조금 늦을 건데 냉장고에……."

말하던 도중에 입을 꾹 다물었다. 그리고 바닥 한 지점을 뚫어지게 쳐다보며 굳어서 움직이지 않았다. 아무래도 전화를 일방적으로 끊은 것 같다.

"후미코, 하루토를 너무 과보호하는 거 아니냐?"

"무책임한 소리 하지 말아요. 하루토가 자살이라도 하면 어쩌려고 그래요?"

후미코는 나를 있는 힘껏 노려보았다.

"그렇게 날만 세우지 말고. 1년쯤 휴학을 시키면 어떻겠니. 인생은 기니까 1년쯤은 괜찮아. 미츠코처럼 예순 중반에 가는 사람도 있지만 건너편 우산 가게 노파처럼 아흔이 넘어서도 건강한 사람도 있어."

"아버지, 1년 휴학한다는 건 한 학년 아래인 학생과 동급생이 된다는 거예요."

"그야 그렇지. 당연한 소리를 하는구나."

"그게 사춘기 남자애한테 얼마나 큰 정신적 고통인지 모르겠어요?"

"너도 대학에 들어갈 때 1년 재수했잖아."

"대학생이랑 고등학생은 전혀 달라요. 아무것도 모르면서 끼어들지 마세요. 하루토가 진짜 히키코모리(은둔형 외톨이)가 되면 뭐, 어떻게 해줄 건데?"

마지막에는 거의 찢어질 듯한 목소리였다.

놀라서 후미코의 얼굴을 빤히 들여다보았다.

후미코는 누굴 닮았는지 어려서부터 공부를 잘했다. 학교 선생님이 되는 것이 초등학생 때부터 꿈이었다. 대학을 나와 장래희망대로 초등학교 교단에 서서 20년 가까이 일했다.

평소에는 감정을 그다지 드러내지 않는 쪽에 가까운데, 하루토가 학교에 가지 않게 되면서 예민해지기 시작했다. 그런데 오늘처럼 지친 모습은 처음 보았다.

"나…… 학교를 그만둘지도 몰라요."

후미코가 조용히 말했다.

"하루토가 걱정이라 곁에 있어야겠어요. 만약 혹시라도……."

후미코는 벽시계를 힐끔 보았다. 당장 집에 가서 하루토를 보고 싶은가 보다.

"후미코 씨, 괜찮다면 제가 장을 보러 다녀올게요."

아줌마가 갑자기 말했다.

"그 메모를 주시겠어요?"

그러면서 후미코에게 손을 내밀었다.

"정말요?"

후미코기 고개를 번쩍 들고 매달리는 듯한 눈빛으로 아줌마를 보았다.

"아줌…… 아니, 도마리 씨라고 했지, 슈퍼가 어디 있는지 알아? 이 동네에 처음이라고 하지 않았나?"

"어르신이 저를 안내해주시면 돼요."

새침한 표정으로 냉큼 말했다.

"내가? 내가 슈퍼에 갈 리가 없지. 젊은것들 아니고서야 이 동네에서 슈퍼에 다니는 사내는 없어. 장인으로서 체면이 떨어지니까. 아무튼 나는 슈퍼에 절대로……."

"그럼 이거, 부탁드릴게요."

후미코가 메모를 아줌마에게 건넸다.

"도마리 씨, 감사해요. 덕분에 살았어요."

그렇게 말하며 후미코는 매서운 눈으로 나를 보았다.

"아버지, 가끔은 바깥 공기를 좀 마시는 게 좋아요."

"마시고 있어. 매일 마당에 나가니까."

"도마리 씨, 아버지는 갈수록 외출 거부가 심해져요. 거실에서 뒹굴면서 텔레비전만 본다니까요."

"그러면 안 되죠."

"아버지가 몸을 움직이는 건, 식물을 돌보고 연못에 사는 금붕어 먹이를 주는 정도예요."

"그러면 몸이 무뎌져요."

"가끔 외출한다 싶어도 이발소랑 은행. 그것도 차를 타고 간다니까. 바로 앞인데."

"근육은 쓰지 않으면 순식간에 쇠약해져요. 나이를 먹을수록 더 그렇죠."

여자들이 집요하게 말하는 바람에 나는 결국 슈퍼에 가는 처지가 되고 말았다.

"도마리 씨, 차는 이쪽이야."

현관을 나와 차고로 걸어가려는데 "슈퍼에는 걸어서 갈 거예요"라는 헛소리가 돌아왔다.

"이것 보쇼, 산책하러 가는 게 아니잖아. 장을 보면 짐이 무거워진다고."

"무거우면 무거울수록 좋은 운동이 되죠."

웃음기 없는 얼굴로 말하면 이상하게도 거역할 수 없게 된다.

나는 이렇게 태도가 당당한 여자가 예전부터 거북했다.

동네 놈들과 마주치지 않는다면 괜찮지만…….

모자를 깊숙이 눌러 쓰고 고개를 푹 숙인 채 걸었다. 슈퍼까지 가는 5분간의 여정이 턱없이 길게 느껴졌다. 아줌마가 내 뒤를 바싹 따라왔다. 여자를 데리고 다닌다는 소문이 날까봐

거리를 두려고 속도를 내면 아줌마도 걸음이 빨라진다. 노력해 봤지만 어설픈 미행 같았다.

"어머! 도마리 씨 아니세요?"

뒤에서 귀에 익은 목소리가 들렸다. 콧소리가 섞인 독특한 목소리는 염색집 마나님이 분명하다. 예전에는 이 동네 제일가는 미인으로 유명했다. 예순을 넘어서도 피부가 반지르르하고 기모노가 잘 어울려서 부럽다고, 미츠코가 종종 말했다.

"저, 도마리 씨 팬이에요. 악수할 수 있을까요? 아아, 기뻐라. 에미, 오바 도마리 씨가 오셨어."

마나님은 가게를 보는 며느리를 큰 소리로 불러냈다. 에미 씨가 "어, 정말이네요! 이렇게 만나 뵙게 되어서 영광이에요"라고 외치며 가게에서 뛰어나오는 발소리가 들렸다. 나는 그 자리에 멀뚱히 있을 수도 없어서 어쩔 수 없이 고개를 돌렸다.

"어? 목어당 어르신 아니세요? 어르신께서 도마리 씨한테 정리를 부탁하셨나요?"

에미 씨가 물었다.

"내가 아니라오. 후미코 녀석이 괜한 참견을 해서 곤란한 참이야."

"그래도 후미코 씨는 바쁘잖아요. 요즘 학교 선생님은 정신이 없다고 들었어요. 여자 일손이 필요하실 때 언제든 말씀해 주시면 도와드렸을 텐데"하고 마나님이 말했다.

"고맙소."

"어르신, 도마리 씨를 역까지 배웅하시는 건가요?"

이번에는 에미 씨였다.

"……아아, 뭐, 그렇지."

"아니에요. 슈퍼에 장을 보러 갑니다."

"슈퍼요?"

마나님이 놀란 표정으로 나를 보았다.

"그거 잘됐네. 역시 도마리 씨네요."

뭐가 잘됐고 뭐가 역시인지 모르겠다. 예전부터 나는 여자들이 하는 말을 이해할 수 없었다.

나와 눈이 마주치자 마나님이 다정하게 웃어주어서 조금 두근거렸다. 이 도마리라는 아줌마도 염색집 마나님 정도로 애교가 있었다면 얼마나 좋았을까.

"실례합니다만."

아줌마는 염색집 마나님에게 말을 걸었다.

"나중에 댁을 좀 방문해도 괜찮을까요? 부탁드릴 것이 좀 있어서요."

"도마리 씨의 부탁이라니 뭘까? 기대되네요. 꼭 와주세요. 기다리고 있을게요."

마나님도 남에게 잘 속는 사람인가 보다. 정리 전문가라는 묘한 장사를 하는 인간을 신용하는 이유가 도대체 뭘까?

드디어 슈퍼에 도착했다.

나는 바구니와 후미코가 쓴 쪽지를 건네받았다.

"쪽지에 적힌 대로 장을 보세요."

아줌마의 뒤를 따라다니기만 하면 될 줄 알았는데, 역시 생각이 짧았다.

낫토, 식빵, 치즈, 햄, 중국 드레싱, 겨자…….

"어디에 뭐가 있는지 위치를 대충 기억해 두기로 하죠."

내가 왜 기억해야 하는데?

어제까지의 나라면 그렇게 물었을 것이다. 그래도 이제는 안다. 나는 지금까지 후미코의 짐이었다.

"끝에서부터 순서대로 돌아봐요. 앞으로 장은 직접 보셔야 해요."

말하지 않아도 안다. 정신적으로 궁지에 몰린 후미코의 그 표정이 머리에서 좀처럼 떠나지 않았다.

"혹시 도마리 씨 아니세요?"

아줌마는 채소 판매대에서도 생선 판매대에서도 반찬 코너에서도 알아보는 사람이 있어서 악수를 해야 했다. 아무래도 나만 모를 뿐이지 세간에서는 유명한 모양이다. 생각만큼 수상한 사람은 아닌가 보네. 그렇다면 안심이지만 그래도 역시…… 한시라도 빨리 저 아줌마에게서 해방되고 싶었다.

슈퍼에서 돌아오자 집 안에서 밥이 지어지는 냄새가 났다.

부엌으로 들어가자 식탁에 조림과 된장국과 생선구이가 있었다. 모락모락 피어오르는 김 너머로 후미코가 보였다. 밥솥을 열어 밥을 뒤섞고 있었다.

"아버지, 저 이제 돌아갈게요. 빨래는 널어두었으니까 내일 걷어요. 꼭이요. 지난번처럼 잊어버렸다는 소리는 하지 말고요. 그럼 내일 봐요."

"저도 같이 가겠습니다."

아줌마가 말했다.

후미코는 놀라지도 않고 "이렇게 와주셔서 감사합니다"하고 말했다. 처음부터 이럴 예정이었나 보다.

"후미코의 집도 이분이 정리해주는 건가?"

"그건 아니고…… 그냥 상의할 것이 좀 있어서."

시원찮은 대답이었다.

혹시 나한테 뭘 감추고 있나. 둘이서 무슨 작당을 하는 걸까.

"오늘 살펴본 상황을 여러모로 참고해서 제가 정리 계획을 세우겠습니다."

아줌마는 돌아갈 채비를 하며 말했다.

"다음은 2주 후인데 오늘과 같은 시간이면 괜찮을까요?"

"응? 오늘로 끝이 아닌가?"

"오늘은 〈정리하지 못하는 정도〉를 판정하기만 한다고 후미코 씨께 말씀드렸을 텐데요."

그런 소리는 듣지 못했다. 놀라서 후미코를 보았지만 시치미를 뚝 뗀 표정으로 나를 보고 있었다.

말도 안 돼. 하루면 끝난다고 생각해서 참았단 말이다.

"참고로 〈정리하지 못하는 정도〉는 경증부터 중증까지 3단계로 평가하는데, 어르신은 중증입니다."

"중증? 어째서? 어느 방이나 다 제대로 정리되어 있는데."

"그건 후미코 씨가 도우러 오기 때문이지 어르신의 힘이 아니니까요."

"하아."

"괜찮아요. 제게 의뢰하는 분은 대부분 중증이지만 반드시 좋은 쪽으로 발전하니까요."

자신만만한 표정으로 말했다. 후미코까지 감동했다는 듯이 고개를 끄덕였다.

"어르신처럼 중증이신 경우는 한 달에 두 번 지도를 3개월간 합니다."

"3개월이나?"

"거기에 더해서 반년 후에 체크도 있고요. 꾸준히 하지 않으면 처음으로 돌아가니까요. 그럼 숙제를 내드리겠어요. 거실에 있는 정리장을 어르신 전용으로 만들어 보세요. 이제 여기저기 장롱을 찾아 돌아다니지 않아도 되게요."

"그래, 그래. 어디 최대한 기대에 부응하도록 노력해보지."

농을 치듯이 대꾸하자 마음에 들지 않았는지 아줌마는 날카로운 시선으로 나를 똑바로 바라보았다.

"한다고. 하겠다고. 하면 되잖아. 후미코도 바쁘니까 역시 내 일은 내가 알아서 해야지."

부아가 치밀어 말하자 아줌마는 갑자기 싱긋 웃었다.

집에 와서 처음으로 보여주는 미소였다. 너무 갑작스러워서 어떻게 반응해야 할지 모르겠는 나는 무심코 시선을 피했다.

오늘은 이쯤에서 그만했으면 좋겠다. 이 아줌마가 집에 있기만 해도 답답해서 못 참겠다. 다시 안 마주치게 어떻게든 거절할 방법을 찾아야 하는데. 다음 지도일이 오기 전까지 어떻게든 손을 써야 한다.

다음 날, 후미코가 영 오지 않는다 싶었는데 염색집의 에미 씨가 왔다.

"도마리 씨한테 부탁을 받았어요. 어르신께 기본적인 집안일을 가르쳐 달라고요. 앞으로 한동안 어머님과 교대로 올게요."

보통 이런 식으로 참견하고 들면 화가 나는데 나는 에미 씨의 붙임성 좋은 미소에 약했다. 후미코와 동년배니까 마흔이 넘었을 텐데, 신경질적인 후미코와 달리 느긋한 분위기를 풍겨서 나까지 차분하고 따뜻한 기분이 들게 해준다.

"이거 미안하구먼. 바쁠 텐데."

"바쁘지 않아요. 장사가 전혀 안 되는데요, 뭐."

염색집 장남은 식품 회사에서 일하는 회사원이다. 염색집 일은 염색 장인인 주인과 마나님과 며느리 에미 씨 셋이서 하고 있다.

"그리고요, 미츠코 아주머니께서 건강하셨을 때, 시어머니께서 여러모로 많은 도움을 받으셨대요. 그 은혜를 갚는 셈이기도 해요."

"아아, 그렇구먼."

다정한 미츠코가 눈에 보이지 않는 재산을 나눠주었는지도 모른다.

"어르신, 그럼 시작할게요. 오늘 수업은요, 기본 중의 기본. 세탁기를 돌리는 방법과 밥 짓는 방법이에요. 그리고 된장국과 시금치 무침을 만드는 법이요. 한꺼번에 너무 많이 하면 힘드니까 조금씩 해요."

"스승님, 잘 부탁드립니다."

예의를 차려 인사했다.

"아이, 어르신도 참."

에미 씨는 호들갑을 떨며 웃었다.

그 아줌마와는 역시 전혀 다르다.

7월이 끝날 무렵, 하루토가 혼자 나를 찾아왔다.

"할아버지, 안녕하세요."

현관에서 고개를 꾸벅 숙였다.

오랜만에 보는 하루토는 생기가 빠져나간 듯한 표정을 하고 있었다. 태양이 쨍쨍 내리쬐는 계절인데 아이 얼굴은 너무 창백했다. 여전히 집에 틀어박혀 있는 것일까. 그래도 이렇게 찾아와주었으니 방에서 한 발짝도 나오지 않는 히키코모리인지 뭔지 하는 것까지는 아닌가 보다. 조금은 안심이 되었다.

"그런데 짐이 참 많구나."

커다란 슈트케이스를 끌고 있고 배낭까지 메고 있었다.

"그야 한 달이나 머무니까요."

하루토가 그렇게 말하며 운동화를 벗었다.

한 달이나 머문다는 소리는 듣지 못했다. 길어봤자 2박 정도라고 생각했다.

"말은 그렇게 해도 어차피 1시간만 있으면 지루해서 돌아가고 싶어질 게다."

"아니에요. 나, 한동안 여기 있을 거야."

"혹시 집에 있기 불편하니?"

"응, 엄마가 너무 걱정만 하니까. 맨날 감시당하는 것 같아."

"……그렇구나."

"제가 집안일을 도울게요. 엄마는 당분간 여기 안 온다고 하고, 할아버지는 일이 바쁘다고 들었어요."

"응? 아아…… 그렇지. 주문이 계속 들어와서 곤란하던 참이야."

괜한 허세는 아니었다. 손자의 본보기가 되어야 한다고 순간 생각했다. 등교 거부하는 손자에게 나처럼 일하지 않아도 살 수 있는 생활을 보였다간 큰일이다. 그런 직감을 느꼈다.

"대단하다, 할아버지는."

존경 어린 눈빛으로 나를 본다. 이렇게 됐으니 열심히 목어를 만들어야 한다. 주문이 몇 건 있는 것도 사실이었다. 미츠코가 세상을 떠난 이후로 의욕이 생기지 않아 고객에게 주문이 밀렸다고 거짓말을 하고 기다려달라고 했다.

당장 작업장으로 갔다. 갈 수밖에 없었다. 바쁜 척을 해야 하니까.

하루토도 쫓아와서 신기하다는 듯이 작업장을 둘러보았다.

"하루토, 어려서부터 여기에 여러 번 왔잖니."

"지금까지는 목어 만드는 일을 하나의 직업, 즉 인생의 선택지 중 하나가 될 수 있다고 생각하진 않았으니까. 단순히 할아버지의 작업장이라는 인식밖에 없었어요."

어려운 말을 쓰는 점은 후미코를 빼닮았다.

"좋겠다. 할아버지는 직접 할 수 있는 일이 있어서."

아직 열여섯 살이면서 벌써 인생이 끝났다는 표정이었다.

"그럼 너도 직업을 찾으면 된단다."

"엄마도 그렇게 말해요."

"흠, 그러냐. 후미코가 그런 소리도 하는구나."

뜻밖이었다. 어릴 때부터 하루토를 학원에 보내 공부하라고, 공부하라고 몰아대는 것처럼 보였다. 좋은 고등학교, 좋은 대학교를 나와 엘리트가 되도록 교육한다고 생각했다. 지나치다고 생각했지만, 시대 흐름이 점점 달라지니까 나처럼 늙은 사람이 참견해선 안 된다고 생각해서 굳이 말하지 않았다. 그

렇게 아들 교육에 열성적이던 후미코가 장인이 되는 길을 하루
토에게 권했을 줄은 몰랐다.

"그래, 후미코는 어떤 직업을 가지라고 하던?"

"의사나 변호사."

"아아, 그런 쪽이냐."

직업이라고 해도 역시 목어 장인은 아닌가 보다.

"할아버지가 목어 만드는 모습, 여기서 봐도 될까요?"

"물론 되고말고."

"일본에 목어 장인이 몇 명이나 있어요?"

"내가 듣기로는 전국에 스무 명 정도밖에 없을 거다. 목어뿐
만 아니라 장인이 갈수록 줄어들고 있어. 큰 돈을 벌지 못하니
어쩔 수 없겠지."

"할아버지는 왜 목어 장인이 되려고 했어요?"

"뭐가 되고 싶은지 생각할 여유가 없었어. 장남이니까 아버
지의 뒤를 물려받아야 했지. 그것뿐이란다."

하루토가 옆으로 와서 정을 쓰는 내 손놀림을 지그시 바라보
았다. 한동안 일을 쉰 탓에 솜씨를 제대로 발휘할 수 없었다.

"할아버지, 목어 만드는 거 재미있어요?"

"처음에는 재미없었어. 어려서는 싫기만 했고. 장남으로 태
어난 것이 원망스러웠어. 재미있다고 느끼기 시작한 건, 일을
배우기 시작하고 5년쯤 지났을 때부터였어. 목어를 하나 완성
할 때마다 솜씨가 숙달된다는 걸 느꼈어. 성취감도 있었고, 노

력한 성과가 눈에 또렷하게 보이지. 그렇지만 가끔 길에서 동급생과 만나면, 다들 빳빳한 양복을 입고 있으니까 회사원의 세계가 멋있고 즐거워 보여서 부럽더구나. 내가 입은 지저분한 작업복과 비교하고 우울해하기도 했어. 나는 대체 뭘 하고 있나 해서. 그렇지만 다음 목어를 완성하면 또 솜씨가 늘었지. 그러니 보람을 느꼈고. 그런 상황이 반복됐단다."

"흐응, 그렇구나."

팔짱을 끼고 무언가 생각하는 것 같았다.

"목어 제작은 길고 긴 작업이야. 매입한 녹나무를 응달에 5년간 놓아둬야 하지."

"어, 5년이나요?"

"그래. 그런 다음에 톱으로 크고 작은 크기로 다양하게 잘라야 해. 그리고 안을 파낸 다음에 또 3년에서 5년간 자연 건조하지. 그다음에야 간신히 조각이 나와. 조각을 마치면 표면을 닦아서 윤기를 내고 소리를 조정하지."

"소리?"

"목어는 소리를 내는 악기니까."

"소리를 어떻게 조정해요?"

"먼저 눈을 감고 마음을 차분하게 해야 해. 너도 눈을 감아보렴."

하루토가 눈을 감은 것을 확인하고, 나는 채로 목어를 두드렸다.

"신경을 집중해서 소리와 공기의 흐름을 온몸으로 느끼는 거야."

"이렇게 섬세한 일인 줄은 몰랐어요."

하루토가 감탄하며 눈을 떴다.

"그야 섬세하지. 좋은 소리를 내기 위해서 속을 몇 밀리미터 단위로 파내야 하거든. 몸이 안 좋으면 못 하는 일이야. 소리가 좋은지 안 좋은지 감에 의존하는 수밖에 없어."

"그 감을 익히려면 몇 년이나 걸려요?"

"나도 아직은 한참 부족해. 50년을 해도 여전히 성장하는 중이란다."

"감보다는 과학적인 수치가……."

하루토는 뭐라고 웅얼웅얼 말하면서 허공을 쳐다보며 미간을 찌푸렸다. 그 골똘한 옆모습이 후미코와 닮아서 신기했다.

"큰 목어라면 완성하기까지 10년이 걸릴 때도 있어. 그다지 벌이는 좋지 못하지만, 내가 이 세상에서 사라지더라도 앞으로 수십 년, 수백 년이나 내가 만든 목어를 사용한다고 생각하면 기쁘지."

"할아버지가 돌아가시면 여기는 어떻게 되는 거죠?"

"네 엄마가 집이랑 같이 처분하겠지."

"그건 좀 아깝다."

하루토는 갑자기 벌떡 일어나더니 주머니에서 휴대폰을 꺼내 작업장 여기저기를 찍기 시작했다. "갑자기 꼭 남기고 싶어졌어"라며, 불길한 소리를 했다.

"나 아직 안 죽는다."

"할아버지는 아주 오래오래 살아야 해요."

기분 좋은 소리도 다 할 줄 아네.

"고맙구나."

"진심이에요. 지금 돌아가시면 내가 곤란해."

하루토는 다급한 표정을 지었다.

"어때, 너도 해보겠니?"

"어, 해도 돼요?"

눈이 반짝인다.

"거기 나무토막이 잔뜩 있지. 연습용으로 써도 된다. 아무거
나 좋으니 하나 골라서 연필로 밑그림을 그리렴."

"응, 해볼게요."

하루토는 얼른 나무토막을 고르기 시작했다.

"모양은 크게 나누어 두 종류가 있어. 용 두 마리가 구슬을
문 '용 조각'과 성 천수각의 샤치호코(용마루 끝에 장식하는 호랑
이 머리에 가시가 뾰족하게 난 상상의 물고기. ─ 옮긴이)를 본뜬 '샤
치 조각'이 있어. 마음에 드는 걸 골라서 해보렴. 견본은 이쪽."

하루토는 견본을 손에 들더니 열심히 비교한 뒤에 '용 조각'
을 골랐다.

"그런데 하루토, 저녁은 뭘 먹고 싶니?"

"카레라이스."

"좋아, 그럼 좀 이따가 같이 슈퍼에 장을 보러 가자."

"어? 할아버지, 슈퍼 가는 거 싫어하지 않았어요? 엄마가 그랬는데."

하루토를 위해서라면 슈퍼쯤이야 얼마든지 갈 수 있다.

하루토의 운동 부족은 나보다 심한 것 같았다. 중학교 때까지는 몸놀림이 빨랐는데 지금은 동작이 둔했다. 의자에서 일어날 때도 으라차차 기합을 넣는 소리가 들릴 것만 같았다.

"슈퍼가 의외로 재미있는 곳이더구나. 다양한 물건을 팔아서."

"그런 건 누구나 다 알아요."

"너, 카레 만들 줄 아니?"

"자신은 없어요."

"사실 나도 자신 없단다."

솔직히 털어놓자 하루토가 아하하 소리 높여 웃었다.

하루토의 웃음은 오랜만에 보았는데, 표정이 여전히 딱딱해 보여서 마음이 복잡해졌다.

"걱정했는데 생각보다 건강해 보여서 안심했다."

그렇게 말했더니 하루토는 순간 머쓱한 표정을 지었다.

"지금은 여름방학이니까. 나만 학교를 쉬는 게 아니라 다들 쉰다고 생각하니까 마음이 좀 편해졌어요."

"그래, 그렇구나."

"바보 같아, 나."

"바보라니 그게 무슨 소리냐. 하루토는 남들에겐 없는 걸 갖고 있어."

"어, 진짜?"

놀란 눈으로 나를 본다.

"진짜지. 너는 분명히 뭔가 이루어 낼 인간이야. 이 할아비
는 안다."

비장의 무기인 이 마법의 말은 사실 근거라곤 없지만, 사람
의 미래는 모르니까 꼭 거짓말이라곤 할 수 없다. 그리고 이런
말이 평생 마음을 지켜주는 힘이 되기도 한다.

생각이 비뚤어져서 시간을 낭비하던 고등학생 때, 어머니가
말씀해주셨다.

"너는 특별한 사람이야. 길거리에 흔히 보이는 애들과는 달
라. 뭔가 네 손에 꼭 움켜쥘 날이 올 거다."

뜬구름 잡는 소리라고 어머니에게 화를 냈지만, 내심 기뻤
다. 단순하다면 단순하지만, 인생에 희망을 본 기분이었다. 어
머니의 그 말씀을 떠올릴 때마다 지금도 뱃속이 따뜻해진다.

힐끔 보니 하루토의 뺨도 살짝 부드러워져 있었다. 하루토
의 몸을 칭칭 동여맨 '어차피 나 같은 것'이라는 실이 아주 조
금이라도 풀렸다면 좋으련만……

"하루토, 학교는 당분간 잊으려무나. 여름방학은 아직 한 달
이상이나 남았어. 할아비 집에서 느긋하게 지내면 돼."

"응, 고마워요."

그 후에 하루토와 같이 슈퍼에 가서 카레 재료와 차가운 수

박을 샀다.

다음 날부터 남자 둘이 협력하며 사는 날이 이어졌다. 후미
코는 전혀 올 생각을 하지 않았다.

이틀에 한 번은 세탁하고, 일주일에 두 번은 청소기를 돌렸
다. 미츠코의 물건을 조금씩 버리기 시작했다. 요리할 때 모르
는 점이 있으면 염색집의 에미 씨에게 물어보러 가기도 하고,
혼자 해보다가 정체 모를 음식을 먹기도 했다.

정리 전문가 아줌마가 오는 날이 왔다.

집에 들어오자마자 내 전용으로 만든 장을 보여 달라고 요구
했다. 그렇게 말할 줄 알고 내 옷을 한곳에 모아 두었다.

"정말 잘하셨어요."

웃지도 않고 초등학생에게나 할 법한 말투로 칭찬이나 해대
는군.

"오늘은 식기장을 정리할까요? 2주 동안 사용한 식기를 식
탁에 한 번 올려놔 주시겠어요?"

귀찮았지만, 그녀의 당당한 태도에 기가 눌려 그대로 따를
수밖에 없었다.

최근 사용한 식기라면, 하루토와 먹은 카레 접시, 밥그릇,
된장국용 국그릇, 초밥을 사 왔을 때 간장을 담은 종지, 볶음
요리를 담은 중간 크기의 접시, 주전자와 컵, 라면 그릇, 메밀
국수와 소면용 양념장 용기, 머그잔, 커피잔, 찬 것을 담는 데

쓴 유리그릇, 풋콩을 담는 데 쓴 커다란 유리그릇, 수박을 담는 큰 접시, 덮밥을 만들어 먹은 덮밥용 사발…… 생각보다 많이 사용했다.

"대충 이런 것 같구려."

"그럼 다른 식기는 버리죠."

"응? 아무리 그래도 그건 좀……."

식탁에 꺼낸 식기가 생각보다 많긴 해도 전체의 10분의 1도 되지 않았다. 커다란 식기장에는 저 안쪽까지 식기가 꽉꽉 채워져 있다.

"후미코에게도 상담을 해봐야 해. 아내의 유품으로 몇 개쯤 갖고 싶다고 생각할지도 모르니까."

"그럼 이렇게 할까요. 쓰지 않는 식기는 상자에 담아서 창고에 넣어두는 거예요. 이렇게만 해도 식기장을 쓰기 훨씬 편해져요."

"내가 할게요."

하루토가 말했다.

"운동이 될 것 같아."

"그럼 다음으로 신발장을 정리할까요?"

현관으로 와서 신발장을 열어 보니 예상대로 80퍼센트가 미츠코의 신발이었다. 미츠코는 발이 작고 후미코는 발이 커서 후미코가 신을 만한 것은 없었다.

"그냥 다 버릴까."

그렇게 말하자 아줌마가 싱긋 웃었다.

왠지 묘하게 기뻐졌다. 염색집 에미 씨의 웃음과 달리 쉽게 보지 못하니까 아줌마의 미소가 훨씬 더 가치가 있다는 착각에 빠졌다.

거참, 나까지…… 나까지 속아 넘어가면 어쩌려고.

"드디어 부부 두 사람의 생활에서 독신 생활로 전환할 각오가 생기셨군요. 그거면 돼요."

뭐야, 잘난 척하기는.

하루토가 오고서 3주가 지났다.

"안뇽하세요."

작업장에서 나무를 조각하는데 현관에서 묘한 소리가 들렸다. 안녕하세요의 '녕'을 이상하게 발음하고 있다. 즉 외국인 흉내를 내는 것이다.

"안뇽하세요."

또 들렸다.

"할아버지, 누굴까요?"

하루토가 물었지만, 저런 이상한 짓이나 하는 놈은 나도 모른다.

둘이 같이 현관으로 나갔는데, 백인 부부와 어린 딸이 서 있었다. 부부는 녹나무처럼 뚱뚱했는데 눈이 파란 어린아이는 인형처럼 사랑스러웠다.

"안뇽하세요."

세 사람이 제각각 조금 전의 그 발음으로 말했다. 어린 여자아이까지 그렇게 말해서 나는 무심코 웃고 말았다.

"갑자기 찾아와서 죄송합니다. 구니토모 목어당을 꼭 방문해보고 싶다고 하셔서."

유창한 일본어가 들렸다. 통나무처럼 통통한 부부 뒤에서 일본인으로 보이는 안경 쓴 남자가 발돋움을 하고 고개를 내밀었다. 어디서 본 적이 있는 것 같았다.

"어, 아리마 선생님이다. 할아버지, 텔레비전에 자주 나오는 사람이에요."

하루토가 말했다.

아아, 생각났다. 아마 정신과 의사였던 것 같은데.

"맞습니다, 저는 아리마라고 합니다. 처음 뵙겠습니다. 이쪽은 독일 쾰른에서 세라피스트를 하고 계시는 슈미트 씨입니다. 슈미트 씨께서 목어당 홈페이지를 보시고 일본에 오면 꼭 구니토모 목어당을 방문하고 싶다고 하셔서 제가 이렇게 모시고 왔습니다."

"홈페이지? 나는 그런 거 모르는데."

"할아버지, 내가 만들었어요. 그런데 설마 내 홈페이지를 보는 외국인이 있을 줄 몰랐어."

"어쨌든 어서 오시게, 들어오시구려."

나는 입에서 자연스럽게 나오는 말에 놀랐다.

손님 접대는 전부 미츠코에게 맡겨두었는데 앞으로는 뭐든 스스로 알아서 해야 한다. 나는 변함없이 나지만, 어쩌면 나는 미츠코이기도 하지 않을까. 요즘 들어 그런 생각이 들었다. 일찍 세상을 떠난 미츠코의 몫만큼 사는 것이 바로 이런 것 아닐까.

손님을 작업장으로 들이고 의자를 권했다.

"커피와 홍차, 녹차, 오렌지 주스가 있는데 뭘 드시겠어요?"

하루토가 영어로 물었다.

"커피, 플리즈."

이건 슈미트 씨.

"티, 플리즈."

이건 슈미트 씨 부인.

"오렌지 주스, 플리즈."

이건 어린 여자아이.

다 다른 걸 주문하다니. 외국인은 정말 배려라는 걸 모른다.

"그럼 저는 녹차로"하고 아리마까지 다른 것을 시켰다.

하루토는 당황한 표정을 지으면서도 "할아버지는요?"하고 물었다.

"나는 뭐든 좋다."

그렇게 나올 줄 알았다는 표정으로 하루토는 서둘러 부엌으로 향했다.

음료가 다 나오자, 슈미트 씨가 말을 시작했지만 영어로 말해서 나는 알아들을 수 없었다.

"슈미트 씨가 선禪을 공부하신대."

하루토가 설명해주었다.

"하루토, 너 영어를 알아듣니?"

"이 정도는."

"슈미트 씨는요"하고 아리마가 차를 홀짝였다.

"선을 연구하다가 목어에 흥미를 느끼게 되셨습니다. 아시다시피 유럽에서는 선이 한때의 유행이 아니라 이제 완전히 문화로 정착했습니다. 명상은 종교색이 약하니까 크리스트교 국가에서도 쉽게 받아들인다고 합니다. 구니토모 목어당 홈페이지의 영문판을 꼭 만들고 싶다고 하십니다. 목어를 인터넷으로 판매하면 유럽에서도 팔 수 있을 테니까요."

"목어를 갖고 싶으면 대량 생산하는 중국산이 저렴한데."

나는 친절하게 가르쳐 주었다. 중국산 때문에 장사가 되질 않았다. 그렇지만 독일인이 목어의 품질이 어떤지 알 리가 없다. 그런 외국인에게 내가 만든 고가 목어를 팔아치우기는 망설여졌다.

아리마의 통역을 들은 슈미트는 고개를 크게 저었다. "노"라고 강하게 말하는 것은 나도 알아들을 수 있었다.

"덴조 씨께서 만드신 목어를 갖고 싶다고 하십니다. 독일인은 대량 생산한 물건을 좋아하지 않아요. 마이스터Meister의 영혼이 담긴 고품격 물건을 갖고 싶다고 말씀하십니다."

"역시 대단하다, 할아버지."

하루토가 나를 존경 어린 눈빛으로 바라보았다.

일주일 후 여름방학이 끝날 무렵, 후미코가 불쑥 찾아왔다.

"저렇게 웃는 하루토, 몇 개월 만에 봐요. 아버지, 고마워요."

후미코는 작업장에 가서 하루토가 나무를 조각하는 모습부터 보고 온 참이었다.

"아니다, 나는 아무것도 안 했어. 그냥 같이 매일 밥을 지어먹고 가끔 세탁하고 청소하고, 그리고 조각 연습이나 산책이나 좀 하고 그랬지."

부엌 식탁에 마주 앉아 차가운 보리차를 내주었다.

"그건 그렇고 오랜만이구나. 한시도 하루토 걱정을 못 놓던 네가 웬일이냐. 하루토와 한 달 만에 만나지?"

"도마리 씨가 하루토와 만나지 말라고 금지했어요. 전화도 안 된다고."

"어째서?"

"그게 도마리 씨가 정한 방침이에요. 하루토와 한동안 떨어지는 게 좋겠다고."

"그 아줌마는 정리 전문가가 아니었나?"

"그분은 집뿐만 아니라 마음도 청소해주시는 걸로 유명해요."

"역시 이상한 장사였어."

"도마리 씨를 그렇게 말하지 마세요."

발끈하는 것을 보니 세뇌당한 것 같다.

"하나 묻고 싶은데, 그 아줌마가 처음 여기 온 날 말이다……."

묵직하게 마음속에 내려앉았던 것을 오늘은 과감하게 물어보려고 했다.

"그 날, 너 설거지를 하면서 나한테 화를 냈지. 그때는 정말 깜짝 놀랐고 솔직히 말해서…… 좀 힘들었다."

"아버지, 죄송해요. 사실 그것도 도마리 씨의 지시였어요."

"뭐야?"

"도마리 씨와 미리 만나서 제 심정이 어떤지 털어놓았어요. 그랬더니 앞으로는 참지 말고 자신을 다 보여주는 것이 좋다고 했어요. 하지만 그랬다가는 아버지가 너무 안 됐잖아요. 그래서 처음엔 반대했어요."

딸에게 안 됐다고 여겨지는 것이 더 힘들다.

"그랬더니 '어르신은 후미코 씨의 아버지잖아요. 아버지를 어렵게 생각할 것 없어요'라고 도마리 씨가 말했어요."

"그 말은 맞다. 앞으로는 날 생각한다고 괜히 망설이지 말아라. 너는 내 하나밖에 없는 딸이잖아."

"그렇게 말씀해주셔서 고마워요. 그런데 그 날은 감정이 자꾸 북받쳐서 조금 말이 심해졌어요."

"절대 아니라니까. 앞으로도 그렇게 해주렴. 나는 무슨 말을 들어도 괜찮으니까. 딸이 날 어렵게 생각하는 게 오히려 괴로워."

"그래요? 그럼 앞으로 하고 싶은 말을 다 할 테니까. 각오해

두세요. 후후. 조금은 마음이 편해졌어요."

"또 어떤 지도를 받았니?"

"뭐든 남편하고 상담하라고요."

"그건 나도 예전부터 생각했다. 하루토에 관해서도 왜 너 혼자 고민하는지, 요시히코는 뭘 하고 있는지, 아버지로서 응당 해야 할 역할을 안 하는 건지, 그렇게 생각하니까 화가 치밀더구나. 하지만 부부 사이에 끼어들 수 없으니 말은 안 했어."

"전에도 말했잖아요, 남편은 학급 붕괴 문제 때문에 요즘 정신이 없어요."

"그래도 부부가 다 초등학교 교사니까 서로 도울 수 있을 거야. 적어도 고민을 듣고 충고쯤은 할 수 있을 텐데."

"그게 간단하지 않아요. 아직도 세간에서는 학급 붕괴가 담임교사의 역량이 부족하기 때문이라고 여기는 편견이 강해요. 아이들이 다 착해서 화기애애한 반을 맡은 교사는 코가 높아져서 거들먹거리는 분위기가 우리 학교에도 있거든요. 특히 남편은 자존심이 세니까 사실은 저한테도 알리고 싶지 않았을 거예요. 그래도 그런 소문은 금방 퍼지니까. 우리 학교 선생님들까지도 남편 일을 알고 있어요. 참 좁은 세계거든. 그러니까 안타까워서, 나만이라도 모르는 척 해줘야 할 것 같아서."

"그러면 부부 사이가 너무 서먹해지잖니."

"도마리 씨도 그렇게 말했어요. 좋은 일이든 나쁜 일이든 다 상의하는 게 좋다고."

"그래, 그 아줌마도 제대로 된 소리를 하는구나. 혹시 이번 여름방학에 요시히코와 여행을 다녀온 것도 그 아줌마가 권했니?"

"네. 홍콩에 다녀왔는데 정말 좋았어요. 그렇게 활기 넘치는 거리라니, 저도 저절로 기운이 나더라고요. 다들 얼마나 열심히 사는지, 잘난 척하는 것도 없고 발을 땅에 딱 붙이고 서 있는 느낌이었어요. 부부끼리 여행을 다녀온다고 해서 남편의 고민이 사라지는 건 아니지만요. 그래도 그 사람도 뭔가 느꼈는지, 돌아오고 나서 좀 밝아진 것 같아요."

후미코는 보리차를 맛있게 한 모금 마셨다.

"그런데 하루토는 아직도 작업장에 있나? 좋아하는 아이스크림을 사 왔는데."

"하루토는 일단 조각에 빠지면 작업장에서 나올 생각을 안 하더구나. 그건 그렇고……."

이번 기회에 하나 더 물어보고 싶은 것이 있었다.

"정리 체크 시트인지 뭔지를 봤는데, 그걸 보니 너는 나를 정말 걱정한 것 같던데……."

그런데 그 날 후미코는 설거지를 하다가 폭발했다. 울분을 퍼부었다고 해도 좋을 정도였다. 그 분노에 찬 표정과 체크 시트에 적힌 다정다감한 말이 너무 모순되어서 나는 그 날부터 머릿속이 혼란스러웠다.

추신 : 아버지는 어머니가 돌아가신 후, 모든 일에 의욕을 잃은

것처럼 보여요. 아내를 먼저 저세상으로 보내면 남편이 뒤를 따라가듯이 세상을 떠난다는 이야기를 자주 들어서 걱정이에요.

"아아, 그거."

후미코는 잠깐 말을 끊고 남은 보리차를 꿀꺽 마셨다.

"어머니가 돌아가신 뒤에 아버지, 늘 툇마루에 앉아서 마당만 멍하니 쳐다보고 계셨잖아요. 그래서 걱정이었어요."

그리고 씁쓸하게 웃었다.

왜 웃지? 의미를 모르겠다.

"그런데?"

말을 재촉했다.

"생각해 보면 체크 시트에 쓴 거, 본심이 아니었던 것 같아서요. 썼을 때는 본심이라고 생각했는데. 그런데……."

말하기 어려운 것 같았다.

"그런데 뭐지? 뭐든 다 말해다오."

"사실은요, 도마리 씨도 날카롭게 지적했어요. 그러니까 저는 일과 가정을 양립하는 것만으로도 큰일이었는데 하루토가 등교 거부를 하기 시작했잖아요. 그때부터 정신적으로 수세에 몰려서 괴로웠어요. 게다가 남편이 맡은 반에서는 학급 붕괴가 일어났고. 그 사람은 자기 일로도 정신이 없으니까 집에 와도 마음이 다른 곳에 가 있는 상태였어요. 그러니까 나는 하루토 일을 그 사람한테 상담할 수 없었어요. 나 혼자 어떻게든 해결하려고 했죠. 그렇게 워낙 일이 많다 보니 저도 머리가 터질 것 같았고요."

그런 상황에서 나까지 짐이 되었다…… 그런 건가.

게다가 나는 병에 걸린 것도 아니고 튼튼하고 건강했으면 서…….

"후미코, 그 아줌마의 지적은 그러니까……."

"네. 아버지 일이요. 생기를 잃고 죽은 사람 같은 눈을 한 아버지를 볼 때마다 걱정이었어요. 아니, 걱정해야 한다고 생각했어요. 그런데 도마리 씨가 말해줘서 깨달았어요. 사실은 걱정이 아니라 아버지한테 짜증을 느끼고 있었던 거예요. 그런데 어머니가 돌아가셔서 아버지도 충격을 받았으니까 외동딸인 내가 어떻게든 해야 한다고, 내가 다정하게 대해야 한다고 생각했어요. 그렇게 저를 계속 채찍질했죠."

"……그렇구나."

"도마리 씨가 말했어요. '옆에 있는 사람에게 더 기대도 돼요. 아버님께 응석을 부려도 된답니다'라고요. 하루토나 남편이나 아버지만 도와달라고 비명을 지르는 게 아니라 저도 그런 상황이라고 지적해줬어요. '후미코 씨, 본인의 부담을 좀 더 줄여야 해요. 그래야 아버님을 자립시킬 수 있어요'라고요."

"그랬구나."

나는 냉장고에서 보리차를 꺼내 후미코의 잔에 찰랑찰랑 따라주었다.

후미코는 잔에 묻은 물방울을 검지로 닦으면서 길고 긴 한숨을 내쉬었다.

"미안해요, 아버지."

"왜 네가 사과하니?"

"불효녀야, 나는."

"이상한 소리를 하는구나. 나는 네 아버지야. 나야말로 힘들게 해서 미안하다. 이제 나는 괜찮으니까."

"응, 알았어요."

후미코가 생긋 웃었다. 그래도 내가 보기에는 조금 쓸쓸함이 남은 웃음이었다.

"나를 슈퍼에 보내고 염색집 마나님과 에미 씨한테 집안일을 배우게 한 것도 전부 그 아줌마의 방침이었던 거로구나."

"네. 게다가 도마리 씨는 정리 전문가로서의 본업도 확실하게 해줬어요. 아버지가 편하게 살 수 있도록 집을 바꿔주었잖아요? 어머니의 물건도 정리했다면서요. 어떻게 정리하면 좋을지 도마리 씨가 자세히 가르쳐줬을 거야."

"아아, 정말 편해지긴 했어. 집이 네 엄마가 살아있을 때 그대로여서 엄마가 쓰던 물건만 잔뜩 있으니까 정작 필요한 물건을 찾기 어렵더구나. 게다가 그 물건들이 자꾸 눈에 보이니까 하루 내내 네 엄마 생각만 나서, 사실대로 말하면 너무 힘들었다. 이렇게 빨리 갈 줄 알았으면 엄마가 그리 가고 싶어 했던 오키나와 여행을 얼른 다녀왔으면 좋았을 텐데, 은혼식 때 반지라도 사줄 걸. 그런 생각만 났어. 이걸로 그치면 낫지. 젊은 시절의 일도 하나하나 떠오르지 뭐냐. 돈도 없으면서 술에 취해서 속을 썩인 시절도 있었고, 내 인생이 시시하다고 별것도 아닌 일에 화만 내던 시절도 있었어. 그때 이렇게 했다면, 저렇게 했다면…… 머릿속에서 후회만 계속 반복되더구나. 나는 조금 정서불안인 상태였던 거야."

"몰랐어요, 아버지가 그렇게 괴로워했을 줄은."

"아줌마의 방침에 따라 네 엄마 물건을 전부 버리고 상자에 담아 창고에 넣었으니까 이제 미츠코의 물건이 눈에 안 띄게 되었어. 그렇다고 옛날 일을 떠올리며 후회하는 일이 아주 사라진 건 아니지만, 조금 편해진 건 사실이야. 그리고 하루토가 와준 덕분에 기분 좋은 일도 많았고."

그래도 나는 미츠코의 물건을 눈앞에서 치우는 것에 적지 않은 저항감을 느꼈다. 미츠코를 떠올리지 않으려고 하는 것만 같아 죄책감을 느꼈다. 내 기분을 눈치챘는지 아줌마는 말했다.

"언젠가 사모님을 편하게 떠올릴 날이 오지 않겠어요? 지금까지 사시면서 산전수전 다 겪고 많은 일이 있었겠지만 같이 힘을 모아서 살아왔다고 생각하실 날이 꼭 올 거예요."

아줌마는 나보다 한참이나 어리다. 아직 쉰 초반이라고 들었다. 나이 어린 사람이 그런 소리를 해서 발끈하긴 했지만, 나는 그 말을 믿기로 했다. 정서불안에서 벗어날 방법은 그뿐이었다.

"도마리 씨요, 나한테 한동안 이 집 출입금지령을 내렸어요. 하루토와 거리를 두는 것도 그렇고, 내가 들락거리면 남자들이 나한테 집안일을 떠맡기려고 하니까 안 된다고."

"하루토를 여기 살게 한 것도 아줌마의 획책이니?"

"획책이라니, 그렇게 말하지 말아요. 실례잖아. 지도라고 해줘."

"어쨌든 같은 말이잖아. 그 통통한 아줌마, 뒤에서 나를 이러쿵저러쿵 조정하기나 하고. 건방지게."

"무슨 소리예요. 도마리 씨의 지도는 효과가 있었잖아. 아버지, 집안일도 할 수 있게 되었고 일에도 의욕을 보인다고 들었어요."

"그건 하루토가 목어당을 물려받겠다고 하니까 그렇지. 내가 가르치지 누가 가르치겠니."

"목어 장인이라니……. 하루토는 현실에서 도망치고 있을 뿐이에요."

"그럴 수도 있지만, 그 녀석 재능이 있어. 손놀림도 뛰어나고."

"흐음."

내키지 않는 표정이었다.

"후미코, 초조해할 것 없다. 인생은 길어."

"……응, 알고 있어요."

"목어 장인도 그렇게 나쁜 삶은 아니야. 사치는 부리지 못해도."

"하루토가 저렇게 된 건 다 제 탓이에요. 하루토는 아마 탈진 증후군일 거예요. 1년 365일 공부하라고, 공부하라고 몰아 댔으니까. 간신히 희망하는 고등학교에 입학했는데 이번에는 대학 시험을 위해서 학원에 가라고 하니까, 그러면 누구든 짜증이 나죠. 왜 깨닫지 못했을까, 나도 참······."

후미코는 자기 손을 빤히 쳐다보았다.

"학교에서 이지메인지 뭔지를 당하는 건 아니고?"

"저도 조사를 해봤는데 그렇진 않아요. 우수한 아이들이 모이는 고등학교인데 교풍이 밝고 학원 축제나 체육제도 아주 재미있다고 하고, 선생님이랑 학생의 관계가 화기애애하고 분위기가 좋은 곳이에요."

그때, 하루토가 부엌으로 들어왔다.

"네가 좋아하는 아이스크림 사 왔어."

"럭키!"

하루토는 얼른 냉동실에서 아이스크림을 꺼내 내 옆에 앉았다.

"나, 2학기부터 학교에 갈 거야."

"응?"

후미코가 놀라서 하루토를 쳐다보았다.

"얼마 전에 독일인이 할아버지를 찾아왔거든."

"하루토, 독일인이 온 것과 학교에 가는 게 무슨 관계가 있니?"

"응. 관계가 많아."

그 말을 하고 하루토는 딱딱하게 언 아이스크림과 악전고투했다. 플라스틱 스푼이 당장에라도 부러질 것 같았다.

"일본 문화를 좀 더 세계에 알리는 게 좋겠다고 생각했어. 그러려면 학교에 가는 게 좋겠지."

"외국어를 할 줄 알아야 좋다는 거니?"

"그것도 있지만, 목어 소리를 감에만 의존하지 않고 과학적으로 분석할 수 있을지 생각 중이야. 그리고 할아버지, 슈미트 씨가 질문을 많이 했잖아요? 선이나 불교에 대해서. 나, 질문을 받았는데 제대로 대답하지 못했어요. 슈미트 부인은 다도나 꽃꽂이에 관해서 물어봤는데 그런 것도 아예 모르고, 샤미센이니 금이니 노니 교겐 같은 것도……. 아아, 부끄러울 정도로 나는 일본을 잘 모르더라고요. (샤미센은 일본의 전통 현악기이고 노와 교겐은 일본의 대표적인 연극 중 하나이다. – 옮긴이) 내가 생각해도 어이가 없었어. 게다가 일본 역사도 나보다 슈미트 씨가 더 잘 알고 있었어. 그건 진짜 황당하더라고요. 이러다간 정말 위험하다고 생각했어."

간신히 아이스크림을 스푼으로 폈다. 입에 넣고 "역시 이거 맛있다니까"하고 웃었다.

"외출하지 않으면 몸도 둔해지잖아. 학교에 가면 체육 시간도 있고. 뭐, 그것 말고도 학교에 가는 게 이점이 많다는 걸 깨달았어요."

"그래, 그거 다행이다."

"응, 그래도…… 9월 1일 아침에…… 역시 못 가게 될지도 몰라."

벌써 긴장한 표정이었다.

"그럼 그런 날은 바로 여기로 오면 된단다."

내가 말했다.

"진짜요? 아, 그렇구나. 집에 있는 것보다 훨씬 낫다. 그래도 가능하면 학교에 갈 수 있었으면 좋겠어요."

"너무 초조해하지 않아도 돼."

"응. 그래도 슈미트 씨의 얼굴을 떠올리면 갈 수 있을 것 같아요."

하루토는 스푼으로 아이스크림의 바닥을 퍼먹었다.

드디어 아이스크림이 조금씩 녹기 시작했나 보다.

사춘기의 섬세한 마음도 저렇게 녹아내리면 좋겠는데.

"최선을 다해서 맛있는 도시락을 싸줄게."

후미코가 기뻐하며 말했다.

"안 싸도 돼. 엄마는 바쁘잖아. 2학기부터는 내가 만들게요."

"너 요리 할 수 있어?"

"그럼. 보기에는 정체를 알 수 없는 음식도 꽤 맛있다는 걸 할아버지한테 배웠거든요."

"믿음직스럽네."

후미코의 눈동자에 눈물이 맺혀 반짝였다.

그걸 본 나까지 울고 싶어졌다.

그 정리 전문가라는 아줌마, 생각보다 이상한 사람은 아닌 모양이다.

물론 나는 아직 완전히 믿진 않지만.

Case 3

손님을 기다리는 여자

오지도 않는

무츠미 이 녀석이, 제멋대로 정리 전문가 따위를 예약하다니.
나한테 상의 한마디 없이 대체 무슨 생각을 하는 거야.
나는 정말이지 좋아할 수가 없다. 저 오바 도마리라는 사람을.
텔레비전에서 종종 보긴 했어도 왜 저렇게 인기가 많은지 모르겠다. 붙임성이라곤 없고 미인도 아니고 정리법이니 뭐니 하는 것도 별로 새롭지도 않아보이는데.

일흔여덟 살의 사에구사 에이코는 거실에 혼자 앉아 말차 섞인 현미차를 마시며 텔레비전에서 나오는 정보 방송을 무심히 보고 있었다.

그때, 현관 초인종이 울렸다.

"안녕하세요. 반상회비를 집금하러 왔어요."

건넛집 시바타 씨의 목소리였다.

"아이고, 네."

거스름돈 없이 딱 떨어지게 따로 작은 용기에 준비해 둔 회비를 들고 현관으로 나갔다.

"사에구사 씨, 들었어요. 다 들었어. 오바 도마리 씨가 온다면서?"

"그렇다니까. 불쾌하기 짝이 없어. 그래도 무츠미가 예약했다고 고집을 부리니까."

"불쾌해요? 왜? 동네 사람들이 다 입을 모아서 말하는데. 무츠미가 효도를 했다고."

"효도라니 뭐가?"

"도마리 씨, 저 먼 도쿄에서 오는 거잖아? 왕복 기차 요금에 숙박 요금도 꽤 들지 않겠어? 그걸 무츠미가 전부 내는 거잖아?"

"……미처 몰랐네. 그런 것까진 생각을 못 했어."

"그런데 사에구사 씨 댁은 늘 깔끔하게 정리되어 있잖아. 대체 어디를 정리한다는 거지?"

"내 말이 그 말이에요. 대체 뭘 정리하라는 소린지 모르겠어."

"사실 우리 딸도 집에 올 때마다 이걸 버리라느니 저걸 버리라느니 시끄러워 죽겠어요."

시바타 씨는 장남 부부와 동거해서 손주 세 명과 더불어 복작복작 살고 있다. 게다가 딸은 차로 20분 떨어진 거리에 시집을 가서 친정에 자주 들락거린다. 남편이 수년 전에 세상을 떠났지만, 시바타 씨는 대가족과 늘 같이 있다. 한편 나는 외톨이였다. 시바타 씨가 부러워 견딜 수 없었다.

"엄마가 죽으면 정리하기 힘들단 말이야. 아직 건강할 때 필요 없는 물건을 버려둬야 우리가 덜 힘들다고요."

무츠미는 오랜만에 전화를 걸었다 싶더니 짜증을 내며 그런 소리만 하고서는 바로 끊어 버렸다.

"내가 잘못 키운 거야. 고도의 성장기였고 소비 사회에 돌입하던 시기여서 자식들에게 물건이 얼마나 소중한지 가르치질 못했어."

그렇게 말하며 무심코 한숨을 쉬었다.

"그런 거, 어느 집이나 마찬가지예요."

"그런가. 시바타 씨네도 그래요?"

"그렇다니까요. 소비 사회라는 자체를 일본인 모두가 처음 겪는 거였잖아. 그때는 다들 들떠있었지."

"그래요. 듣고 보니 그러네. 우리 집만 그런 게 아닐 거야."

"그러고 보니 지난주에."

갑자기 시바타 씨가 목소리를 낮췄다.

"초등학교 교장 선생님이었던 여든 살 노인이 죽었어요."

"아아, 알아요. 마을 회람판에도 실렸으니까."

전직 교장 선생은 몇 년 전에 아내를 먼저 보내고 쭉 혼자 살았다고 한다.

"고독사래. 너무 안됐지 뭐야. 혼자 사는 건 너무 비참한 것 같아."

뭐라고 대답해야 할지 모르겠다.

"아, 미안해요. 당연히 사에구사 씨 얘기가 아니야. 사에구사 씨 댁은 히데키가 정년퇴직하면 돌아올 거잖아요?"

"응? 아아…… 그야 뭐."

십중팔구 히데키는 돌아오지 않을 것이다. 히데키에게 직접 들은 것은 아니고 무츠미가 그렇게 말했다.

"오빠는 돌아가지 않을 거야. 당연하잖아. 도쿄에서 태어나고 자란 새언니가 그런 촌구석에서 어떻게 살아. 도쿄에서 맨션도 샀고."

히데키 부부도 무츠미 부부도 이미 50대니까 앞으로 10년 안에 모두 정년퇴직할 것이다. 정년퇴직하면 둘 중에 하나라도 고향으로 돌아올지도 모른다고 기대했지만, 그 기대는 보기 좋게 빗나갔다. 그 증거로, 둘 다 최근 들어 맨션을 샀다. 이렇게 넓은 집이 있는데도 도시 생활이 그렇게 좋은 걸까, 아니면 고향에는 이제 미련이 없는 걸까.

게다가 히데키도 무츠미도 일이 얼마나 바쁜지, 최근 몇 년은 오봉(음력 7월 15일을 전후해서 지내는 일본 최대 명절. - 옮긴이)에도 정월에도 돌아오지 않았다. 그래서 꽤 오랫동안 만나지 못했다. 아무리 바빠도 오봉이나 정월에는 쉴 수 있을 텐데…….

도시는 몰라도 이 시골에는 3세대가 동거하는 가정이 많다.

동거하지 않더라도 가까운 곳에 자식 세대가 산다. 우리 집처럼 딸도 아들도 멀리 떨어져서 살고 좀처럼 돌아오지 않는 집은 드물다.

그래도 옆집 마미야 씨는 생활이 나와 비슷했다. 남편을 일찍 떠나보내고 혼자 사는 것도 같았고, 자식들이 다 독립해서 도시에서 사는 것도 같다. 마미야 씨는 우아하고 총명한 부인이었다. 나보다 열 살가량 연상이어서 항상 본보기로 삼았다. 조만간 아들 중 하나가 정년퇴직하고 돌아와서 같이 살 줄 알았는데, 1년 전에 고령자용 케어 맨션에 입소했다. 얼마나 놀랐는지 모른다. 그렇게 훌륭하게 성장한 아들이 둘이나 있는데도 말이다. 안타까워서 혼났다. 솔직히 말해서 나는 그렇게 되고 싶지 않았다. 인생 막바지에 이르러 자식들에게 버림을 받다니 너무 비참하다.

"이건 들은 이야기인데, 전직 교장 선생한테는 도쿄에 사는 아들이 하나 있대. 앞으로도 이 마을로는 돌아오지 않을 건가 봐. 그래서 얼마 전에 유품정리 업자를 불러서 가재도구를 전부 다 처리했대요. 물건을 버리는 데에만 150만 엔이나 청구했다더라고."

"그렇게나 비싸?"

우리 집도 언젠가 그렇게 되려나.

"역시 딸애 말처럼 미리 조금씩 폐품 회수로 내놓든 대형 쓰

레기로 버리든 해야 싸게 먹힌다 싶어서 나도 생각을 고쳐먹었
어. 그래서 지난주에 큰마음 먹고 장롱을 정리해서 필요 없는
물건들을 버렸지요."

시바타 씨는 자랑스럽다는 듯이 가슴을 쫙 폈다.

"그래서 어떤 걸 버렸어요?"

"벌레 먹은 스웨터."

"몇 벌?"

"한 벌."

"한 벌……."

"그렇지만 다른 옷은 벌레 먹지 않았는걸. 영 마음에 안 들
어서 몇 년이나 입지 않은 옷들이 꽤 있었지만 상하지 않았는
데 버릴 순 없잖아요?"

안심했다. 나도 시바타 씨랑 같은 생각이었다.

"역시 그렇다니까. 요전에 오바 도마리가 쓴 《당신의 정리를
도와드립니다》를 읽었거든요? 그런데 전혀 쓸모가 없었어. 우
리 집에는 버릴 게 하나도 없는걸요. 물론 구석구석 찾아보면
시바타 씨 댁처럼 벌레 먹은 스웨터 한 장쯤은 나오겠지만."

"텔레비전에 나오는 '오베야'니 뭐니 하는 더러운 집, 정말
기분 나쁘지 뭐예요. 그런 건 도시에 사는 아무것도 모르는 철
부지들 집이야."

"그럼요, 그럼. 발 디딜 틈도 없이 쓰레기가 널린 집이라면
내가 백번 양보해서 도마리가 오는 걸 이해하겠는데, 우리 집

은 그런 집이랑은 차원이 다른데. 내 입으로 말하기 그렇지만 나는 워낙 깔끔한 걸 좋아하니까."

"그러니까. 사에구사 씨는 깔끔하잖아요. 언제 봐도 말끔한 걸. 그래도……."

시바타 씨는 입을 다물더니 허공을 노려보았다.

"생각하기에 따라서 좋은 기회일지도 몰라요?"

"기회라니요?"

"전문가가 와서 '아주머니는 정리를 완벽하게 하시네요. 버릴 물건이 하나도 없어요'라고 말한다면 무츠미가 어떻게 생각하겠어요?"

"오호."

"딸을 깜짝 놀래킬 기회일지도 몰라. 그럼 나도 우리 딸에게 사에구사 씨 이야기를 들려줘야지. 아마 딸애도 자기 생각이 틀렸다고 반성할 거예요."

"맞아, 그러네. 오바 도마리가 올 때까지 아직 일주일이 남았어. 완벽하게 청소해야겠어."

"그래요, 그렇게 해요. 분명히 도마리 씨가 꼬리를 말고 도망칠 거야."

늘 그렇지만 시바타 씨와 이렇게 잡담을 나누면 기분이 상쾌해진다. 정년까지 유치원 선생님으로 일했고 야무진 사람이어서 평소에도 자주 의견이 일치했다.

그날부터 일주일 동안, 나는 아침부터 밤까지 청소에 여념이 없었다.

말은 이렇게 해도 평소에 워낙 깔끔하기도 하고, 오랜 세월 주부로 살아왔으니 요령이 좋아서 그렇게 힘들지는 않았다.

"실례하겠습니다."

차분한 목소리가 인터폰 너머로 들렸다.

나가 보니 어디에서나 볼 법한 평범한 아줌마가 서 있었다. 텔레비전에서 본 것과 똑같아서 오히려 놀랐다. 실물로 보면 생각보다 미인이라거나 예상보다 스타일이 좋다는 느낌을 받을 줄 알았는데 전혀 그렇지 않았다.

"처음 뵙겠습니다. 오바 도마리라고 합니다."

드디어 전투 개시다.

그나저나 다운재킷에 청바지라는 가벼운 차림으로 쳐들어올 줄이야.

이쪽은 뭘 입어야 좋을지 일주일 내내 고민했다. 고급 정장이나 원피스는 잔뜩 갖고 있지만, 정리 지도를 받는데 그런 거창한 옷은 좀 오버인 것 같았다. 그래서 아이보리 스웨터와 회색 바지를 새로 샀다. 평상복처럼 보이지만 실크여서 사실은 꽤 비싸다. 앞치마는 예전부터 갖고 싶었던 독일 페이러사社 제품을 모처럼 큰 마음 먹고 샀다. 3만 엔이나 했다.

그런데 도마리가 평상복으로 올 줄이야.

"여기, 찾아오기 쉬웠나요?"

"네. 모퉁이에 있는 우체국을 돌았더니 바로 보였어요. 집이 워낙 훌륭해서 눈에 띄기도 하고요."

"아이고, 그렇게 대단치 않아요."

겸손하게 대답했지만 사실 자랑스럽게 여기는 집이었다. 모퉁이 땅에 세운 이층집은 시의 문화재로 지정되어도 이상하지 않을 만큼 위풍당당한 순수 일본 건축물이다. 까만 담은 그을린 삼나무로 만들었고 가문을 새긴 동 장식을 박아 넣었다. 절에서나 볼 법한 멋진 돌계단을 다섯 걸음 올라와야 문이 있으니까 위엄이 넘친다.

"오늘은 따님이신 무츠미 씨의 의뢰로 찾아뵈었습니다."

"딸한테 들었어요. 그런데 너무 미안한데, 우리 집에는 딱히 정리할 게……."

"어, 현관이 통층 구조네요."

아직 이쪽이 말하는 중인데 도마리는 현관을 위에서부터 아래까지 신기하다는 듯이 둘러보며 말했다.

"이 봉당(안방과 건넌방 사이의 마루를 놓을 자리에 마루를 놓지 아니하고 흙바닥 그대로 둔 곳)은 안까지 이어지나요?"

"그래요."

"봉당의 흑토는 아마 몇 세대에 걸쳐 밟아 다진 거겠죠."

"선선대가 세웠다고 해요. 생사 장사를 해서 큰돈을 벌던 시기가 있었다고 하네요."

설명하면서 마룻귀틀에 슬리퍼를 놓아 주었다. 올록볼록하고 우아한 무늬가 새겨진 순백색 슬리퍼다. 오염이 눈에 잘 띌 법한 물건인데 얼룩 하나 없다. 텔레비전에서 자주 방송하는 '오베야 방문 시리즈'에 나올 법한 칠칠하지 못한 주부가 아니라고 한 방 날리고 싶었다. 물론 이 슬리퍼는 오늘을 위해서 새로 산 것이지만.

커다란 디딤돌에는 워킹슈즈와 슬리퍼가 한 켤레씩 있고 아주 깔끔했다. 마룻귀틀부터 이어지는 떡갈나무 원목 복도도 윤기가 흐르고 먼지 한 톨 없다. 어딜 봐도 완벽했다.

"이렇게 큰 집에 어르신 혼자 사시나요?"

"그래요. 남편이 떠나고 아들은 도쿄, 딸은 요코하마에서 가정을 꾸렸으니까요."

"쓸쓸하시겠어요."

"아니요, 전혀. 동네에 친구도 많이 있고 서예나 꽃꽂이를 하러 외출도 자주 하니까."

"아아, 그렇군요."

그렇게 대답하면서 도마리는 아주 잠깐 나를 힐끔 보았다. 마치 내가 하는 말을 의심하는 것 같은 눈초리였는데, 착각일까?

"그럼 실례하겠습니다."

도마리가 신발을 벗었다.

"도쿄에서 오려면 교통비도 상당히 들겠어요. 오늘은 바로 돌아가나요?"

슬쩍 떠보았다. 무츠미는 도마리에게 대체 얼마를 냈을까.

건넛집 시바타 씨의 말처럼 교통비와 숙박비를 별도 요금으로 청구했을까? 돈쯤이야 나중에 무츠미에게 줘도 되지만, 그래도 너무 이상했다. 도대체 정리 전문가를 집에 불러야 하는 이유를 모르겠다.

"오늘은 역 앞 호텔에 묵기로 했어요. 기차 요금도 비싸서 솔직히 적자예요."

예상에서 벗어난 대답이 돌아왔다.

"그래도 여러 의뢰 중에서 이 댁을 고른 이유는 천 평 부지에 3백 평이라는 집을 한번 보고 싶었거든요. 도쿄에 사니까 이렇게 넓은 집의 생활상을 볼 기회는 드무니까요."

"그랬군요."

생각보다 소박한 인물인가 보다.

지금까지 상상한 오바 도마리의 이미지는 세 치 혀로 세상을 살아가는 수상쩍은 아줌마였는데, 어쩌면 조금 다를지도 모르겠다.

어쨌든 무츠미의 돈이 무의미하게 버려지지 않아서 다행이다.

"안을 대충 돌아보고 싶습니다. 평소에는 '대충'이 아니라 자세히 살펴보지만, 이렇게 넓으면 날이 저물 테니까요."

구석까지 청소를 해두어서 조금 아쉬웠지만, 너무 오래 머물러도 피곤하다.

"그럼 2층부터."

앞장서서 안내했다.

"2층으로 올라가는 계단은 세 개 있는데, 지금은 이 계단만 써요. 사실 요즘은 2층에 거의 올라가지도 않고요."

2층에는 방이 네 개 있다. 모두 다다미 여덟 장 크기에 한 장 크기의 도코노마(방 한쪽 바닥을 높게 해 벽에 족자를 걸고 바닥에 꽃이나 장식물을 놓아 장식하는 공간. — 옮긴이)가 있는 서원 구조다. 평소에는 사용하지 않아서 먼지가 살짝 쌓여 있지만, 도마리가 온다고 해서 오랜만에 청소했다. 다다미 위에 아무것도 두지 않아서 대충 청소기를 돌리기만 하면 되고, 도코노마나 장지문 문살은 걸레로 닦으면 끝이었다.

2층 창문으로 넓은 일본 정원이 보인다. 표주박 형태의 연못도 있다. 정원 구석구석 정원사의 섬세한 손길이 닿았다.

"어느 방이나 깔끔하네. 네 방 중에서 안쪽 방 하나에만 일본 장롱과 옷 장롱이 하나씩 있고, 그것 말고 큰 가구가 없으니까 정말 깔끔해."

도마리가 혼잣말처럼 중얼거렸다. 좀 더 지저분한 집을 기대하며 먼 곳까지 일부러 왔는데 너무 깔끔해서 맥이 빠졌나 보다.

"2층은 문제없네요. 그럼…… 1층을 보여주시겠어요?"

"네, 물론이죠."

1층으로 내려가 늘 사용하는 다다미 여섯 장 크기의 거실로 안내했다.

가운데에 고타츠가 있고 벽을 따라 작은 정리장과 전화대,

텔레비전 등이 비좁게 놓여 있다.

"지금은 이 방만 사용해요. 식사도 여기에서 하고 잠도 여기에서 자고 친구가 놀러 와도 여기에서 얘기하고요. 집이 낡아서 다른 방은 외풍이 심해서요. 겨울이면 밖에 있는 거나 마찬가지로 추워요."

도마리는 방을 쭉 둘러보았다.

그래, 대체 뭘 정리하라고 하려나. 2층과 비교하면 복작복작하지만 생활하려면 다양한 물건이 필요한 법이다.

"여기도 깔끔하게 정리되어 있네요."

도마리의 말에 안심했다. 1층은 거실 이외에 서원 구조인 넓은 다다미방이 두 개, 마루방이 하나 있다. 마루방에는 커다란 책장이 있고 오래된 사전과 책이 빽빽하게 꽂혀 있으며, 스무 권이나 되는 백과사전은 겉 상자가 갈색으로 변색되어있었다. 업라이트 피아노 옆에는 예전부터 쓰던 커다란 스테레오도 있다. 진열장에 정연하게 꽂힌 대량의 LP 레코드는 아이들이 중고등학생 때 용돈을 모아서 산 것이다. 그 옆에 각을 딱 맞춰서 수납한 VHS 비디오테이프는 남편이 텔레비전 다큐멘터리 방송을 녹화한 것이다.

생각해 보면 아이들과 함께 지낸 시간은 놀랄 만큼 짧았다. 고등학교 졸업까지 겨우 18년간이니까. 그 후에는 둘 다 대학 진학을 위해 집을 나갔고 그대로 도시에서 취업해서 가정을 꾸렸다. 나는 지금 일흔여덟 살, 히데키가 쉰다섯 살, 무츠미가 쉰두 살인데, 그 길고 긴 삶 중에서 겨우 18년이라니⋯⋯. 평균 수명이 늘어나 인생이 길어진 만큼 부모와 자식이 함께 보내는 기간은 너무 짧아서 쓸쓸하다는 생각이 새록새록 들었다. 나와 비교하면 건넛집 시바타 씨는 행복하다. 아들과 떨어져 산 것은 아들이 고등학교를 졸업하고 도시에서 전문학교에 다니던 딱 2년간이다.

"불필요한 물건이 다소 있지만 깔끔하게 정리되어 있네요."

도마리는 기운이 조금 빠진 목소리였다. 지도하는 보람이 없을 것이다.

"그럼 화장실 쪽을 안내하겠어요."

집은 낡았지만 욕실과 화장실은 리모델링한 지 5년도 지나지 않았다. 욕실에 큰 창을 내서 바람이 잘 통하는 덕분인지 곰팡이도 생기지 않았다.

"아주 청결해⋯⋯."

도마리의 혼잣말에 기분이 좋았다.

"그럼 이제 부엌으로. 이쪽이에요."

복도를 지나 안으로 들어갔다.

"부엌이 넓네요."

"다다미 열두 장 크기는 될 거예요."

식탁 위에는 젓가락 받침대, 꽃병, 행주, 조미료 등이 자질구레하게 놓여 있다. 그런 것은 진열장 속에 전부 넣어두어야 깔끔해 보이겠지만, 눈에 두는 곳에 있어야 쓰기 편리하고 귀한 손님이 오는 것도 아니니까 그대로 두었다.

그 외에는 깔끔하다. 수납 장소가 잔뜩 있기 때문이다. 벽을 따라 거대한 식기장이 두 개 있고, 시스템키친은 길이가 5미터나 되고, 위에 달린 찬장 역시 같은 길이다. 그 외에도 천장 가까이 달린 붙박이장이 벽 세 곳을 쭉 돌고 있고, 바닥에는 거대한 수납고도 두 개나 있다.

얼마 전에 텔레비전에서 본 지저분한 가정처럼 바닥에 물건을 잔뜩 쌓아두지도 않았고, 쓰레기 봉투를 산더미처럼 내버려두지도 않았다. 내가 생각해도 넓고 상쾌해보이기까지 하다.

"여기도 깔끔하네요."

도마리가 당황한 듯해서 만족스러웠다. 역시 내가 옳고 무츠미의 생각이 틀렸다. 누가 봐도 정리 전문가를 부를 필요가 없었다.

"따님께는 불필요한 물건이 잔뜩 있다고 들었는데요……."

"무츠미는 집에 올 때마다 여기저기 찬장이나 장롱을 열고는 이걸 버리라느니 저걸 버리라느니 얼마나 시끄러운지 몰라요."

"따님은 자주 집에 오시나요?"

"아니요……. 요즘은 바빠서 잘 오지 않아요."

"아아, 그렇겠죠."

으응, 지금 그 말은 무슨 의미지?

도마리는 시선을 느꼈는지, "그게, 따님은……"하고 변명처럼 말하다가 도중에 그만두었다.

대체 뭘까, 계속 신경이 쓰였다.

무츠미가 얼마나 바쁜지 사정을 알고 있나? 무츠미가 자기 멋대로 정리 의뢰를 하면서 도마리와 전화나 메일로 연락을 주고받다가 약간 상담을 했을지도 모른다.

무츠미는 데이코쿠드링크에서 근무하니까 매일 고생하겠지만, 아이들은 이제 대학생과 고등학생이니까 그렇게 손이 가지 않을 것이다. 그런데도 뭐가 그렇게 바쁠까. 1년에 한 번쯤은 귀성해도 될 텐데.

아아, 그러고 보니…….

"무츠미는 여자인데도 부장으로 승진해서 아주 바쁘다고 해요."

"네?"

도마리가 눈을 동그랗게 뜨고 나를 보았다.

"부장이라니, 정말 깜짝 놀랐지 뭐예요. 무츠미는 어려서부터 누굴 닮았는지 똑똑했어요. 조난 대학을 나와서 데이코쿠드링크에서 일하고 있어요."

"데이코쿠드링크? 그런데 그건 분명……."

또 말하다가 그만둔다. 게다가 시선까지 피한다.

대체 뭐지?

"그런데 따님이 버리는 게 좋다고 말씀하신 건, 예를 들어서 어떤 물건이죠?"

도마리가 화제를 돌렸다.

나를 속이려는 것 같아서 묘하게 불쾌했다.

그냥 내가 예민한 탓일까.

"무츠미가 버리라고 하는 건, 그래요, 예를 들면……."

슬리퍼를 벗고 식탁 의자 위로 올라가 찬장 문을 하나 열어서 보여주었다. 안에는 전기밥솥이 두 대 들어 있었다.

"어라? 그거 두 대 다 전기밥솥이네요?"

도마리가 올려다보며 말했다.

"그리고 카운터 위에도 밥솥이 있고요. 그렇다면 총 세 대나 갖고 계시는 건가요?"

"그래요. 전기제품은 갈수록 좋은 게 나오잖아요. 원적외선이니 숯이니 뭐니. 그때마다 갖고 싶어서 샀죠. 그런데 전에 쓰던 것도 망가지지 않았으니까 버리긴 영 아까워서."

"그래도 오래된 건 앞으로 다시 쓸 일이 없잖아요? 버리는 게 좋아요."

"딸도 그렇게 말해요. 그래도 언제 무슨 일이 생길지 모르는 거예요."

"무슨 일이라니요?"

"우리 집은 본가거든요. 남편은 팔 남매 중 장남이니까 명절만 됐다 하면 친척들이 우르르 몰려오던 시절이 있었어요. 그런데 시아버지, 시어머니가 돌아가시고는 남편의 남매들도 발길이 조금씩 뜸해졌어요."

"그게 언제 이야기죠?"

"시아버지가 돌아가신 건 대충 30년, 시어머니는 그로부터

1년 후였던가."

도마리는 입을 꾹 다물고 힐끔 나를 보더니 한숨을 쉬었다.

어쩜 사람이 저렇게 예의가 없을까.

"그럼 여러 명의 식사를 한꺼번에 준비한 건 아주 옛날이네요."

"아니에요, 그러다가 아이들이 결혼해서 손주들을 데리고 가족이 다 같이 돌아오게 되었으니까요. 그때도 얼마나 정신없었는지 몰라요."

그때가 떠올랐다. 손주들이 복도를 뛰어다녀서 정말 시끌벅적했다.

"손주분들은 지금도 놀러 오시나요?"

"중학생이 되고 나서는 안 오게 되었죠."

"지금은 몇 살이죠?"

"아들 쪽은 둘 다 손녀인데 벌써 대학을 졸업해서 회사에서 일하고 있어요. 딸 쪽은 손자 둘인데 대학생과 고등학생이고. 다들 바빠서 꽤 오랫동안 만나지 못했네요."

"그렇다면 역시 밥솥은 한 대면 되지 않을까요?"

"그건 안 된다니까요. 지금 쓰는 밥솥도 언젠가 망가질 거야. 그때 뭔가 사정이 생겨서 가난뱅이가 되면 새로 살 돈이 없을지도 모르잖아요?"

"가난뱅이? 예를 들어 어떤 사정으로요?"

"그건…… 정확히 모르지만, 지금은 백 살까지 사는 사람도 흔하잖아요. 나는 백 살까지 아직 20년 이상 남았다고요. 생활비로 아무리 최소한이라도 매년 300만 엔이 필요하다고 치면…… 20년이면 6천만 엔이라고요. 병원비나 집 수리비를 더하면 더 필요하겠죠."

"좀 실례되는 질문이지만, 현재 수입이 얼마나 되죠?"

"남편 유족 연금으로 매달 24만 엔을 받고, 임대한 집 두 채의 집세가 매달 15만 엔 정도예요."

"수입이 그렇게 있는데 왜 두려워하세요?"

"그건 그렇지만……."

"저금도 많이 있지 않으세요?"

"그야 물론 있지만…… 그래도 기부 부탁을 자주 받아요."

"기부요?"

"작년에는 신사 수복 공사를 한다고 해서 10만 엔, 반상회 회관을 건설한다고 해서 55만 엔, 절 본당 재건축 공사를 한다고 해서 155만 엔이나 냈어요."

"그건 한 가구당 금액인가요?"

"그렇다니까요. 시골은 다들 허세를 부리려고 하니까, 안 낼 수 없어요."

"시골에 사는 것도 쉬운 일이 아니네요."

드디어 이해해주었나 보다.

"그래도 어르신 경제 사정으로 보면 기부도 대단한 액수는 아닌 것 같아요."

"그런가요……."

대화가 원하는 방향으로 진행되지 않아 거북했다.

도마리는 팔짱을 끼고 허공을 노려보며, "과연, 그런 거구나"하고 혼잣말처럼 중얼중얼하더니 또 혼자 납득했다는 듯이 고개를 반복해서 끄덕였다.

뭐가 '과연'이야. 뭐가 '그런 거구나'냐고.

역시 대화를 할수록 조금 기분 나쁜 사람이다.

"찬장에는 밥솥 이외에 또 뭐가 있나요? 죄송하지만 거기 찬장을 전부 열어 봐도 괜찮을까요?"

"네, 물론이죠. 어디든 편하게 열어도 돼요."

도마리가 나온 텔레비전 방송을 보면 의뢰인은 찬장 문을 열 때마다 부끄러운 표정을 지었지만 나는 당당하다. 찬장이든 장롱 서랍이든 전부 완벽하게 정리해두었으니까. 어쩌면 도마리의 집보다 깨끗할지도 모른다. 주부의 본보기라고 감탄하며 돌아가더라도 요금은 내야 하나? 요금은 무츠미가 부담한다고 했지만, 누가 내더라도 아까운 것은 사실이다.

도마리는 직접 식탁 의자 위로 올라가 옆 찬장의 문을 열었다. 그곳에는 찬합과 도시락통, 물통, 플라스틱 용기 등이 들어 있다.

"저 안까지 쑤셔 넣으셨네요."

그, 쑤셔 넣었다는 소리는 좀 안 했으면 좋겠다.

"제대로 포개서 넣어두었어요."

"찬합은 다 플라스틱이네요."

"백화점에서 산 오세치 요리(명절에 먹는 특별 요리. 일반적으로는 정월에 먹는 요리를 말한다. ─ 옮긴이) 용기예요. 자꾸 쌓이기만 하네요. 그래도 요즘은 주문하지 않아요. 자식들도 손주들도 다른 친척도 오지 않으니까."

"그럼 정월에는 어르신께서 자녀분들 댁으로 가시나요?"

"아니요, 이 집에서 혼자 보내요."

나를 쳐다보는 도마리의 눈빛이 싫었다. 마치 '불쌍한 사람'을 보는 것 같았다.

"그 옆에 꽃무늬는 화과자가 들어 있던 용기예요. 그 위에 겹친 건 편의점 도시락 용기인데, 너무 귀여워서 어디든 쓰면 좋겠다 싶어서 보관해두었죠."

"그런데 전부 색이 바랬고 표면이 끈적끈적해요. 환풍기의 기름때랑 같아요. 튀김 같은 요리를 할 때마다 증발한 기름이 문틈으로 들어오거든요. 그게 조금씩 축적되는 거죠."

무슨 소리를 하는 건지. 쓸 때 당연히 닦을 텐데 말이다.

뭐, 달라붙은 기름때를 제거하려면 고생 좀 하겠지만.

"물통도 많이 있어요."

"네. 자식들이 아직 어렸을 때, 다 같이 해수욕에 가거나 할 때 사용했어요. 언젠가 손주들과 하이킹이라도 가면 좋겠다 싶어서 보관해두었죠."

"손주분들과요? 이제 다 컸잖아요."

그러더니 도마리는 힐끔 나를 보았다.

"사실은 이 물통도 오랫동안 사용하지 않으셨죠?"

"네, 사용하지 않았어요. 옛날 스테인리스 물통은 무거우니까요. 도시락통도 요즘은 2단짜리에 세련된 걸 많이 파니까요. 그래서 앞으로는 이걸 쓰려고 해요."

나는 식기장 아랫단 서랍을 덜컹덜컹 열었다. 거기에는 색이 다른 도시락통이 세 개 들어 있었다. 물통도 요즘 인기 있는 형태의 벚꽃색 메탈 블루다.

"전부 새것이네요. 아직 가격표도 붙어 있어요."

"네, 그래요. 손주들에게 선물하면 좋겠다 싶어서 많이 사뒀거든요. 이제 나는 늙어서 해수욕은 못 가지만 애들은 꽃놀이를 하러 갈지도 모르니까요."

"그렇다면 이쪽 찬장에 있는 건 버리는 게 좋아요. 벌써 색이 다 변했으니까요. 분명 앞으로도 사용하지 않으실 거예요."

"꼭 그렇다고 볼 순 없죠. 앞으로 무슨 일이 있을지 모르니까."

"앞으로요?"

"저번에 대지진이 왔을 때, 지진 해일로 몽땅 다 휩쓸려 간 영상을 도마리 씨도 봤을 거 아니에요. 그런 걸 보고도 물건을 버릴 사람이 있겠어요?"

"이 지역까지는 지진 해일이 올 리가 없어요. 이 마을은 바다에서 100킬로미터 이상 떨어져 있으니까요."

"도마리 씨도 결국엔 딸과 똑같은 말이나 하는군요. 조금 실망했어요."

나도 모르게 불쾌함을 드러냈는데, 도마리는 꿈쩍도 하지 않고 지그시 나를 바라보았다.

"도마리 씨, 이봐요. 지진 해일이니 하는 건 당연히 비유예요."

혹시 이 마을에 지진 해일이 밀어닥친다고 진심으로 생각하는 할머니라고 여길지도 모른다. 그래서 얼른 보충 설명했다.

"인생은 살다 보면 언제 무슨 일이 일어날지 모른다고 말하고 싶었을 뿐이라고요."

그런데 도마리는 아무 대답 없이 보란 듯이 크게 한숨을 내쉬더니 옆 찬장 문을 열었다.

으응? 뭐 이래. 이 사람, 사람 말을 아예 무시하는데 도가 텄군.

"차받침을 쑤셔 넣어 두셨네요."

쑤셔 넣지 않았다. 가지런히 진열해 놓았다.

"한 세트 열 장씩 총 열 세트 이상 있군요. 금박 그림이 새겨진 와지마누리(와지마 지역에서 나는 칠기. - 옮긴이), 주황색 옻칠이 된 것, 가마쿠라보리(조각한 바탕에 까맣게 옻칠하고 그 위에 붉게 장식한 칠기. - 옮긴이), 매화꽃을 새긴 것, 느티나무 나뭇결을 살린 것, 동으로 된 것도."

도마리가 잠깐 말을 멈추더니 숨을 내쉬었다.

"동으로 된 건 녹이 슬었네요."

지적하기 전에 먼저 말해야겠다.

"동 차받침은 조상 대대로 물려받은 거라 버릴 수 없어요.

사용하지 않는 이유는 손질이 어려워서고요. 조만간 며느리에게 물려주려고 해요. 딸에게 주려고 했는데 딸은 필요 없다고 해서."

도마리는 또 대답하지 않고 옆 찬장 문을 열었다.

"초밥 통이 대 · 중 · 소 하나씩. 쟁반은 둥근 것이 다섯 개, 네모가 대 · 중 · 소 각각 두 개씩, 팔각형도 있네요."

"초밥 통은 지라시즈시(식초와 소금으로 간을 한 밥 위에 생선, 달걀, 고기 등을 올려서 먹는 초밥의 한 종류. − 옮긴이)를 만들 때 사용해요."

"혼자서도 만들어 드세요?"

"아니요, 손님이 왔을 때만."

"손님이라면 누구죠?"

"요즘은 근처에 사는 남편의 여동생이 자주 오는 정도예요."

시누이의 동그란 얼굴이 떠올랐다. 시누이는 자식과 손주와 함께 살고 있다. 그래서인지 늘 안심한 듯이 편안한 얼굴이다. 부럽기 그지없다.

"시누이가 오시면 초밥을 만드세요?"

"으음…… 잘 생각해 보니 최근 몇 년간은 만들지 않았네요. 시누이가 온다고 해서 뭐 대단한 걸 내놓지 않게 되었어요. 오히려 초밥을 배달시키거나 반찬을 사 오고, 뭐 이렇게 요즘 시대에 맞춰서 간단히 먹어요. 거기 있는 쟁반은 다 받은 것들이에요. 베이클라이트Bakelite로 만든 싸구려는 너무 무거워서 사용하기 어려우니까 평소에는 이걸 사용하죠. 역시 목제가 가볍고 분위기도 좋아요."

그러면서 나는 전자레인지 위에 올려놓은 쟁반을 가리켰다.

"그럼 찬장 안에 있는 건 전부 버리면 어떨까요?"

"응? 전부? 그건…… 다 쓸 수 있는 것들인데."

도마리는 아무 말 없이 찬장을 닫고 그 옆의 문을 열었다.

내 말이 안 들렸나?

아니면 무시하는 건가? 만약 그렇다면 더더욱 기분 나쁜 사람이다.

도마리가 연 문 안에는 냄비와 프라이팬이 들어 있었다. 새 것도 있고 오래된 것도 있다.

"그 커다란 냄비는 텔레비전 홈쇼핑에서 보고 샀어요. 대 · 중 · 소 세 개가 2만 엔이었죠. 3층 구조라고 해서 밥도 지을 수 있고 조림이나 스튜도 맛있게 요리할 수 있다면서 텔레비전에서 직접 시연해 보이더라고요. 냄비인데 프라이팬처럼 만두까지 잘 구워지지 뭐야. 이것만 있으면 프로 요리사처럼 요리를 할 수 있다는 상술에 보기 좋게 속았어요. 도착하고 보니 얼마나 무거운지, 들지도 못하겠어."

"반품하지 그러셨어요?"

"홈쇼핑에서 산 걸 일부러 반품하는 사람이 있나? 귀찮으니까 다들 그냥 포기하는 거지. 그리고 젊은 사람이라면 조금 무거워도 쓸 수 있을 테니까 딸이나 며느리에게 주려고 했는데 둘 다 필요 없다고 하니까 정말 기가 차더군요. 선물을 거절하다니, 예의 없는 것도 정도가 있지."

"평소에 쓰는 냄비나 프라이팬은 어디에 있나요?"

도마리는 맞장구를 친다는 대화의 기본을 아예 모르나 보다. 대화가 영 맞물리지 않았다.

"평소에 쓰는 건 여기."

나는 가스레인지 아래 문을 열었다.

도마리는 의자에서 내려와 내 옆으로 다가왔다. 프라이팬이 대 · 중 · 소 하나씩, 달걀프라이팬, 냄비는 대 · 중 · 소 각각 두 개씩, 커다란 뚝배기도 있다.

"그건 그렇고 부엌이 이렇게 넓으면 수납공간이 너무 많아서……."

도마리는 그렇게 말하며 다시 부엌을 휙 둘러보았다.

"그렇죠. 시스템키친이 5미터 가까이 되니까 문이랑 서랍도 그만큼 많이 있어요. 수납공간이 풍부하니까 정말 편리해요."

"편리라니요……. 어르신, 여기도 열어봐도 될까요?"

도마리가 시스템키친 서랍을 가리켰다.

음, 뭐가 들어 있더라. 너무 많아서 기억하지 못한다. 그래도 공들여 청소했으니까 어딜 보이더라도 전혀 부끄럽지 않다.

"그래요, 그래요. 편하게 어디든 열어 봐요."

"꽤 무겁네요."

도마리가 힘을 주어 쑥 잡아당기자 건전지가 잔뜩 들어 있었다.

"맞아. 거긴 건전지였어. 사용한 건지 새 건지 잘 모르겠네요. 나이를 먹으면 이래서 한심하다니까."

"어르신, 건전지 잔량을 알아보는 도구, 아세요? 100엔 가게에서 팔아요."

"알아요. 사실은 사기도 했는데 어디에 두었더라······. 그리고 산 건 좋은데 생각해 보니 하나하나 재는 것도 일이잖아요. 시간을 내서 한 번에 하려고 했는데 너무 귀찮아서. 그래서 자꾸 새 걸 사러 가게 되네요."

"과연······ 그렇군요. 그런데 여기 키가 큰 가구는 뭐죠?"

도마리가 가리킨 가구는 문도 나무여서 안이 보이지 않는다.

"그건 식품고로 사용하고 있어요. 열어봐도 괜찮아요."

도마리가 문을 열었다.

"랩이 큰 거 작은거 각각 일곱 개씩이나 있네요. 그리고 알루미늄 포일이 하나, 둘, 셋······ 전부 여덟 개."

굳이 소리 내어 셀 필요가 있나. 혼이 나는 기분이 들었다.

"그리고······ 샐러드기름이 다섯 병, 참기름이 두 병, 콩기름이 다섯 병, 일본 술 한됫병짜리가 세 병, 미림이 두 병, 말린 송이가 세 봉지, 언두부가 다섯 상자, 백설탕이 세 봉지, 흑설탕이 두 봉지, 싸라기 설탕이 한 봉지, 소금이 두 봉지, 핫케이크 믹스가 세 상자, 두반장이 두 병, 마요네즈와 케첩이 세 개씩, 아지폰 간장이 다섯 병, 분말 치즈가 네 개, 쌀 식초가 다섯 병, 간장이 세 병, 카레 분말이 다섯 상자, 국물용 다시마가 세 봉지, 말린 다시마가 세 봉지, 무말랭이가 두 봉지, 톳이 세 봉지, 박고지가 다섯 봉지, 검은깨와 흰깨가 각각 두 봉지씩."

도마리가 한숨을 쉬었다. 일부러 들으라는 듯이 내뱉는 큰 한숨이었다. 그쯤에서 셈을 그만둘 줄 알았는데, 도마리는 계속했다.

"가쓰오부시 큰 것이 네 봉지, 말린 멸치 큰 것이 네 봉지, 한천이 다섯 개, 엽차와 호지차와 현미차와 말차 섞인 현미차와 보리차가 각각 세 봉지씩, 인스턴트커피 병이 둘, 넷, 여섯, 여덟…… 전부 열다섯 병, 홍차 티백 큰 상자가 세 개, 보이차와 재스민차와 철관음 캔이 각각 네 캔씩, 미펀(쌀가루로 만든 중국 면. ─ 옮긴이)이 두 봉지, 당면이 세 봉지, 나가타니엔의 오챠즈케(밥에 간단한 음식을 얹어 차나 물을 부어 먹는 요리. ─ 옮긴이) 김이 세 팩, 오토나노후리카케(오토나노후리카케는 '어른의 후리카케'라는 뜻의 상표. ─ 옮긴이)가 다섯 팩, 소면에 냉면에 메밀국수에 사누키우동 같은 마른 면이 두세 봉지씩, 인스턴트라면 다섯 개입 팩이 세 개, 밀가루와 빵가루와 녹말가루가 각각 세 봉지씩, 구운 김과 맛김이 두 봉지씩, 부용이 세 봉지, 연어 프레이크가 다섯 병, 드레싱과 고기용 소스가 세 개씩, 마카로니와 스파게티가 세 봉지씩, 블루베리 잼이 두 병, 고등어 통조림이 세 개, 파인애플 통조림과 귤 통조림이 세 개씩, 참치 통조림이 열두 개, 쌀 과자와 쿠키와 검정깨 센베와."

도마리는 또 잠깐 말을 끊고 한숨을 쉬었다.

"그리고, 또…… 이것저것."

"싸게 팔 때 사뒀어요. 주부로서 기본이니까."

그렇죠, 혹은 저도 그래요, 라고 말할 줄 알았는데 도마리는 시선을 피했다.

"전쟁을 경험한 시대의 생활 규범이 여기에 있군요."

도마리는 갑자기 책을 읽는 것처럼 말투를 바꿨다.

"무슨 일이 생길 때 곤란하지 않도록 생활필수품을 사들인다. 지금은 필요하지 않아도 언젠가 필요할 때가 온다. 쌀 때 잔뜩 사두고, 다른 사람에게 받은 것도 소중히 간직한다. 물자가 부족할 때, 총명한 주부로서 실력을 발휘해야만 가족을 구할 수 있다. 풍요롭지 못한 시대를 산 사람의 지혜이기도 하죠."

뭐야, 잘 알고 있네.

도마리는 50대니까 전쟁 경험이 없겠지만 전쟁을 겪은 부모를 보고 자랐을 것이다.

"그렇지만 어르신, 그건 지금 시대와는 맞지 않아요. 시대에 뒤처졌어요."

"그럴까요? 시대가 어떻든 예비해두는 게 중요하다고 생각하는데."

"그 말씀은 맞아요. 그렇지만 한 개씩이면 충분해요. 여기는 몇 분만 걸어나가면 슈퍼도 있잖아요. 그러니까 사실 예비는 전혀 필요가 없어요. 슈퍼를 냉장고 대신으로 활용하면 되죠."

오늘 아침에 본 슈퍼 전단이 문득 떠올랐다. 싸게 파는 설탕과 간장에 매직으로 동그랗게 체크해두었다. 도마리가 돌아가면 사러 갈 생각이었는데 그만두는 편이 나을까.

"찬장에 넣어둔 예비품이 너무 많아요. 어르신이 살아계신 동안에 다 쓰지 못할 수도 있어요."

"뭐요?"

나이 먹은 사람 앞에서 불길한 소리를 잘도 한다.

"이봐요, 도마리 씨. 나는 자식이나 손주가 갑자기 와도 곤란하지 않도록 만반의 준비를 해둔 거예요. 아들은 건두부와 말린 송이 조림을 좋아하니까 마른 음식을 꼭 챙겨두는 거고, 그리고……."

"잠시만요. 아드님께서 최근 언제 오셨죠?"

"그게…… 아마, 3년 전에 정월이었던가."

"아, 3년 전이요……."

"손주들은 그라탱이나 연어 프레이크 주먹밥을 좋아하니까 그런 것도 떨어지지 않게 갖춰두는 거라고요."

"손주분들께서는 최근 언제 오셨죠?"

"아마 남편 장례식 때니까 6년 전인가."

"6년 전……."

"며느리인 가요코는 당면 샐러드를 좋아해요. 그래서 당면을 사두는 거고요. 그리고 다 같이 고기를 먹으려면 소스가 잔뜩 필요하잖아요? 게다가 단맛을 좋아하는지 짠맛을 좋아하는지 취향이 각자 다르니까요."

"며느리분도 6년 전에 오시고 안 오시고요?"

"아니요, 가요코는 3년 전 정월에 히데키와 같이 왔어요. 하룻밤만 자고 돌아갔지만."

말하다 보니 내가 꼭 버림받은 노파 같았다.

문득 고개를 들자, 도마리가 내 옆모습을 가만히 쳐다보고 있었다.

"이 주변에 자녀분과 같이 사는 가정만 있는 건 아니죠?"

놀랐다. 마치 남의 기분을 읽는 것 같았다.

"그야 그렇죠. 작년이었던가, 옆집 사모님이 케어 맨션에 들어갔어요."

건넛집의 시바타 씨를 비롯해 동네 사람들은 모두 마미야 씨를 동정했다. 자식과 동거하는 노인들이 대부분이어서, 내일은 저게 바로 나일지도 모른다고 생각한 것은 아마 나뿐일 것이다. 그래서 그 누구에게도 속내를 터놓을 수 없었다.

"옆집이라면, 웅장한 소나무가 있고 판매 팻말이 걸린 집인가요?"

"그래요. 마미야 씨 댁이에요. 남편이 먼저 떠나고 마미야 씨는 혼자 살았죠. 아들이 둘 있는데, 둘 다 똑똑해서 첫째는 보스턴, 둘째는 도쿄에서 살고 있어요. 앞으로도 여기로 돌아오지 않겠다고 선언했는지, 마미야 씨는 온천이 있는 케어 맨션에 들어갔죠."

"자녀분이 도시나 외국에서 사시면 아무래도 그렇게 되죠."

도마리가 그게 당연하다는 듯이 말해서 문득 마음을 터놓아도 괜찮겠다는 생각이 들었다. 동네 아줌마들은 다 동정만 하지 도마리처럼 말해주는 사람은 없었다.

"옆집은 평수가 얼마나 되나요?"

"토지가 2백 평쯤 될까요. 우리 집 정도는 아니지만 방도 많아요."

"지금 판매 중이라면 집 안에는 아무것도 없겠어요."

"그렇겠죠."

"입소하신 케어 맨션은 크기가 어떤지 아세요?"

"네. 입주자를 모집하는 전단을 본 적 있어요. 아마 다다미 여덟 장 크기의 서양식 방에 미니키친이 딸려 있을 거예요."

"거긴 여기에서 먼가요?"

"아니요, 버스로 15분 정도."

"만약 어르신이 그 시설에 들어가신다면 뭘 갖고 가시겠어요?"

"거기는 벽장이 있으니까 가구는 딱 두 개만 가져갈 수 있다고 정해져 있어요. 나라면, 그래요. 혼수로 가져온 가마쿠라보리 경대를 가져가겠어요. 그리고 텔레비전이랑 밥솥이랑 전자레인지…… 아니지, 식사는 식당에서 한댔어. 그럼 옷, 수건, 칫솔…… 여행 갈 때 필요한 것 정도만 가져갈 수 있겠네요."

"옆집 마미야 씨는 가져가지 않은 물건을 어떻게 하셨어요?"

"업자를 불러서 처분했다고 해요."

말을 하면 할수록 점점 슬퍼졌다.

"도마리 씨, 좀 슬프네요. 나이를 먹는 건."

"연세 드신 분 중에 지금이 제일 즐겁다고 말씀하시는 분들
도 많이 계세요."

"그야 하루 24시간이 다 내 시간이니까. 돈 걱정도 없고 남
편 안색을 살필 일도 없고 말야. 즐겁다고 하면 즐겁지만, 그
래도 불안해요."

"옆집 마미야 씨를 어떻게 생각하세요? 자식에게 버림받아
서 비참하고 불쌍하다고 생각하시나요?"

"음, 조금은. 그래도 그렇게 훌륭한 자식들이니까 이런 시골
로 돌아올 리가 없죠. 그러니까 그건 어쩔 수 없어요."

"어르신 아드님과 따님은요?"

"옆집 아들들처럼 우수하진 않았지만, 내 아들딸도 초등학
교 때부터 총명해서 내 자랑거리였어요. 참 역설적이에요. 주
변을 봐도 우수한 아이들은 대부분 시골로 돌아오려고 하지 않
아요. 척박한 도시 생활을 하면서도 열심히 일하고 집을 사서
자기 기반을 구축하죠. 그걸 알고 있으면서 돌아와 주기를 바
라는 건 늙은이의 이기심이라고, 도마리 씨는 그렇게 말하고
싶죠?"

도마리는 긍정도 부정도 하지 않았다.

"어르신, 마미야 씨가 입소하신 케어 맨션을 한 번 견학해보
시면 어떻겠어요?"

"응? 어째서?"

"앞으로를 위해서요. 일찌감치 봐두는 편이 좋을 거예요."

어쩜 이렇게 실례되는 소리를 눈 하나 깜짝 하지 않고 할까.

마치 내가 아이들에게 버림받을 운명이 정해졌다는 것 같잖아. 정리 전문가인지 뭔지에게 그런 소리를 들어야 할 이유가 없다.

"견학은 안 해요. 나와 관계없으니까."

당연하게도 말투가 날카로워졌다.

"……그러세요."

도마리는 잠깐 입을 다물었다.

"그럼 다음으로."

도마리는 뭔가 털어버리기라도 하듯이 고개를 들었다.

"냉장고 안을 봐도 될까요?"

"네, 그래요."

"혼자 쓰기에는 커다란 냉장고네요. 부군께서 건재하셨을 때부터 쓰시던 거겠지만요."

"아니요, 남편이 떠나고 새로 샀어요. 에너지 절약 상품이 계속 나오잖아요. 반찬을 잔뜩 만들어 두니까 이 정도 크기라도 부족해요."

도마리는 냉장고를 열고 정갈하게 놓인 밀폐 용기를 가만히 바라보았다.

반찬을 상비해두시다니 주부의 본보기네요, 이런 소리쯤은 해도 좋을 텐데. 그런데 도마리는 말없이 냉장고 문을 쿵 닫았다.

무엇을 느끼고 무슨 생각을 했는지, 포커페이스여서 도무지 알 수 없었다.

도마리는 이어서 냉동실을 열었다.

"이 용기에는 뭐가 들어 있나요?"

"우선 이건 은행이에요. 자완무시(공기에 달걀을 풀고 채소, 고기 등을 넣어서 찐 요리. – 옮긴이)를 만들 때 써요. 매년 가을이면 은행을 주워 와서 냉동해두죠. 이건 머위와 고비. 봄이면 친구들과 산에 캐러 가요. 이렇게 해두면 1년 내내 먹을 수 있죠."

밤 속껍질 삶은 것과 잼, 마멀레이드, 벚꽃 소금 절임, 삶은 죽순, 차조기 열매 조림과 산초 열매 조림, 완두콩 삶은 것, 유자 껍질 썬 것 등…… 직접 만든 반찬을 하나하나 설명해주었다.

"이 빨간 건 뭔가요?"

"매실 절임을 만들면서 차조기를 건져 놓은 거예요. 썰어서 먹으면 맛있어요."

"이건요?"

"그건 팥 조림. 조려두면 애들이나 손주가 갑자기 팥밥을 먹고 싶다고 하거나 지금 당장 오하기(멥쌀과 찹쌀을 섞어서 찌고 팥고물 등을 묻힌 떡. – 옮긴이)를 먹고 싶다고 하면 바로 만들어 줄 수 있으니까요. 요즘 젊은 여자들은 이런 생활의 지혜가 없죠."

"따님이 오셨을 때, 어머님의 손맛 어린 이 음식들을 가져가시나요?"

"그게, 필요 없다고 한다니까요. 성에가 껴서 맛이 없다나 뭐라나. 또 은행이나 머위를 이렇게까지 해서 1년 내내 먹고 싶으냐면서 비웃지 뭐예요."

"과연."

뭐가 '과연'이지.

딸의 의견이 옳다고 말할 셈인가?

"따님이 버리라고 하신 물건은 부엌에 있는 이런 것들이군요."

"부엌만이 아니에요. 사용하지 않는 물건은 전부 버리라고 해요. 가끔 전화했다 싶으면 첫 마디가 벽장 안에 있는 불필요한 물건을 버렸는지 물어요. 내가 버리지 않았다고 하면 그렇게 버리라고 했는데 왜 안 버렸는지 화를 내고요. 이해할 수 없다니까."

"벽장이요? 어느 방이요?"

"전부다. 물론 제대로 정리해두었어요."

"벽장을 전부 보여주시겠어요?"

"물론이죠."

얼마나 깔끔하게 정리했는지 자랑하고 싶을 정도다.

둘이서 다시 2층으로 올라갔다.

끄트머리 방에서부터 벽장을 열어 도마리에게 보여주있다. 그곳에는 침구를 여덟 세트씩 넣어 두었다.

"옆방도 여기와 마찬가지로 이불이 들어 있어요. 우리 집은 본가니까 이불이 많이 필요하죠."

"마지막으로 쓰신 건, 부군의 장례식 때인가요?"

"아니요. 그때는 멀리서 온 친척은 역 앞 비즈니스호텔이나 여관에서 묵으라고 했어요. 이제 그런 시대잖아요? 사람을 집에 묵게 하면 너무 피곤하니까."

듣는 건지 마는 건지, 도마리는 "으라차"하고 힘을 주어 가운데쯤에 있는 이불을 하나 꺼냈다.

"오랫동안 쓰지 않았다고 하셨는데 곰팡이도 피지 않았고 먼지도 없네요."

"그건 당연하지요. 종종 말려두니까."

"쓸 예정이 없어도요?"

"그래도 곰팡이가 피면 아깝잖아. 이거, 포목전에서 맞춘 고급품이라고요."

"하지만 이제 필요 없잖아요?"

"그건 그렇지만 아직 쓸 수 있어요."

"쓸 수 있고 없고의 문제가 아니고, 쓰지 않는 물건은 버리는 게 좋아요."

"뭐라고요? 난 말이죠, 애초에 이불을 버린다는 생각 자체를 이해할 수 없어요. 나는 물자가 부족한 전쟁 전에 자랐으니까요. 그리고 언젠가 자식이나 손주가 다 같이 놀러 오는 날이 있을지도 모르고."

도마리는 말없이 이불을 빤히 바라보았다.

보통 그 심정은 이해하겠어요, 혹은 전쟁을 겪은 세대는 다들 그렇죠, 같은 이해심을 조금쯤은 보여주는 말을 하지 않나? 이렇게까지 붙임성이 없는 여자를 본 적이 없다. 예의를 중시하는 일본에서 잘도 살아왔다 싶었다.

"다음 방을 보여주세요."

도마리는 태연하게 말했다.

어느 방이나 다 똑같은 구조로, 모두 한 칸짜리 벽장이 있다. 족자와 목제 조각품, 커다란 항아리, 일곱 단짜리 히나 인형(매년 3월 3일 여자아이들의 명절인 히나 마츠리 때 여자아이의 성장과 기원하며 장식하는 인형이다. - 옮긴이), 고이노보리(매년 5월 5일 남자아이들의 명절에 남자아이의 성장을 기원하며 높이 다는 잉어 깃발. - 옮긴이), 5월 인형(5월 단오에 장식하는 무사 차림을 한 인형. - 옮긴이) 등이 든 벽장도 있고, 다도용품만 넣어둔 옷장도 있다.

"추억이 가득해서 다 소중한 물건들뿐이에요."

"추억이요……."

중얼거리고 입을 꾹 닫은 도마리는 다음 방으로 갔다.

"이 신사용 양복은 어느 분 것이죠?"

그 방의 벽장은 중간 단을 떼고 위에 파이프를 걸어 양복걸이로 개조해서 쓰고 있었다.

"그건 남편의 양복이에요."

"그럼 다른 사람에게 주려고 두신 건가요?"

"뭐, 꼭 그런 건 아니지만."

"부군께서 언제 돌아가셨나요?"

"이러니저러니 6년이 됐네요. 유품으로 나눠주려고 했는데, 남편은 옛날 사람이라 키가 164센티미터고 체격도 워낙 퉁퉁해서, 친척 중에 그런 체형인 사람이 없었어요."

"혹시 비슷한 체형인 분이 계셔도 디자인이 낡아서 입지 못하겠어요."

"버리라고 하겠지만 예전 옷은 질이 얼마나 좋은지 몰라요. 다 울 100퍼센트라고요."

도마리는 손을 뻗어 옷걸이까지 함께 옷을 한 벌 꺼냈다.

"역시 옛날 울이라 그런지 무겁네요."

그러더니 내게 내밀었다.

"그래요?"

도마리의 손에서 옷걸이를 받아들었다.

"어라, 정말이네. 무거워."

그래도 버릴 수는 없다. 고급품인 것은 사실이니까.

게다가 남편의 물건을 전부 버리면 정말로 외톨이가 된 기분이 들 것이다. 추억까지 다 사라질 것 같아 두렵다. 남편의 물건이 전부 사라진 벽장을 상상만 해도 우울했다.

"어르신 코트만 해도 열 벌이 넘네요. 양복과 원피스는 예전에 유행하던 스타일도 많고요. 어? 이 작고 빨간 원피스는 누구 건가요?"

"그건 딸이 초등학생 때 피아노 발표회용으로 맞춘 거예요."

"따님 물건은 따님한테 드리면 되지 않나요?"

"딸이 필요 없다고 해요. 아쉽게도 손녀도 다 커서 입지 못하고요."

"그렇다면 용도가 없어졌다고 생각하실 순 없나요? 이제 맡은 역할을 다 했다고 생각하면 버릴 수 있어요."

"그럴 순 없지. 벌레 먹지도 않았고 아직 예쁘니까."

"벽장은 추억의 공간인가……."

도마리는 빨간 원피스를 뚫어지게 바라보며 중얼거렸다.

"어르신은 물건을 버리는 것에 어떤 불안감을 느끼시나요?"

"네, 조금은. 막연하게 불안해진다고 해야 하나……."

내 대답을 듣자 도마리는 이제 알겠다는 듯이 고개를 크게 끄덕였다.

대체 무슨 말을 하고 싶은 걸까? 가면 같은 표정에서는 아무것도 읽을 수 없었다.

"어르신, 다음 방으로 가죠."

다음 방의 벽장에는 정리용 수납장이 꽉 채워져 있었다. 내가 수납장의 서랍을 하나 열어서 보여주자, 스타킹이 정갈하게 놓여 있었다.

"잠깐 세볼까요. 하나, 둘, 셋, 넷, 다섯……."

도마리가 소리 내어 세기 시작했다.

"여든아홉, 아흔, 아흔하나, 전부 아흔두 켤레네요. 사용하지 않은 것이 쉰두 켤레. 전부 어르신이 쓰시는 건가요?"

"그래요. 싸게 팔면 자꾸 사게 되네요. 급하게 장례식에 가야 해서 사러 가면 정가잖아요. 그게 너무 싫어요. 그래서 생활의 지혜로 평소 촉을 세워서 살피다가 싸다 싶으면 사두죠."

"그런데 여기 있는 게 다 새것은 아니네요."

"말아둔 건 세탁한 것이에요. 올이 나간 것도 아닌데 버릴 순 없고. 그래도 관혼상제 때는 새 걸 신고 싶으니까요. 그래야 마음가짐이 딱 잡히니까. 그래서 계속 새로 사고 있어요."

"좀 실례되는 질문인데, 사모님 이제 M 사이즈는 꼭 끼시죠?"

"어떻게 알았어요?"

"여기 M, L, XL이 섞여 있으니까 짐작했죠."

"도마리 씨, 눈썰미가 좋네요."

그 말을 들은 도마리는 갑자기 싱긋 웃었다.

어쩐지 기분이 나빴다.

집에 와서 처음으로 웃어 보인 것이다.

혹시 이 사람, 칭찬을 받고 싶어서 안달이 난 타입인가?

아아, 그렇구나. 도마리에게 나는 손님이 아니라 학생이다. 지도를 하러 왔으니까.

매일 텔레비전이나 잡지에서 선생님 취급을 받으니까 치켜세워지는 것에 익숙해진 모양이다.

"스타킹은 처분하죠."

도마리가 단호하게 말했다.

"그래도 버리는 건 아까워요."

"그럼 따님께 드리면 어떨까요? 아무리 모녀 사이라도 한 번 신은 스타킹은 쓰기 싫겠지만 새것이라면 받아주지 않을까요?"

"그야 그렇겠지만…… 그럼 다음에 물어볼게요."

"지금 전화하시면 어때요? 나중으로 미루면 영원히 정리하지 못해요. 하나하나 확실하게 정리하기 시작해야죠. 따님은 이 시간대에 집을 비우시나요?"

왜 저렇게 날카로운 눈빛으로 나를 보는 거지. 도마리의 머릿속에 대체 뭐가 들었을까. 도무지 짐작이 가지 않았다.

"오늘은 토요일이니까 집에 있겠지만, 그래도……."

내키지 않았다.

언제부턴가 무츠미는 전화 너머로 짜증 섞인 목소리만 들려주었다. 너무 퉁명스러워서 말도 붙이기 어렵다. 특별한 용건이 없는 걸 알면 바로 전화를 끊어버리니까 슬퍼서 울음이 터질 것만 같았다. 이럴 때, 독신 생활이 힘들다는 생각이 들곤 했다.

"무츠미 녀석 왜 저러는지 몰라, 퉁명스럽게 굴고."

이렇게 투정을 해도 들어줄 사람이 없다. 전화를 끊고 조용한 집에 가만히 있으면 나 혼자 이 세상에 오도카니 남겨진 것만 같았다.

앞치마 주머니에서 휴대폰을 꺼냈다. 도마리가 빤히 쳐다보고 있어서 어쩔 도리가 없었다.

"여보세요, 무츠미? 스타킹 필요 없니?"

잘 지내는지 물으면 용건부터 먼저 말하라고 소리를 지를 것이다. 그래서 받자마자 용건을 꺼냈다.

"갑자기 무슨 소리예요? 스타킹? 필요 없어."

"왜? 새 스타킹이 많은데."

"치마 안 입으니까."

"회사에도 바지만 입고 가니?"

"회사? 아아, 회사……."

갑자기 목소리가 작아졌다.

"응, 어쨌든 나는 필요 없어요. 어쨌든 잡동사니를 잔뜩 남겨두고 죽지 말아줘요. 지금 바쁘니까 다음에 전화할게."

갑자기 전화가 뚝 끊겼다.

정말, 인정머리 없다.

늘 다음에 전화한다고 말하면서 전화를 한 적이 없다.

그래도 오랜만에 목소리를 들어서 기뻤다. 기분이 나빠 보였지만 건강한 것 같았다. 그런데 무츠미의 목소리에서 불행의 냄새가 났다. 무슨 일이 있는지 물어보고 싶은 마음은 굴뚝같았지만, 저 태도라면 쌀쌀맞게 쳐낼 것이다.

"스타킹은 필요 없다고 하네요. 언제부턴가 딸은 '나는 언제 죽어도 괜찮도록 물건을 정리 정돈하고 있어'라고 잘났다는 듯이 말해요. 참 듣기 거북해."

도마리는 말이 없었다. 보통 어머, 그건 정말 거북한 말이네요, 따님은 아직 50대니까 죽은 뒤를 생각하기에는 너무 이르

잖아요, 하고 맞장구를 쳐주는 것이 상식 아닌가. 건넛집 시바
타 씨라면 반드시 그렇게 말해줄 것이다.

"뒷마당에 광이 있는데 거기도 보겠어요?"

얼른 다 보여주고 후딱 내보내고 싶었다.

"보겠습니다."

봉당을 안으로 쭉 걸어가면 일본 정원이 나오고, 그 너머에
2층짜리 광이 있다.

"광도 넓고 텅 비었네요……."

혼잣말인지, 도마리가 조용히 중얼거렸다.

"왠지 집중이 안 돼."

"네?"

"이 댁은 물건이 그렇게 많다는 생각이 안 들어요."

"네, 깔끔하게 정리하고 있으니까요."

"그런 의미가 아니에요. 지금까지 제가 도쿄에 있는 소형 맨
션을 주로 봤기 때문이에요. 이 집은 넓어서 수납공간이 많으
니까 물건이 흘러넘친다는 느낌이 나지 않을 뿐이에요. 사실은
쓸모없는 물건으로 가득 채워진 집이죠."

"무슨 말을 그렇게……."

"어? 이 전자레인지는 뭐죠?"

입구 가까이에 전자레인지가 두 대 겹쳐서 쌓여 있었다.

"그건 5년쯤 전에 쓰던 거예요. 스팀이 나오는 전자레인지가
새로 나왔잖아요? 그걸로 새로 샀어요. 내가 좀 신식 물건을

좋아해서. 그래도 쓰던 것도 망가지진 않았으니까 버리기 아까워서."

"어르신, 설마 이 냉장고도?"

"지구온난화다 전력 부족이다 하면서 세상이 시끄럽잖아요? 역시 일본의 앞날을 생각하면 에너지 절약 상품을 써야겠다 싶어서요."

"그렇지만 이건 가전제품 4품목이에요."

"가전제품 4품목?"

"가전제품 4품목은 에어컨, 텔레비전, 냉장고, 세탁기를 말하는데, 시의 대형 쓰레기로 버릴 수가 없어요. 새 제품으로 교체할 때, 판매처에 회수를 부탁하지 않으면 나중에 귀찮아져요. 회수해줄 업자를 직접 찾아야 하고, 그러면 가전제품 재활용 요금 이외에 회수 요금이 드는데 이게 제법 비싸요."

"어머, 그래요?"

도마리는 화가 난 표정으로 한숨을 쉬었지만, 그래도 기분을 바꾸려는 듯이 "멋진 나가모치(옷 따위를 넣어 보관할 때 쓰는 대형 상자. - 옮긴이)가 있네요"라고 나직하게 말했다.

"시어머니가 시집 왔을 때 입은 신부 의상이 들어 있어요."

열어서 보여주었다. 금란 단자(화려하고 아름답고 고가인 직물. - 옮긴이) 신부 의상이 나타났다.

"엉망이에요. 천이 다 상했으니까."

"다른 나가모치에는 뭐가 들어 있죠?"

"저 나가모치에는 예전에 쓰던 도기와 칠기가 들어 있어요. 그리고 커튼."

"커튼이요?"

"커튼을 바꾸는 걸 좋아해서요. 커튼만으로도 방의 인상이 바뀌니까요."

"그리고 전에 쓰던 커튼은 깨끗하니까 버리지 않고 보관하는 거고요."

뭐야, 잘 알고 있네. 처음으로 마음이 통한 기분이었다.

"그래요, 그렇지요."

친밀감을 담아 미소를 지었으나 도마리는 전혀 반응하지 않았다.

도마리는 "으라차차"하고 기합을 넣으며 나가모치의 뚜껑을 열었다. 흰 바탕에 쪽빛 문양이 새겨진 밥공기와 접시가 잔뜩 나타났다. 옻칠한 국그릇과 찬합도 있었다.

"양이 상당하네요. 커다란 식기장 하나 분량은 될 것 같아요. 그런데 이 병은?"

도마리는 광의 벽을 따라 나란히 놓인 양주 빈 병을 가리켰다.

"유리의 돋을새김이 아름답죠. 외국의 병은 예술품 같아요. 손녀가 예전에 모았어요. 나중에 또 놀러 오면 선물하려고요."

"그건 손녀분이 몇 살 때였죠?"

"초등학생일 때일 거예요."

"지금 분명 20대 중반이라고 하셨죠? 이제는 모으지 않으실 것 같은데요?"

"그럴지도 모르지만……."

"병이 거의 백 개는 되네요. 사실 버려야 한다는 거 알고 계시죠?"

정곡을 찔렀다.

"어르신, 왜 버리지 않으세요? 재활용 쓰레기로 버리면 되잖아요."

"네, 그건 알고 있는데……."

"의욕이 안 생기세요?"

"그래요. 버려야 한다고 생각하면 갑자기 몸이 나른해져서."

"역시."

뭐가 '역시'일까.

"잘 알겠어요."

뭐가 '잘 알겠어요'일까.

"이걸로 다 본 거죠?"

"아직 별채가 있는데."

"네? 더 있어요?"

별채는 단층으로 방이 두 개 있다.

정리용 수납장과 옷 장롱이 하나씩, 그리고 일본 장롱이 두 개 있다. 벽장도 각각 한 칸 크기다. 정리 수납장에는 내 옷이 가득하다. 일본 장롱에는 기모노와 전통 복장용 장신구가 역시 틈 하나 없이 들어 있다.

"다도를 하신다고 하셨죠. 기모노를 자주 입으시나요?"

"그게 그렇지도 않아요. 요즘은 다들 다도용 정장을 입어요. 종이를 넣거나 복사를 끼울 수 있는 다도 전용 정장이 나오거든요.(종이는 과자를 배분할 때 쓴다. 복사는 비단으로 만든 보자기로 다구를 닦거나 받칠 때 쓴다. - 옮긴이) 그래서 기모노를 오랫동안 입지 못했어요. 그렇다고 버릴 수는 없으니까요. 기모노를 버린다는 소리는 들어본 적이 없어. 또 딸이나 며느리나 손녀가 입을지도 모르니까."

도마리는 이번에도 대답이 없었다.

무뚝뚝한 표정으로 허락도 받지 않고 옷 장롱을 열었다.

"대체 이건 누가 입으세요?"

그렇게 물으면 할 말이 없다. 고급 트위드 정장과 양가죽 롱코트, 소가죽 숏코트, 그리고 우아한 밍크코트가 옷걸이에 걸려 있었다.

"이걸 왜 샀을까요."

분명 내가 샀는데 다른 사람의 옷을 보는 듯한 기분이었다. 거품경제 때문이다. 제정신으로 한 짓이 아니다.

"밍크코트는 80만 엔이나 했어요. 그런데 겨우 두 번 입었죠. 겨울에도 모피를 입으면 더우니까. 애초에 일본이 아니라 시베리아나 북극에서 입는 옷이죠."

사실은 180만 엔이었지만 솔직히 말하면 과거의 내 어리석음에 질릴 것 같아서 나도 모르게 100만 엔을 뺐다.

"이 가죽 코트는요?"

"아아, 그것도 내 거예요. 역 앞 부티크에서 추천을 받아서 샀죠. 그런데 시골에 사니까 입고 갈 곳이 없네요. 처음에는 정월에 첫 참배를 드리러 갈 때 입으려고 했는데, 슬슬 딸에게 줘야겠어요."

"소매 형태가 구식이에요. 주름이 잡혀서 퍼프 같네요."

"퍼프? 아아, 등롱 소매 말이죠."

"이런 형태는 따님이 안 입으실 거예요."

"그래도 버릴 순 없어요. 15만 엔이나 했으니까."

사실은 45만 엔이었지만.

"가격이 얼마였든 안 입는 옷은 끝까지 안 입어요. 보관해봤자 의미가 없죠."

"그래도 도마리 씨, 이 가죽이 얼마나 질 좋고 부드러운데요. 물건이 튼튼해서 좋다고요. 그러니까 소매를 요즘 스타일로 수선하거나 점퍼로 만들거나, 아니면 과감하게 토트백으로 만들 수도 있어요. 아마 백을 두 개쯤 만들 수 있지 않을까요?"

"어르신, 재봉이나 수예도 잘하세요?"

"예전에는 했지만 이제 안 해요."

"그럼 아시는 분 중에?"

"수선집에 가지고 갈까 생각 중이에요, 언젠가."

"그 언젠가가 언제죠? 몇 월 며칠이에요? 어르신, 언젠가라는 날은 안 와요. 그리고 수선 요금이 아주 비쌀 거예요."

"네, 알아요. 지난달에 치마 밑단을 올려달라고 했더니 8천 엔이나 받아가지 뭐예요. 그렇게 들 줄 알았으면 내가 대충 해 버릴 것을 그랬어."

도마리가 무슨 말인가 하려고 입을 움직였으나 결국 아무 말도 하지 않았다. 그리고 벽장을 열었다.

그곳에는 두꺼운 방석이 대충 쉰 장쯤 들어 있었다.

"예전에는 집에서 장례식을 치렀으니까요. 그러니까 방석이 아무리 많아도 부족했죠. 남편이 암으로 입원해서 남은 수명이 3개월이라는 소릴 듣고 얼른 포목점에 부탁해서 만들어달라고 했는데, 남편이 떠나니까 아들도 딸도 장례식은 회관에서 하자고 해서. 이제는 그런 시대라고 주장해서 결국 이 방석은 한 번도 쓰지 않았어요."

"앞으로도 안 쓸 것 같은데요?"

"내가 생각해도 그렇긴 해요. 하지만 도마리 씨, 이거 아주 비쌌어요. 솜도 요즘 쓰는 폴리에스터 솜이 아니라 예전 시대에 쓰던 진짜 솜이고, 일본제니까 봉제도 꼼꼼하고, 물건이 아주 좋아요."

도마리는 역시나 대답하지 않고 열어둔 창 너머로 정원을 바라보았다.

이끌려서 나도 정원을 보았더니, 소나무의 웅장한 가지가 보였다. 꼭대기에 아직 눈이 쌓였다. 이끼가 자란 정원 여기저기에 설앵초가 피어 있었다. 봄이 이제 코앞까지 다가왔다.

"이렇게 매년 계절이 순환하고, 사람은 나이를 먹고 죽는 거죠."

도마리가 차분한 표정으로 말했다.

"그런데 쓰지 않을 줄 알면서도 물건을 버리지 못하고, 차곡차곡 쌓고 또 쌓아 가죠. 집에 물건이 차고 넘치는데 계절별로 옷을 새로 사고, 도자기 시장이 서면 부랴부랴 식기를 사러 가고."

마치 시를 낭독하는 것처럼 말한다. 나를 놀리는 걸까.

"생각해 보면 일본인 모두가 '흥분'했어요. 전후 고도 성장기에 돌입해서 3종 신기라고 불리는 흑백텔레비전, 세탁기, 냉장고를 사기 위해서 열심히 일했죠."

"네, 그랬죠."

"전쟁 때문에 검소하게 살아야 했던 세월의 반동도 있어서, 패션 잡지에 열광하며 소비에 여념이 없었어요. 몇 년마다 새 차로 바꾸고, 서양식 가구를 사들이고, 집을 꾸며댔죠."

"하아."

"사람들은 물건을 사는 행위 자체에 쾌감을 느끼기 시작했어요. 질이 좋은 물건을 조금만 갖추고 오랫동안 소중하게 쓰는 고풍스러운 습관이 어느새 사라지고 말았죠."

"듣고 보니 그런 것 같네요."

"어르신, 적어도 광과 별채에 있는 물건은 전부 버리면 어떨까요?"

"네?"

전부라니…… 농담이겠지.

분노가 치밀었다.

"불길한 소리를 해서 죄송하지만, 어르신이 만약 내일 갑자기 세상을 떠나면 이 집은 어떻게 될 것 같으세요?"

"그런 소리, 딸한테도 자주 들어요."

"물건이 이렇게 많으면 자녀분이 정말 고생하실 거예요. 따님도 아드님도 생활이 있고, 또 멀리 떨어진 곳에 살고 계시잖아요. 이 집을 정리하려고 회사나 집안일을 쉬고 여기까지 몇 번이나 오가야 해요."

"그렇지만 나는 아직 건강하다고요. 아픈 곳이 하나도 없어요."

"따님 말씀처럼 여자도 쉰을 넘으면 죽음을 준비해야 해요. 당장 필요 없는 것은 영원히 필요 없고, 딸이 어머니의 옷을 입는 건 물자가 부족했던 시대 이야기잖아요. 자녀분 집에도 가구는 물론이고 식기와 전자레인지, 냉장고가 다 있으니까요."

"그래도 불안하단 말이에요. 대지진이나 원전 폭발이나 지구 온난화나, 언제 무슨 일이 생길지 모르잖아요."

"노후에 안심하려면 물건이 아니라 돈을 남겨둬야 하지 않을까요? 예를 들어, 마음에 들지 않는 옷을 보관하는 것보다 옷을 사는 즐거움을 남겨두는 편이 좋다고 생각하지 않으세요?"

"그 말도 맞는 것 같긴 한데……."

"그럼 오늘은 이만 가보겠습니다."

갑자기 그렇게 말하더니 도마리는 고개 숙여 인사했다.

"어, 돌아가나요?"

"네. 문제점을 정리해서 앞으로의 일은 따님께 연락하겠어요."

"무츠미에게?"

"네. 오늘 저는 무츠미 씨와 계약해서 온 거니까요."

멀끔한 얼굴로 그렇게 말하고, 도마리는 성큼성큼 본채로 돌아갔다.

현관에서 다운재킷을 입고 신발을 신은 도마리는 웃지도 않고 "실례 많았습니다"라는 말을 남기고 가버렸다.

정원에 목련이 피었다. 시골 마을에도 드디어 봄이 찾아왔다.

그 날은 비가 내려서 날이 저물기 전부터 창밖이 어둑어둑했다.

이런 날이면 이 넓은 저택에 혼자 있다는 사실이 더 절실하게 다가온다.

그때, 현관 초인종이 울렸다.

건넛집 시바타 씨인가. 현관으로 나갔다.

"어머니, 오랜만이에요."

눈을 의심했다.

"아니, 히데키 아니니. 어떻게 왔어?"

"출장으로 근처까지 왔다가 들렀어요."

"근처라니, 어딘데?"

"그게……."

히데키는 머뭇거렸다. 얼버무리려는 듯이 신발을 벗고 슬리퍼로 갈아 신고는 복도를 성큼성큼 걸었다.

"오사카 출장이었어요."

뒤도 돌아보지 않고 말했다.

"오사카라니……."

전혀 가깝지 않다.

"얼마나 있을 수 있니? 차 정도는 마시고 갈 수 있어?"

등에 대고 물었다.

"오늘 밤은 자고 가려고요."

기뻐서 말도 안 나왔다.

나도 모르게 멈춰 서서 등을 바라보았다.

그리고 그런 내게 나 스스로 놀랐다. 아들이 하룻밤 자고 간다. 겨우 그뿐인데 이리도 기쁠 줄이야. 내가 이렇게 쓸쓸했었나? 고독해서 견딜 수 없었나? 자문자답했다.

"저녁은 뭐 먹을래? 네가 좋아하는 걸 만들어 줄게."

"그보다 초밥이라도 먹으러 가요. 가끔은 맥주라도 마시면서 얘기해요. 어머니가 요리를 하면 그 안에는 얘기를 못 하니까 시간이 아깝잖아요."

"뭐 중요한 이야기라도 있니?"

걱정이 되어 물었다.

"아니요, 아무것도 없어요."

역시 다정한 아이다. 좀처럼 돌아오지 않으니까 이제 고향은 까맣게 잊고 엄마 생각도 역시 안 하는 줄 알았다. 일이 너무 바빠서 그랬을 것이 분명하다.

초밥 가게의 마루방에 마주 앉았다.

"어머니, 생신 축하해요. 자, 건배해요."

"응? 생일?"

"이런, 잊고 있었어요?"

히데키가 웃으며 맥주를 따라주었다.

사실은 기억하고 있었다. 하지만 나 혼자 오늘이 생일이라고 생각하는 것 자체가 쓸쓸해서 오늘이 얼른 지나가기를 아침부터 계속 바랐다. 아들 머리에 백발이 여기저기 섞여 있는 모습을 가만히 바라보았다.

"어머니, 올여름에 저랑 둘이 여행 가요."

"그럼 가요코는?"

"아내는 장인어른, 장모님을 모시고 홋카이도로 여행을 갈 계획이에요. 각자 부모님이랑 가는 편이 더 편할 테니까요."

"그거 즐겁겠다. 무츠미도 부르면 어떨까?"

"무츠미는…… 안 돼요. 시간을 내지 못할 테니까."

히데키의 눈빛이 흔들렸다. 내 착각일까?

"무츠미, 그렇게 바쁘니?"

"응, 그 녀석, 진짜 바빠요."

히데키와 무츠미는 연락을 주고받나 보다.

"어머니, 3박 4일로 베이징은 어때요?"

"베이징이면 중국? 거기 외국이잖아."

그러자 히데키가 뭐가 그리 재미있는지 하하하 웃음을 터뜨렸다.

"저승길 선물로 해외 여행을 선물하려고요."

"그거 정말 좋은 선물이네. 얼른 여권 만들어야겠다."

이렇게 즐거운 밤은 오랜만이었다. 여행 계획을 이것저것 세우느라 이야깃거리도 끊길 줄 몰랐다.

다음 날, 히데키를 배웅하며 뒷모습을 바라보았다. 다른 때라면 다음에 언제 만날지 몰라 외로웠겠지만 이번에는 달랐다. 앞으로 여행을 간다고 생각하니까 "건강하게 지내려무나!"하고, 등을 바라보며 진심으로 기원할 만큼 여유가 있었다.

거실로 돌아와 남은 커피에 우유를 따르고 전자레인지로 데워서 혼자 느긋하게 마셨다. 여행이 기대되었다. 오늘부터 당분간 들뜬 기분으로 살 수 있을 것이다. 오후에는 서점에 가서 베이징 여행책을 사야겠다.

베이징에는 뭘 입고 가야 할까? 여름옷은 잔뜩 갖고 있지만 마음에 드는 게 없으면 이번 기회에 새로 장만해야겠다.

"옷이 옷장을 이렇게 꽉꽉 채웠는데 또 산다고?"

무츠미의 목소리가 들리는 것 같았다.

그렇지, 이번 기회에 여름옷을 찾으면서 불필요한 물건을 조금 처분할까.

최근 몇 년간 입지 않은 옷, 장에 둔 빈 병, 부엌의 이런저런 것들⋯⋯.

정말 오랜만에 의욕이 넘쳤다.

수개월이 지나고, 장마철이 시작되었다.

현관 초인종이 울려서 나가보았더니 키가 큰 청년이 서 있었다.

"할머니, 오랜만이에요."

"혹시 도모야니?"

"맞아요. 할머니, 잘 지내셨어요?"

무츠미의 장남인 도모야였다. 신발을 벗으며 "이거 선물"하고 과자 상자를 내밀었다.

"아이고, 무슨 일로 왔니?"

"그냥요. 갑자기 생각나서 왔어요."

"그런데 학교는? 괜찮니?"

"응. 3학년까지 필요한 학점은 거의 다 땄고, 취직도 했으니까요. 지금 진짜 한가해요. 뭐, 평소에는 아르바이트를 하지만, 대학교 4학년인 지금이 인생에서 마지막으로 누리는 자유 시간일지도 모른다고 생각하니까, 여기저기 가보고 싶어서요."

"느긋하게 있다가 갈 수 있니? 저녁은 먹고 갈 거야?"

"괜찮다면 이삼일 머물고 싶은데."

"그거 기쁘구나. 그럼 오늘 밤은 이 할머니가 실력을 발휘해서 저녁을 만들어주마."

"저도 도울게요."

"그래? 고맙다."

아직 저녁을 먹기에는 일러서 차와 과자를 내왔다.

식품고 문을 열었다. 잔뜩 쟁여놔서 이렇게 갑자기 손님이 와도 곤란하지 않다. 도마리에게 지금 이 상황을 보여주고 싶었다.

"자, 마시렴."

뜨거운 엽차와 센베를 내놓았다.

"할머니, 이 센베, 눅눅해요."

"무슨 소리니. 지금 막 뜯었는데. 어디 보자, 어라, 정말 그러네."

"유통기한이 3년 전이에요."

"아이고, 미안하다. 시간이 너무 빨리 지나가네. 다른 과자를 내올게."

식품고로 가자 도모야도 따라왔다.

"아아, 이거구나. 소문의 식품고."

"소문이라니?"

"아니요, 아무것도⋯⋯."

아주 잠깐이지만 도모야가 당황했다. 아마 도마리가 무츠미에게 보고했을 것이다. 그리고 도모야도 전해 들었을 테고. 그건 그렇고 도마리에게서는 그때 이후로 연락이 전혀 없었다.

"할머니, 근데 진짜 너무한 양이다. 이것도 유통기한이 지났어요. 아, 이건 2년 전꺼네."

"유통기한 같은 건 일일이 신경 쓰지 않아도 된다고 생각했는데, 눅눅해지기도 하는구나."

결국 도모야가 선물로 가져온 화과자를 먹기로 했다. 이런 상황은 도마리에게 보여줄 수 없겠다.

그 날 저녁은 튀김을 먹기로 했다.

"엄미는 건강히니?"

무츠미가 잘 지내는지 궁금했다.

"여전히 힘들죠."

대답하면서 도모야는 맛있게 새우튀김을 먹었다. 젊은 사람의 왕성한 식욕은 보기만 해도 기분이 좋다.

"그렇게 바쁘니? 엄마 회사."

"회사요?"

"부장이 됐다며. 데이코쿠드링크."

"그거 언제 적 얘긴데요. 엄마 예전에 회사 그만뒀어요."

"왜? 무슨 일이 있었니? 혹시 잘린 거야? 그럼 지금 무츠미는 뭘 하는데? 부장이 아닌데 왜 그렇게 바빠?"

"할머니가 쓰러져서 엄마가 돌보느라 회사를 그만뒀어요. 못 들었어요?"

"할머니를 돌보느라? 설마 친할머니?"

"네. 친할머니가 뇌출혈로 쓰러지시고 치매에 걸렸어요."

"언제부터?"

"벌써 3년쯤 됐나."

"그렇게 오래됐어? 그런데 네 엄마, 왜 나한테 말하지 않았지?"

"걱정 끼치기 싫다고 했어요. 그리고 할머니는 엄마가 부장으로 승진한 걸 자랑으로 여겼잖아요. 그래서 실망시키기 싫다고 했고요."

"그랬니. 그래도 너무 서운하잖니. 그렇구나, 걱정을 끼치기 싫다고 했다고. 나를 걱정해준 거구나. 참 다정하기도 하지."

"엄마, 원래는 다정한 사람인데 말이죠."

"원래는? 그건 또 무슨 소리니?"

"할머니를 돌보기 시작한 후로는 늘 짜증만 내요. 눈 주변이 다크서클로 새까매지니까 위압감까지 있어서 말 걸기 무서울 정도예요."

그렇게 말하며 도모야는 웃었다.

"도모야, 왜 웃는 거니. 이런 데 있지 말고 얼른 가서 엄마를 도와주렴. 나도 뭐 도울 게 없을까? 가까우면 매일 갔을 텐데……."

지금 당장 달려가고 싶었다. 무츠미가 지금 어떤 상황인지 생각하자 가만히 있을 수 없었다. 부장으로 승진했다고 그렇게 좋아하고 의욕이 넘쳤는데 어떻게 그런 일이…….

"할머니, 진정해요. 나도 아빠도 이쿠야도 엄마를 돕고 있어요."

"그럼 너 왜 지금 여기 있니? 거짓말은 그만하렴!"

나도 모르게 큰소리를 내고 말았다.

"간신히 노인개호시설에 자리가 생겨서, 할머니가 어제 입소하셨어요."

"이 녀석이. 그럼 그것부터 말해야지. 정말 머리가 있는 거니."

"할머니, 너무해."

도모야가 소리 내어 웃었다.

"그럼 지금 엄마는 편해진 거니?"

"응, 그래요. 어제 할머니를 시설에 모셔다드리고 가족 넷이서 노래방에 갔어요. 엄마, 마이크를 안 놓지 뭐야. 호통이라도 치는 것처럼 큰소리로 노래를 불렀어요. 몇 년간 쌓인 스트레스를 그 자리에서 죄다 발산하는 것 같았어요. 그러고 나서다 같이 술집에 갔는데, 엄마만 코가 삐뚤어질 만큼 취했어요. 술도 몇 년이나 안 마셨으니까."

가슴이 아파서 말도 나오지 않았다.

눈에 고인 눈물을 떨구지 않으려고 허공을 바라보는 수밖에 없었다.

"앞으로는 자주 고향에 놀러오겠다고 엄마가 말했어요."

도모야가 채소 샐러드를 자기 접시에 덜어 토마토를 우적우적 씹었다.

"힘들었겠구나, 무츠미도. 나는 아무것도 해주지 못하고……."

"그래도 삼촌 댁도 힘들었어요."

"삼촌? 히데키 말이니?"

"네. 자회사에 가게 되어서 고생하시는 것 같아요."

"자회사라니?"

"어, 할머니, 그것도 몰라요?"

도모야의 동공이 좌우로 흔들렸다.

"큰일 났다. 혹시 나, 괜한 소리를 한 건가?"

"말해주렴. 나는 네 삼촌의 엄마니까."

"그렇죠. 비밀로 하는 게 더 이상해."

고개를 힘차게 끄덕이더니, 도모야는 안심한 표정을 지었다.

"엄마한테 들었는데, 삼촌 회사는 실적이 안 좋아서 구조조
정을 대대적으로 해서 사원을 잘랐대요. 삼촌은 잘리진 않았는
데, 패션 통신판매 회사로 이동하게 됐대요. 구조조정 당하지
않은 것만으로도 운이 좋았으니까 처음에는 기뻤는데, 막상 가
봤더니 전문 분야가 아니어서 힘드신가 봐요. 야근도 살인적으
로 많고 주말에도 거의 쉬지 못하신다고 들었어요."

죄다 처음 듣는 이야기였다.

"얼마 전에 히데키가 갑자기 찾아왔는데 그런 이야기는 하
나도 안 했어."

"삼촌도 할머니한테 걱정을 끼치지 않으려고 그러셨겠죠,
분명히."

"도모야, 그것뿐이니?"

"뭐가요?"

"네가 아는 거, 오늘 전부 다 할머니한테 말해주렴."

내 표정이 무시무시했는지, 도모야는 조금 겁을 먹고 몸을

뒤로 뺐다.

"……알았어요. 그럼…… 전부 다 말할게요."

도모야가 사내아이치고 수다 떨기를 좋아해서 다행이었다.

그 날 밤, 도모야는 많이 먹고 많이 마시고 많이 말해주었다.

"다들 그렇게 고생하면서 살았구나."

히데키가 귀성하지 않게 된 시기와 자회사로 가게 된 시기가 겹쳤다.

무츠미 역시 전화해도 짜증을 내고 끊어버리는 시기와 시어머니를 돌보기 시작한 시기가 겹쳤다.

"그런데 무츠미는 왜 도마리를 우리 집으로 보낸 걸까?"

"아마 그건 친할머니 집이 비참할 정도로 엉망이어서 그랬을 거예요. 건강하셨을 때는 청소를 잘하셨는데 상태가 안 좋아지니까 벽장이나 장롱이나 선반에서 물건을 꺼내고 일일이 제자리에 돌려놓는 게 힘에 부치셨나 봐요. 처음에는 집에서 오가면서 돌봤는데, 치매 증상이 나타나면서 엄마는 아예 거기서 머물면서 돌봤거든요. 엄마가 물건을 버리면 '네가 훔쳤지!'라고 할머니가 소리를 질러대서 엄마, 반쯤 노이로제에 걸렸어요. 아마 그것 때문에 집에 쓰지 않는 물건이 있는 걸 끔찍하게 여기게 되지 않았을까요? 주말에는 아빠가 교대로 돌보러 가니까 집에 돌아오는데, 어느 날 갑자기 뭐에 쓰인 것처럼 죄다 버리기 시작하는 거예요. 주말마다 집에 있는 불필요한 것들을 쓰레기 봉투에 넣어서 버렸어요. 매번 양이 어마어마했죠. 덕분에 지금 집이 아주 깔끔해요.”

“사실 사용하지 않는 이불은 말리지 않으면 곰팡이가 생기고 먼지도 쌓여. 기모노도 1년에 한 번은 바람을 쐬어줘야 하고. 별것 아닌 것 같지만 나이를 먹으면 좀처럼 쉬운 일이 아니란다.”

“그런 일에 시간 낭비하고 싶지 않다고 엄마가 말했어요.”

“얼마 남지 않은 인생이니까. 시간을 소중히 써야지.”

그 후로 도모야는 대학 생활이나 친구 이야기를 해줬고, 그러다 보니 날짜가 바뀌었다.

순식간에 행복한 사흘이 지나갔다.

도모야가 돌아간 그 날부터 나는 식품고 정리를 시작했다.

장마가 끝나고 본격적인 무더위가 찾아왔다.

양산을 접고 노인 시설 현관 로비로 들어가 주변을 둘러보았다.

그때, 접수처에 앉은 젊은 여자와 시선이 마주쳤다.

“마미야 씨를 만나러 왔는데요.”

“네, 알고 있어요. 마미야 도시코 님은 3층 302호실에 계세요.”

여자가 생긋 웃으며 알려주었다.

문을 두드리자 “네에”하고 밝은 목소리가 들렸다.

미닫이문을 부드럽게 열자 휠체어에 앉은 마미야 씨가 환하게 웃고 있었다.

“오랜만이네. 기다리고 있었어요.”

온화한 분위기는 그대로였다. 나가사키에서 시집온 지 오래 되었는데 여전히 나가사키 사투리가 남아 있는 점도 변하지 않았다.

"우리 집 소나무, 어떻게 됐어요?"

"여전히 가지가 휘영청 훌륭해요."

"다행이네. 하지만 집을 내놓다니 아쉬워. 거기 오래 살아서 애착이 있는데."

"그렇죠. 그런데 마미야 씨, 왠지 예뻐진 것 같아요?"

"이런 늙은이를 칭찬해도 아무것도 안 나와요."

"아니에요, 젊어진 것 같아. 피부도 매끈매끈하고, 게다가 활기가 넘쳐요."

괜히 하는 소리가 아니었다. 나보다 열 살 연상이니까 여든 여덟인데, 그렇게 보이지 않았다.

"매일 체조하니까 그럴 거야. 그리고 서예와 다이쇼고토(일본 전통 현악기. 쇠줄과 건반이 있는 간단한 악기다. ─ 옮긴이)를 시작했죠."

"그거 즐거울 것 같네요."

"여기 있으면 식사도 만들어주고 청소도 해주니까 취미에 몰두할 수 있어요. 아이고, 미안해라. 지금 차를 내올게요."

마미야 씨는 휠체어를 능숙하게 돌려 방 한쪽의 미니키친에서 차를 준비하기 시작했다.

"물만주(칡가루로 만든 투명한 반죽으로 팥 앙금을 감싼 여름 과

자. 물방울떡이라고도 불린다. ― 옮긴이)를 사 왔어요."

"고마워라. 여름에는 역시 물만주지."

"어제 드라마를 보는데 물만주를 먹는 장면이 나와서, 마미야 씨가 좋아하던 게 생각났어요."

"이 세상에 내가 좋아하는 걸 기억해주는 사람이 있다니, 정말 기쁘네."

마미야 씨가 차를 우리는 동안, 실례인 줄 알면서도 방을 구석구석 둘러보았다. 부엌이 있는 방에 수납으로 쓸 가구는 한 칸짜리 옷장뿐이고, 침대와 작은 테이블 세트 이외에 가구다운 가구는 없었다. 식당이 있으니까 미니키친에 설치된 식기장도 아주 작았다.

"저기…… 이상한 걸 좀 물어도 될까요?"

"응? 뭐든 물어봐요."

"지금 팔려고 내놓은 집에 가재도구를 남겨 두었나요?"

"설마. 하나도 남기지 않고 처분했지. 이 방에 있는 게 내 전 재산이야."

"그거…… 참 대단하네요. 결심이 쉽지 않았겠어요."

"쉽지 않고 뭐고가 없었지. 어쩔 수 없었으니까."

"그래도 추억이 담긴 물건들도 있었을 텐데."

"그야 많이 있었지. 도저히 버리지 못하겠다 싶은 건 사진을 찍어 두었어요. 종종 사진을 보니까 쓸쓸하진 않아. 사람은 모두 알몸으로 태어나서 알몸으로 죽잖아요? 그걸 실감하게 되었어요."

"호오. 꼭 깨달음을 얻은 것 같네요. 마음도 몸도 후련해진 것 같아요."

"자, 차 좀 들어요."

창가에 하얀 테이블 세트가 있어서 잔디 깔린 정원을 내다볼 수 있었다.

"정말 세련됐어요. 외국 영화 속 한 장면 같아."

"그렇죠. 사에구사 씨도 여기로 와요. 즐거울 거야."

그러면서 마미야 씨는 장난스럽게 웃었다.

곧 아흔이 되는 나이인데도 소녀 같았다.

현관 초인종이 울려 벽시계를 보았다.

골동품가게 사람이 오기에는 너무 일렀다. 약속 시간까지 아직 1시간이나 남았다.

현관으로 나가자 오바 도마리가 서 있어서 깜짝 놀랐다.

"근처까지 왔다가 잠깐 들렀어요."

오늘도 가벼운 청바지 차림이었다. 폴로셔츠 소매에서 터질 듯한 팔뚝이 쑥 튀어나왔다.

"이 근처에서도 정리 지도를 해달라는 요청이 있었어요?"

"네, 뭐."

"어느 댁이죠?"

이 동네라면 가족 구성을 거의 다 꿰고 있으니까 어느 집일지 궁금해서 물었다.

"그건 말씀 못 드려요. 직업상 개인정보를 유출하진 못하니까요."

도마리의 눈빛이 허공을 잠깐 헤매는 것을 놓치지 않았다.

우연히 근처까지 와서 들렀다는 것은 거짓말이리라. 그런데 일부러 상황을 보러 도쿄에서 여기까지 오는 사람이 있을까?

"자, 들어와요."

아니에요, 여기면 괜찮아요. 혹은 잠깐 들른 거니까 금방 돌아갈 거예요. 이런 소리를 할 줄 알았는데 도마리는 기다렸다는 듯이 신발을 벗었다.

어쩔 수 없어서 거실로 들이고 차를 내주었다.

"과자가 없어서 미안해요. 사다 놓은 게 없어서."

"사다 놓은 게 없다고요? 호오⋯⋯."

도마리가 놀란 듯이 눈을 크게 떴다. 식품고에 터질 듯이 넣어둔 센베나 쿠키를 떠올렸을 것이다.

"어르신, 분위기가 달라졌어요."

"그래요? 어디가?"

"뭐라고 할까⋯⋯."

도마리답지 않게 망설였다.

"한참 어린 제가 말씀드리기는 좀 그런데, 전보다 강해지신 것 같아요."

"그거 기쁘네요."

"무슨 일이 있었나요?"

"자식, 손주들이 차례차례 방문해줬거든요."

"그랬죠."

지금 대답은 뭐지? 마치 알고 있는 것 같잖아.

"멀리 떨어져 살아도 나를 걱정해준 것 같아요. 자주 만나지 못해도 가족이라고 생각하니까 기뻐요. 그리고 이들이 베이징 여행을 선물해줬어요."

"아아."

지금 대답은 뭔데? '아아'라니,

자식과 손주가 온 것은 전부 다 도마리가 시킨 것일까?

도모야와 얘기할 때, 순간순간 그런 생각이 들긴 했다. 그래서 슬쩍 도마리에 대해 물어보았는데, 그 수다쟁이가 절대로 털어놓지 않았다.

"도마리 씨, 여러모로 고마워요."

"네?"

여전히 포커페이스였다. 그래도 아주 잠깐 부끄러워하는 기색이 스친 것을 놓치지 않았다.

"인생의 마무리는 이런 거라고 손주 녀석들과 자식들에게 보여주고 싶어졌어요. 저 세상에는 아무것도 가져가지 못한다고들 말하죠. 당연한 소리라고 생각했는데, 사실은 실감하지 못했어요. 그래도 이제 곧 골동품 가게에서 사람이 와요. 혹시 시간 있으면 도마리 씨, 같이 있어 주지 않을래요?"

"좋아요. 저도 그쪽에 흥미가 있으니까요."

잠시 후, 골동품 가게 사람이 왔다.

"그럼 살펴보겠습니다."

70대 정도 됐을까, 안경을 쓴 남자였다. 뼈와 가죽만으로 이루어진 것처럼 비쩍 말랐으나 나이에 비해 동작이 기민하고 말도 또렷했다.

현관 바로 옆 방으로 그를 안내했다. 불필요한 물건을 처분하기로 한 뒤부터 매일 조금씩 이 방에 물건을 모아두었다. 다다미 위에는 말아 놓은 족자가 잔뜩 있었다. 그 옆에 펼쳐 놓은 보자기 위에는 밥공기 등의 도기류와 항아리가 있었다.

골동품 가게의 남자는 끝에서부터 순서대로 손에 들고 살피기 시작했다.

처음 세 점까지는 자세히 봤는데, 네 번째부터는 대충 훑어보고 다시 묶어 놓았다. 전부 다 살핀 남자가 말했다.

"이 족자는 어디에서 사셨나요?"

"통신 판매요. 통신 판매에 푹 빠진 시기가 있었거든요."

"역시 그렇군요. 그럼 이건?"

"그건 다도 할 때 걸어두려고, 다도 유파에서 사라고 해서 샀고요."

"그렇군요. 여기 있는 건 전부 양산품이어서 우리 가게에서는 값을 매길 수 없습니다."

"아니…… 하지만 다 비쌌는데."

"사모님, 골동품은 희소가치가 있는 오래된 물건을 말합니다. 여기 있는 건 양산품이고 다 최근 들어 만들어진 거예요. 가보도 아니고 재산도 아닙니다. 말하자면 골동품이 아니고 중고품이에요. 아마 팔리지 않을 겁니다. 이 댁은 도코노마가 많을 테니까 계절별로 바꿔 걸면서 보시면 될 거예요."

"그렇게 쓸 건 따로 잔뜩 있어요."

"그렇다면 재활용 가게를 부르셔야 해요. 괜찮다면 알고 지내는 업자를 소개하겠습니다. 그럼 이번에는 도기를 보겠습니다."

골동품 가게 남자는 흰 바탕에 쪽빛 무늬가 그려진 밥공기와 접시를 하나하나 살폈다.

"그건 오래된 거예요."

"사모님, 오래된 게 맞긴 합니다. 하지만 전부 다 B급이에요. 유약을 바른 흔적이나 방울이 맺힌 자국이 있으니까 샀을 때도 저렴했을 겁니다. 그냥 평소에 쓰는 물건이네요. 이것도 살 수 없습니다."

"소중하게 보관했는데……."

"꼭 파시고 싶으시면 하나당 100엔으로 사겠습니다. 가끔 이런 옛날 물건을 좋아하는 손님도 계시니까요."

"……겨우 100엔이요. 그럼 그 옆에 항아리는요?"

"이것도 가치가 없어요. 댁에서 꽃병으로 쓰시면 될 것 같습니다. 가치는 없어도 풍류가 있으니까요. 이것 말고 더 없나요? 이렇게 멋진 저택이라면 값어치가 나갈 물건이 하나둘쯤은 있을 것 같은데."

"예전에는 좋은 물건이 많았는데, 시아버님이 돌아가신 후에 남편 형제들이 유품으로 나눠 가졌어요. 남편은 팔 남매 중에 장남이어서 이 집을 물려받았고, 다른 남매들은 대신해서 돈 될 물건을 가져갔죠."

"그렇군요. 그거 안타깝네요. 그럼 저는 돌아가겠습니다."

"이불이나 방석 같은 건 안 되나요?"

"골동품 가게에서는 그런 물품을 취급하지 않으니까요. 저도 살 수 없습니다."

"알았어요. 그럼 도기만."

아쉬워서 도기를 살짝 어루만졌다.

"역시 사모님, 죄송하지만 도기도 사지 않겠습니다. 지난달에 집사람에게 혼난 참이거든요. 장소만 차지하는 가치 없는 물건을 또 질리지도 않고 사 왔다고."

그렇게 말한 골동품 가게 남자는 아무것도 사지 않고 돌아갔다.

"도마리 씨, 조금 쉬죠."

거실로 가서 차를 우렸다. 과자가 아무것도 없으면 예의가 아니니까 냉동해 둔 정월 떡을 전자레인지로 데워서 아베가와 모치(떡을 구워서 더운물에 담가 콩가루나 설탕 등을 묻혀서 먹는 것. – 옮긴이)를 만들었다.

"차 솜씨가 좋으시네요. 농후한 맛이 나요. 그리고 이 콩가루도 맛있어요."

도마리는 단 것을 좋아하나 보다. 지금까지 거의 감정을 드러내지 않아서 친밀감을 느끼지 못했는데, 떡을 먹자마자 행복한 얼굴이 되어서 처음으로 인간미가 느껴졌다.

"그나저나 골동품 가게가 아무것도 사주지 않다니, 실망이야. 도마리 씨가 물건보다 돈을 남기는 게 좋다고 했잖아요. 나도 일리가 있는 말이다 싶어서 필요 없는 물건을 전부 팔아서 돈으로 바꾸려고 했는데……."

"재활용품 업자를 부르면 어떨까요? 이렇게 정리하실 마음이 드셨으니까 좋은 일일수록 서둘러야죠. 골동품 업자가 두고 간 전화번호로 연락해 봐요."

도마리의 말을 듣고 얼른 재활용품점에 연락했더니 당장 오겠다고 했다.

차를 두 잔째 마셨을 무렵, 재활용품점 점장이라는 사람이 찾아 왔다. 마흔 전후에 체격이 좋은 여자였다. 회색 점퍼를 입고 야구 모자를 썼다.

"이불이 열여섯 채…… 으음, 좀 어렵겠네요."

남자처럼 팔짱을 척 끼고 미간을 찌푸렸다.

"물건은 아주 좋아요."

내가 설명했다.

"그런 문제가 아니고, 사모님이라면 중고 이불을 쓰시겠어요?"

"나요? 내가 살 리가 없지. 누가 썼을지도 모르는 이불을."

"그렇죠? 그러니까 여기 있는 것도 팔릴 리가 없겠죠?"

"응? 하지만 세상에 중고 이불이 필요한 가난한 사람도 있을 텐데."

"아무리 가난해도 이불쯤은 있어요."

"그럼 이 방석은 어때요? 쉰 장이나 있는데."

"그런 건 아무도 안 살 거예요."

"그래도 이렇게 두껍고 좋은데?"

"너무 두꺼워서 앉기 어려워요. 요즘 유행이 아니네요."

말을 딱 부러지게 하는 여자다.

"다른 건 더 없나요? 필요 없는 물건이라면 전부 보여주시겠어요? 사모님은 돈이 안 된다고 생각하시는 물건이 의외로 팔릴 수도 있어요."

"어머, 그래요? 그럼 순서대로 안내할게요. 옷이라면 많이 있는데."

2층으로 올라가 벽장을 열었다.

"이 벽장에 있는 건 전부 다 필요 없으신가요?"

"아니요, 아직 정리하지 않았어요."

"얼룩이 묻었거나 벌레 먹은 것, 주름이 심한 것 이외에는 인수하겠습니다. 상자 하나당 300엔이지만요."

"응? 겨우 300엔이요?"

"최소한 2, 3년 전에 사신 것만요. 그 이전 옷은 디자인이 오래되어서 팔리지 않아요."

"밍크코트는 어때요? 이건데."

"밍크코트? 거품경제의 잔상이군요. 이 시골에 이런 코트를 입는 사람이 있나요? 이 근처에서 모피를 입는 사람이라면 꿩 사냥꾼 정도겠죠. 요즘은 동물 보호를 호소하는 사람도 많고. 모피 목도리 정도라면 팔릴 수도 있지만 코트는 살 수 없어요."

"그럼 이 코트는 어떻게 해야 하죠?"

"버리는 수밖에 없죠."

"하지만 80만 엔이나 했어요."

"그렇다면 사모님, 돌아가실 때 관에 넣어달라고 하면 어떨까요?"

농담인 줄 알았는데 점장은 진지한 표정이었다.

"이런 걸 남기고 돌아가시면 유족도 큰일이니까요."

절망적이었다. 사실 180만 엔이라고는 입이 찢어져도 말할 수 없다.

"그런데 사모님, 새것은 없나요? 답례품으로 받았거나 축하 선물이라거나."

"많이 있죠."

조금 기분이 나아졌다.

"여기요."

계단으로 안내했다.

"어, 계단 서랍인가요? 미처 못 봤네요."

도마리가 눈을 동그랗게 떴다.

계단 서랍을 열자, 상자에 담긴 수건 세트, 목욕 수건, 방석 커버 세트, 수건과 손수건 세트가 잔뜩 나왔다. 색이 변한 것도 있었다.

"색이 변한 것은 가져갈 수 없지만, 그 이외의 것은 가져가겠어요."

그 후에도 점장은 1층, 2층 모든 방과 별채, 광까지 뛰어다니며 다 둘러보았다.

"그래, 전부 해서 얼마인가요?"

"계산해보면, 의류가 상자 다섯 개분, 새것인 선물들, 새것인 냄비와 프라이팬, 족자와 도기류, 이불 열여섯 채, 깃털 베개 열여섯 채, 방석 쉰 장, 전자레인지 두 대와 냉장고 한 대…… 다 해서 5만 엔 정도입니다."

"겨우 5만 엔? 그렇게 싸?"

"네, 싸게 해드렸어요. 특별 서비스입니다."

"네?"

왠지 대화가 맞물리지 않았다.

"구매 가격이 아니라 처분 요금이에요. 5만 엔을 받는 게 아니라 어르신이 내시는 거예요."

도마리가 옆에서 거들자, 점장은 어이없다는 표정으로 나를 보았다.

"팔릴 만한 물건도 몇 개 있지만, 처분 요금에서 빼야 하니까요. 자세한 명세는 나중에 보내드리겠습니다."

5만 엔을 낸다고? 내가?"

황당했다.

"이 방석도 엄청 비싸게 주고 샀는데?"

"5만 엔으로 받아준다면 정말 저렴한 거예요."

도마리가 말했다.

그리고 보니 건넛집의 시바타 씨가 말했다. 교장 선생 댁에서 유품 정리업자를 불렀을 때, 가재도구를 전부 처분하는 데만 150만 엔이나 들었다고.

"도마리 씨, 나 대체 어떻게 하면 좋죠?"

"내키지 않으시면 오늘은 일단 선물로 받은 새것만 가져가달라고 하고, 남은 건 어르신께서 시에 신청해서 조금씩 버리시면 돼요. 시청에 연락해서 가전제품을 받아줄 전문업자를 알려달라고 하죠."

"저희도 그게 더 편하고요."

점장도 한시름 놓은 표정이었다.

"요즘 폐기를 대행하면 비용도 만만치 않고 절차도 여러모로 번거롭거든요."

점장은 시원시원한 동작으로 돌아갔다.

결국, 선물로 받은 새것들만 정리했다. 이 집에 있는 불필요한 물건의 100분의 1도 되지 않는 양이었다. 며칠이나 투자해서 정리하고서는 겨우 그것뿐이라니, 피로감이 몰려왔다.

"골동품과 재활용품 업자의 이야기를 들었으니까 이제 아시겠죠? 쓸 수 있는 것도 받아줄 곳이 없다는 걸요."

"네, 그건 알겠는데…… 지금까지 수십 년간 버리지 못한 걸 갑자기 전부 버리라고 해도 쉽게 버릴 수 없어요."

"이해해요. 전쟁 전에 태어나신 분들은 대부분 그러시거든요. 전쟁을 겪은 세대에게 정리를 지도하면 정말 힘들어요. 필요 없는 줄 알면서도 버리기 싫다는 생각이 강해서, 아무리 노력해도 다른 사람에게 줘서 정리한다는 생각 말고는 하지 못하세요. 나한테 필요 없는 물건은 대체로 다른 사람 역시 필요 없다는 것까지는 잘 모르시죠. 어르신, 제가 도와드릴게요. 전화번호부를 빌려주실래요?"

도마리는 "기부할 수 있을 만한 곳이……"하고 중얼거리며 전화번호부를 살폈다. "거절할 수도 있겠지만 전화해 보죠"라고 말하며 여기저기 전화를 걸었다.

다행히 이불은 사회복지협의회에서, 방석은 시민센터에서 "감사히 받겠습니다"라며 받아갔다. 좁은 마을이다 보니 이 집은 '호상의 관'으로 유명하다. 이 집의 물건이라면 분명 고급품이라고 짐작했을 것이다.

"다른 물건은 차고 세일을 하죠."

도마리가 제안했다.

"차고? 아, 그러고 보니 아직 차고를 보여주지 않았네."

"네? 차고에 차 말고 다른 게 있어요?"

"남편이 아프고 나서는 이제 운전하지 못하니까 차는 바로 팔았어요."

차고에는 다양한 물건이 있었다. 정원용 삽에 화분에, 씨앗 같은 자질구레한 것과 자전거가 세 대, 양동이가 세 개, 대나무 빗자루, 낡은 신문, 골프클럽이 수십 개, 테니스 라켓, 스키, 낚싯대 여러 개, 커다란 트로피가 세 개, 줄이 끊어진 기타, 커다랗고 낡은 슈트케이스가 두 개, 잠자리채, 삼각대, 먼지를 뒤집어쓴 워드 프로세서 전용기, 타자기……

"생각해 보니 전에 방문했을 때, 신발장과 세면실 찬장도 살피지 못했네요. 어르신, 혹시 벼룩시장을 해본 적 있으세요?"

"1년에 몇 번인가 초등학교 운동장에서 열려요. 그거 즐거웠는데, 나도 모르게 잡다한 물건을 사게 된다니까. 그런데 사는 건 즐거워도 판매를 하는 건 쉽지 않아요. 회장까지 가져갈 수가 없고 가격도 어떻게 매겨야 할지 모르겠고. 그런 일은 좋아하지 않으면 절대 못 해요. 나한테는 무리야."

"그럼 물건을 박스에 담아서 집 앞에 내놓고 '마음대로 가지고 가세요'라고 써놓으면 어떨까요? 도쿄에서는 자주 그래요."

"그럼 내일 시험 삼아 해볼게요."

"일주일쯤 두고 그래도 남은 건…….."

"도마리 씨, 그러면 미련 없이 버릴게요."

나는 결연하게 말했다.

다음 달은 무츠미가 오랜만에 자러 온다.

올해 섣달그믐날에는 자식들과 손주들이 모두 집에 모이기로 했다.

상상만 해도 들떴다.

그 전에 필요 없는 것들은 부지런히 처분해두어야지.

Case 4

정리하는 여자

하나의 방만

오바 도마리가 《당신의 정리를 도와드립니다》를 출판한 것은 지금으로부터 딱 1년 전이었다. 출판사 편집자가 도마리의 블로그를 우연히 발견한 덕분이었다. 책 뒷부분에 〈정리하지 못하는 정도〉 체크 시트를 부록으로 붙인 것은 편집자의 아이디어였다. 독자가 도마리에게 개인 지도를 신청할 때, 체크 시트가 있으면 도마리가 의뢰인을 고르기 수월해진다.

도마리는 지금 막 우체국 사서함에 온 편지를 가져온 참이었다. 낮에는 남편이 출근하니까 집이 조용했다. 정성껏 내린 커피를 느긋하게 마시며 체크 시트를 넘기는데, 황홀할 정도로 멋진 달필이 눈에 들어왔다.

아들 일가의 참상을 보다 못해 이렇게 신청합니다. 며느리의 허락을 얻었으니 부디 지도해주시면 좋겠습니다.

이케다 시즈카, 72세, 주부.

신청한 사람이 시어머니인가 보다. 며느리들이 제일 싫어할 타입이다. 얼른 체크 시트를 살폈다.

다음 질문에 ○나 ×로 대답해주세요. 괄호 안에 이유나 의견을 마음대로 적으세요.

제1문항: 옷을 제대로 개킨다.

×(우리 부부는 일주일에 한 번 아들 집을 방문하는데, 옷이 항상 방 여기저기 널려 있습니다.)

제2문항: 바닥이 보이지 않는 방이 있다

△ (상당히 너저분하지만 바닥이 안 보일 정도로 심하진 않습니다. 그런데 딱 한 곳, 절대로 보여주지 않는 방이 있는데 거긴 어떨지 모릅니다.)

제3문항: 빵에 곰팡이가 자주 생긴다

△ (곰팡이를 보진 못했지만 부엌이 너무 지저분합니다.)

제4문항: 차를 바닥에 흘려도 닦지 않는다

○ (바닥 상태로 보면 닦을 것 같지 않습니다.)

제5문항: 신문을 버리지 못한다

○ (방 한쪽 구석에 산더미처럼 쌓인 것을 보다 못해 지적했더니 다음 달부터 신문 구독을 중지했습니다. 아들 이야기를 들어보니 인터넷 구독으로 바꾸었다고 합니다.)

제6문항: 예전 연하장을 버리지 못한다.

○ (연하장을 실제로 보진 못했지만 며느리는 예전 물건을 전혀 버리지 않는 타입인 것 같습니다.)

제7문항: 물건을 자주 찾는다

△ (이건 잘 모르겠습니다. 며느리는 전업주부인데 집안일을 거의 하지 않아요. 정리 정돈 능력도 전혀 없습니다. 하지만 물건을 찾는 모습도 본 적이 없어요. 늘 소파에 멍하니 앉아 있습니다.)

제8문항: 충동구매를 한 뒤에 샀다는 사실 자체를 잊어버릴 때가 있다.

○ (가끔 과할 정도로 옷을 잔뜩 사 오는 것 같습니다. 백화점 봉지에서 꺼내지 않고 내버려 둘 때도 있어서 어이가 없습니다. 아들이 열심히 일해서 번 돈을 그렇게 낭비하다니, 아들이 불쌍합니다.)

제9문항: 다른 사람을 집에 부르지 못한다

○ (다른 사람에게 보일 수 있는 집이 아닙니다. 그건 이케다 집안의 수치예요.)

제10문항: 창문을 열 수 없다

○ (물건이 많아서 창까지 가는 것도 힘듭니다.)

추신 : 단순히 집이 지저분할 뿐만 아니라 며느리도 아이들도

정신적으로 한계에 달한 것 같습니다. 어떤 계기가 있으면 바뀔지도 모른다는 생각에 늙은이가 낡은 지혜를 짜내기보다는 프로에게 부탁하고자 마음먹었습니다. 하지만 야무지지 못하다고 해서 이상한 가족은 아니니 걱정하지 마세요. 아들은 데이토대학을 나와 총무성에서 일하고 있고, 며느리는 대대로 의사 집안 출신으로 결혼하기 전에는 국제선 객실 승무원으로 일했습니다.

도마리는 여동생 고마리와 가사대행 회사를 운영한 경험이 있어서 청소에 관해서는 프로다. 그런데 화학 반응으로 더러움을 없애는 것보다는 사실 쓰레기장 같은 집에서도 아무렇지 않게 있는 심리 상태에 흥미가 있었다. 딱 보기에도 칠칠치 못한 사람은 재미가 없다. 번듯한 회사에서 열심히 일하는 여성이나 엘리트 회사원의 아내인 편이 훨씬 더 흥미진진하다. 말끔한 외모와 달리 지저분한 집의 원인은 무엇일까. 그걸 찾는 것이 이 일의 묘미였다.

도마리는 조수를 따로 두지 않아서 혼자 남의 집에 방문해야 한다. 그래서 질 나쁜 사람의 집은 피하고 싶었다. 요즘은 텔레비전에 이따금 출연하는 탓에 부자라고 오해를 받을 우려가 있었다. 조심하지 않으면 돈을 내놓으라고 식칼을 들고 위협할지도 모른다. 그 점을 우려해서 의뢰인은 어느 정도 품위가 있는 여성이나 노인을 선호한다. 시어머니가 이렇게 달필이고 문장도 정중한 것을 보면, 아들 가족도 원래 상식이 있는 가정일 것이다. 위험한 일을 당할 염려는 없겠지. 이 집으로 하자.

일흔두 살인 주부가 쓴 체크 시트를 다시 살펴보며 도마리는 기대했다. 며느리의 마음을 병들게 한 무언가가 있다. 아마 그 원인은 두말할 것 없이 시어머니의 참견일 것 같은데.

컴퓨터로 주거지를 검색해보니 역시 국가공무원 관사였다. 요즘 텔레비전 외이드쇼에서 자주 언급되는 일등지에 있는 3LDK 건물이다. 최신 설비를 갖춘 호화로운 사택이라고 해서 예전부터 꼭 가보고 싶었다.

도마리를 맞으러 현관에 나온 것은 넋이 나간 표정의 주부였다.

"안녕하세요. 정리 전문가인 오바 도마리입니다."

"수고 많으십니다."

40대 중반쯤으로 보이는 이케다 마미코는 가냘픈 목소리로 대답했다. 도마리는 인사를 하며 마미코의 전신을 재빨리 관찰했다. 파란색 스웨터에 검은색 바지를 입었고 액세서리는 하지 않았다. 갸름하고 우아한 생김새였다. 표정에서는 참견꾼 시어머니를 향한 분노가 느껴지지 않았다. 도마리를 보는 눈에서도 희로애락을 전혀 읽을 수 없었다.

현관은 더러웠다. 아무리 그래도 현관은 깨끗할 줄 알았는데 예상에서 벗어났다. 이곳은 엘리트 관료가 모여 사는 관사다. 서로 최소한 왕래가 있지 않을까. 누군가 오더라도 보통 현관에서 용건을 마치고 돌아간다. 그러니 현관만 청소해두면 속일 수 있다. 게다가 이 집은 현관에서 저 안까지 다 보이는 구조가 아니다. 복도가 바로 오른쪽으로 꺾여서 안의 상황을 볼 수 없다. 꼼꼼하지 못한 주부에게는 안성맞춤인 구조인데, 현관까지 지저분하다면 안쪽 방이 얼마나 지저분할지 쉽게 상상할 수 있었다. 그리고 마미코의 마음은 예상보다 더 황폐하다는 것도.

현관 바닥에 신발이 난잡하게 널려 있었다. 비싸 보이는 신사용 가죽 구두에 진흙이 묻은 운동화가 겹쳐 있다. 어디선가 음식물 쓰레기 냄새도 났다.

"그럼 실례하겠습니다."

마미코가 "들어오세요"나 "어서 오세요"라는 말을 하지 않아서 도마리는 알아서 지참한 슬리퍼를 신었다. 그러고 나서야 마미코는 "그럼 이쪽으로 오세요"라고 내키지 않는 목소리로 말하고 앞장서서 걸었다.

얼마나 청소를 안 했을까. 복도에 쌓인 먼지로 대충 짐작할 수 있었다. 아마 한 달 정도 하지 않은 것 같다. 의뢰인 대부분이 몇 년이나 청소하지 않으니까 이곳은 그나마 나은 편이었다. 그러나 마미코의 마음이 붕 뜬 것으로 보면 한 달 전에 청소기를 돌린 사람은 시어머니일지도 모른다.

"여기는 3LDK죠. 그럼 먼저 부엌을 봐도 될까요?"

그렇게 물으며 마스크를 장착했다.

"네, 그러세요."

보통 생전 처음 보는 타인이 집을 살펴본다고 하면 자신의 적극적인 의지가 아닌 한 싫어할 텐데, 마미코는 도마리라는 사람에게도, 지금부터 시작할 정리 방법이나 순서에도 전혀 흥미가 없는 것처럼 보였다.

안내받은 부엌은 가늘고 긴 통로 형태였고, 싱크대에는 지저분한 글라스와 머그잔이 쌓여 있었다. 설거지물 중에 접시나 밥그릇이 없는 것으로 보아 거의 요리를 하지 않는 것 같았다. 가족의 식사는 어떻게 해결하고 있을까?

"고등학생과 중학생 따님이 계신 것으로 아는데, 점심은 도시락인가요?"

"아니요, 학교 식당에서 먹어요."

"그럼 사모님은 아침과 저녁만 만드시겠군요."

물어보면서도 아침이고 저녁이고 만들 것이라는 생각이 들지 않았다. 아니면 냉장고에는 전자레인지로 데우면 되는 냉동식품이 잔뜩 들어 있을까.

"아니요, 우리 집은 아침을 다 안 먹어요. 또 남편은 일 년 내내 바쁘니까 저녁도 관청 식당에서 먹고요."

그렇다면 딸들의 저녁을 챙기는 것 이외에 마미코는 하루 내내 할 일이 거의 없다는 소리가 아닌가. 그 저녁도 아마 배달 음식일 테고, 청소도 하지 않을 테니까.

무료함은 사람을 망친다. 정신을 좀먹는 경우도 많다고 들었다. 가난해서 여유가 없는 사람이 보기에는 사치스러운 소리 겠지만 아마 마미코에게도 나름의 고민이 있을 것이다.

식기장은 가로세로 한 칸이나 되는 크기였다. 안으로도 깊 었는데 식기가 가득 채워져 있었다. 도마리의 허리 높이쯤에 서랍이 있었는데, 틈으로 행주가 삐져나와 있었다.

"이 서랍, 열어봐도 될까요?"

"네."

잡아당겨 보았지만 도중에 걸려서 열리지 않았다. 한계치 를 넘어 꽉꽉 채운 모양이었다. 틈으로 손을 넣어 누르면서 열 어보니, 욱여 넣은 잡다한 물건이 모습을 드러냈다. 동물 장식 이 달린 병따개, 새것인 채로 색이 변한 설거지용 스펀지, 아 이스크림 디셔, 말아 놓은 비닐봉지, 랩 심, 감기약, 고무줄, 못, 드라이버, 메모장, 머리핀, 휴대용 티슈, 축의금 봉투, 건 전지, 선크림, 레몬 착즙기, 정체 모를 충전기, 건조 미역, 사 인펜……. 하나하나 오래되어 보였다. 즉 몇 년이나 이 서랍을 열지 않았다는 소리다. 죄다 버리면 얼마나 기분이 좋을까.

나라면 어떻게 할지 상상했다. 우선 가연성 쓰레기용 45리 터짜리 쓰레기 봉투를 준비하고, 다음으로 불연성 쓰레기용으 로 작은 것을 준비한다. 서랍 안의 물건을 하나하나 꺼내 봉지 두 장에 나눠서 넣은 뒤, 서랍을 아예 빼고 뒤집어서 바닥을 툭툭 쳐 먼지를 떨어뜨린다. 그리고 뜨거운 물로 빨고 꼭 짠 걸레로 구석구석 닦는다. 그리고 옆 서랍으로…….

아아, 상상만 해도 오싹오싹하다.

뺨이 흐물흐물해질 것 같아서 서둘러 서랍을 닫았다.

"지금 유행하는 승강식이네요, 이거."

부엌 위 찬장은 버튼을 누르면 내려오는 최신식이었다. 만약 여기가 내 집이었다면 그야말로 보물처럼 여겼을 것이다. 예전에는 발판을 사용해서 꺼내고 넣었는데 나이를 먹으면서 그러기 힘들어져서 키가 큰 찬장 사용을 그만두었다. 그래서 지금은 아무것도 넣지 않았다.

시스템키친에는 빌트인 가스레인지를 비롯해 식기세척기, 오븐레인지도 완비되어 있었다. 역시 엘리트 관료가 사는 관사다웠다.

공무원 관사라고 일괄적으로 말해도 천차만별이다. 너무 오래되어서 배관도 옛날식이고, 도심에서 먼데다가 역까지도 멀리 떨어진 관사를 방문한 적이 있다. 욕실이 옛날식이어서 욕조는 있는데 샤워기가 없었다. 그런 낡은 설비에서 살려면 불편하겠지만, 도마리는 쇼와 시대(1926년 12월 25일부터 1989년 1월 7일, 쇼와 천황이 통치하던 기간을 말한다. - 옮긴이)의 향수를 느꼈다. 이처럼 관사도 최고에서 최저 수준까지 있는데, 이곳은 그 중에서 최상급이었다.

"찬장 안을 봐도 될까요?"

"하아."

또 아무래도 좋다는 대답이었다. 승강식 찬장의 버튼을 눌러보았는데, 문이 제대로 닫히지 않았는지 밀폐 용기가 우르르 머리 위로 떨어졌다. 미처 깨닫지 못하는 사이에 밀폐 용기가 증식하는 것은 어느 가정이나 마찬가지다. 안에는 딸들이 어렸을 때 사용했을 캐릭터 무늬 도시락통이 대여섯 개 있었고, 물통도 크기와 재질이 각양각색인 것이 열 개 가까이 있었다. 둘째 단에는 찬합과 얼음통도 보였다. 신기하게도 숫돌이 있었는데, 자세히 보니 새것이었다.

그때, 처음으로 강한 시선을 느꼈다. 마미코는 주부의 영역인 부엌을 남이 멋대로 만져서 사실은 굴욕감을 느끼고 있을까?

"어느 집이나 부엌에는 물건이 많아요. 사모님 댁만 이런 건 아니에요."

그렇게 달래도, "그런가요"라고 흥미 없다는 듯이 대꾸하고 시선을 피했다. 좀처럼 속을 보여주지 않는 사람이었다.

다음으로 거실을 보았다. 넓이는 다다미 열 장가량으로, 낮은 테이블을 끼고 큰 소파가 마주 보고 있었다. 창가에 놓인 관엽식물 화분은 모두 다 흙이 바싹 말라서 시들어 있었다. 바닥에는 이런저런 물건이 놓여 있었고 테이블 위에는 잡지가 쌓여 있었는데, 그렇게 심각한 정도는 아니었다. 대형 텔레비전도 있으니까 평소 가족들이 거실을 사용하고 있을 것이다. 소파 한쪽에 침낭이 말려 있었다. 밤에 여기에서 자는 가족도 있나 보다. 지금까지 경험으로 그 사람은 보통 남편이다.

"여기가 부부 침실이에요."

얼른 보고 돌아갔으면 좋겠는지 마미코가 빠르게 안내해주기 시작했다.

침실은 여섯 장가량의 다다미방으로, 옷이 사방에 널려있는데다가 구석에는 커다란 솜먼지가 쌓여 있었다. 여기도 오랫동안 청소기를 돌리지 않은 모양이다.

차라리 전부 버리면 어떨까? 이참에 다 버리고 새로 사면 된다. 그러면 무엇이 꼭 필요한지 차분하게 생각할 수 있다. 부자가 아니면 하기 어려운 방법이지만, 남편이 엘리트 관료라면 경제적으로 여유가 있을 것이다.

"저, 이제 다음 방으로 가도 될까요?"

마미코는 초조해진 것 같았다.

"가능하면 옷장이나 서랍장도 보고 싶은데요."

"······그러세요."

"싫으시다면 무리해서 보여주시지 않아도 괜찮아요."

"아니요, 괜찮아요. 보세요."

될 대로 되라는 말투였다.

일본 장롱을 열어 보니 다토가미(일본의 전통 옷인 기모노를 보관할 때 쓰는 두꺼운 포장지. - 옮긴이)에 쌓인 기모노가 여러 벌 들어 있었다.

"기모노를 좋아하세요?"

"아니요, 친정엄마가 알아서 지어서 보내준 거예요. 엄마와

는 취미도 안 맞고, 애초에 입고 갈 곳도 없으니까 대부분 건
드리지도 않았어요."

"하나 열어봐도 될까요?"

쌓인 기모노 중에서 붉은색 기모노를 꺼내 펼쳤다. 예상대
로 온통 곰팡이가 피었고 까만 얼룩도 여기저기 퍼져 있었다.

"어머."

마미코는 불쾌한 것이라도 본 듯이 얼굴을 찡그리고 양손으
로 입을 막았다.

"가끔 꺼내서 그늘진 곳에서 말려야 해요."

현관도 청소하지 않는 사람에게 말해도 소용없겠지만.

"차라리 전부 버리면 어떨까요?"

"버려요? 기모노를요?"

"대충 세어도 기모노만 열 벌 이상 있어요. 전부 세탁소에
맡기면 10만 엔보다 더 나올 거예요. 그리고 오비와 나가주반
(오비는 기모노를 입고 허리에 두르는 띠, 나가주반은 기모노 아래에
입는 긴 속옷이다. - 옮긴이)도 기모노에 맞춰서 갖고 계시고, 외
출용 코트도 몇 벌이나 있고요. 세탁소에서 깨끗하게 해준다고
해도 앞으로 그늘진 곳에서 자주 말리고 정기적으로 방충제를
교체하는 건 번거로우니까요."

그 외에도 기모노용 가방이 몇 개 있고, 오비시메, 오비아
게, 오비도메, 다비 등이 잔뜩 있었다.(오비시메는 오비가 풀어지
지 않게 위에 두르는 끈, 오비아게는 오비가 흘러내리지 않도록 매듭

에 대고 돌려 매는 끈, 오비도메는 양 끝에 장식을 댄 오비를 누르는 끈, 다비는 일본식 버선이다. − 옮긴이)

"아무리 그래도 버리는 건 좀…… 그래요, 친정에 맡기는 게 좋겠어요."

"입을 사람이 없다면 친정댁에서도 서랍장 자리만 차지할 뿐이에요."

"딸이 둘이나 있으니까 언젠가 입을지도 모르고요."

"기모노에도 유행이 있어요. 다이쇼 시대(1912년 7월 30일부터 1926년 12월 25일까지, 다이쇼 천황이 통치하던 시대. − 옮긴이) 분위기가 나는 기모노라면 몰라도."

다토가미에 붙은 셀로판 비닐 너머로 보기에 그런 종류는 아닌 것 같았다. 도마리의 경험상 기모노를 처분 못 해서 곤란해하는 가정이 많았다.

"혹시 이건 후리소데(겨드랑이 밑을 꿰매지 않은 긴 소매 기모노로 주로 미혼 여성이 입는다. − 옮긴이) 아닌가요?"

"네. 제가 젊었을 때 입었어요."

"이제 필요 없잖아요?"

"그러니까 딸이 둘이나 있어서."

"요즘 후리소데는 어머님 세대와 비교하면 색도 무늬도 훨씬 화려해졌어요. 어머님이 입으시던 후리소데면 최신 후리소데 집단 안에서 존재감이 없을 거예요. 그래서 나중에 후회하는 어머님도 많다고 들었어요."

어차피 몇 번 입지 않으니까 아깝다고 생각해서 어머니가 입던 낡은 후리소데를 입히는 가정도 많은데, 원래 후리소데라는 존재 자체가 아까운 것이다. 시치고산(남자아이는 3세, 5세, 여자아이는 3세, 7세가 되는 해의 11월 15일에 기모노를 입고 신사를 참배하는 축하 행사. – 옮긴이) 때 입는 기모노도 여러 번 입는 용도가 아니다. 신부 의상도 그렇고.

"게다가 이렇게 곰팡이가 피었으니……."

"그래도 엄마가 사준 거니까 엄마가 살아계신 동안에는 아무래도……."

"알겠습니다. 처분을 나중으로 미루게 될 뿐이지만 사모님이 그렇게 말씀하신다면."

"그럼 중고 옷가게에 팔게요. 버리는 것보다는 낫죠."

"사모님, 기모노는 일반 옷과 달리 천 면적이 커서 얼룩 하나 없는 상태로 보존하기가 정말 어려워요. 아마 이 기모노는 세탁소에 맡겨도 완벽하게 깨끗해지진 않을 거예요. 그러면 중고 옷가게에서는 얼룩이 없는 부분을 잘라서 자투리로 팔게 되지요. 그러니까 기모노 한 장을 사는 가격은 고작해야 몇 백 엔이에요. 세탁비가 더 비싸죠."

"그래도 고급 견직물이어서 아주 비쌌다고 엄마한테 들었어요."

아무리 비싼 물건이라도 필요 없는 물건은 필요 없다. 기모노는 입지 않으면 의미가 없다. 짐만 될 뿐이다. 게다가 습기 때문에 곰팡이가 생기고 벌레가 생겨서 몸에도 안 좋은 영향을 미칠지도 모른다.

"방에서 이 일본 장롱이 사라지면 공간도 시원해 보일 거예요. 느긋하게 생각해 보세요."

"……네, 죄송한데 이제 다음 방으로 갈까요? 옆은 딸 방이에요."

그곳은 다다미 다섯 장가량의 변형식 마루방이었다. 딸들은 고등학교 2학년과 중학교 2학년이라고 들었다. 중고생 여학생 둘이 쓰는 방으로는 너무 좁았다. 이층 침대와 책상 두 개로 방이 꽉 찼다. 바닥 한쪽에는 패션 잡지와 벗어 놓은 옷, 양말 등이 비좁게 쌓여 있었다. 딸도 엄마와 마찬가지로 정리 정돈하는 습관이 없나 보다. 옷장은 활짝 열린 채였는데, 옷이 다 들어가지 못해 흘러넘쳤다. 한창 꾸미기 좋아할 나이인지, 책상 하나는 색색의 매니큐어와 헤어케어 용품을 잔뜩 늘어놓고 화장대로 쓰고 있었다. 다른 책상에는 만화책이 쌓여서 엽서 한 장을 놓을 공간도 없었다. 학교 친구들이 절대 놀러 오지 못할 것이다.

도마리는 딸들에게 직접 청소를 지도할 생각은 없었다. 그런 것은 엄마에게 배워야 한다. 그러려면 엄마인 마미코에게 정리의 중요성을 확실하게 인식시켜야 한다. 그렇게 생각한 도마리는 딸들 방에서는 입을 다물기로 했다.

마지막 방 앞까지 왔을 때, "여긴 됐어요"라고 말하며 마미코가 문 앞을 막아섰다. 그리고 보니 시어머니의 체크 시트에 이상한 문구가 있었다.

제2문항: 바닥이 보이지 않는 방이 있다

△ (상당히 너저분하지만 바닥이 안 보일 정도로 심하진 않습니다. 그런데 딱 한 곳, 절대로 보여주지 않는 방이 있는데 거긴 어떨지 모릅니다.)

여기가 그 열리지 않는 방인가 보다. 왠지 불길한 예감이 들었다.

"이 방은 그렇게 지저분한가요?"

"그렇진 않아요."

이 집에 와서 처음으로 듣는 날카로운 목소리였다.

"다른 사람에게 보여주고 싶지 않을 뿐이에요."

"시체라도 숨겨 두셨나요?"

당연히 가벼운 농담이었다. 그런데 마미코의 안색이 싹 바뀌었다.

뭐지?

정말로 시체가 있나?

도마리의 팔에 소름이 돋았다. 이 집에 단 둘뿐이라고 생각한 순간, 긴장이 치솟았다.

그때, 현관에서 소리가 들린다 싶더니 교복을 입은 여자아이가 들어왔다.

"누구야, 이 아줌마? 전에 할머니가 얘기한 정리 전문가인가 하는 사람?"

딸은 거리낌 없이 도마리를 위에서 아래로 훑어보았다. 도마리도 딸을 응시했다. 딱 보기에도 불량해 보였다. 양갓집 규수처럼 얌전한 딸일 거라고 상상했던 만큼 당황했다.

'그래, 나 비뚤어졌는데 뭐 불만 있어?'

이런 마음의 소리가 들리는 것처럼 적의를 드러낸 매서운 시선이었다. 머리는 갈색이고 아이라인이 진했다. 파삭파삭 소리가 날 것 같은 인조 속눈썹이 어린 얼굴에는 어울리지 않아 불쌍해보이기까지 했다. 조금 전까지 시부야 거리에서 갈 곳 없이 떠돌았을 법한 스산한 분위기가 풍겼다. 그래도 아직 오후 4시 전이다. 그 말은 수업이 끝나자마자 바로 돌아왔다는 소리다. 겉모습과 달리 성실한 아이일까.

"나나미, 어제는 어디에서 잤니?"

마미코가 물었다.

"몰라, 어딜 것 같아?"

"저녁 안 먹을 거면 안 먹는다고 연락해야지."

"할 말이 그거야? 뭐 대단한 걸 만들어주는 것도 아니면서."

나나미는 엄마에게 건방지게 말하더니, 또 도마리를 위에서 아래로 수상쩍다는 듯이 바라보았다. 그리고 "혹시 아줌마, 내 방도 봤어?"라고 물었다.

"네, 봤어요."

"왜 나한테 말도 없이 보여주는 거야."

그러면서 엄마를 노려보았다.

"할머니가 신청하신 거니까 어쩔 수 없잖아."

마미코는 한숨을 쉬면서 대답했다.

"죄송해요. 따님이 허락하지 않은 줄은 몰랐어요."

"아줌마가 사과할 필요 없어. 방이 더러워서 놀랐지? 이 방은 넓은데 말이야."

나나미는 그렇게 말하더니 열리지 않는 문을 가리키며 비꼬듯이 웃었다.

"아줌마, 저 방도 벌써 봤어?"

"나나미, 괜한 소리는 그만해. 이 방은 아무에게도 보여주지 않을 거니까."

"흥, 죄송합니다. 하여간 맨날 그딴 소리만 하지."

나나미는 내뱉듯이 말하고는 자기 방으로 들어가 관사 전체가 울릴 정도로 큰 소리를 내며 문을 닫았다.

"저 아이가 첫째인가요?"

"아니요, 둘째요."

둘째가 저 정도라면 첫째는 더 심할까? 아니면 언니는 모범생일까?

도마리의 머릿속에 도식이 하나 만들어졌다.

불량한 딸 때문에 고민하는 아내. 한편, "아이들 교육은 엄마가 할 일이잖아. 나는 바쁘다고"라며 도망치는 남편. 나나미가 불량해진 원인은 우수한 언니와 늘 비교되기 때문인데, 그 사실조차 깨닫지 못하는 부부. 나나미 때문에 부부 사이가 나빠졌고, 마미코는 남편의 비난을 일방적으로 받아 집안일을 할 의욕을 잃는다. 그래서 부엌 쓰레기통에는 편의점 도시락과 컵라면 용기만 잔뜩 들어 있다.

흔한 이야기다.

"이제 됐나요?"

마미코가 도마리를 바라보았다. 얼른 가주기를 바라는 것 같았다. 그야 그렇겠지. 도마리를 부른 사람은 마미코가 아니라 시어머니다.

그때, 현관문이 열리는 소리가 들렸다. 이번에는 교복을 깔끔하게 입은 여자아이가 들어왔다. 체크 시트의 가족 구성에서 본 첫째 딸 사야카일 것이다. 도마리를 힐끔 보기만 하고 아무 말도 하지 않았다. 엄마인 마미코에게도 다녀왔다고 인사도 하지 않고, 그대로 자기 방으로 들어갔다. 수수하고 어두운 아이였다. 싹싹한 모범생을 상상했는데 또 빗나갔다. 그런데 놀랍게도 마미코가 어서 오라는 소리도 하지 않고, 마치 바람이라도 분 듯이 무감각한 태도를 보였다.

"죄송합니다만, 이제 괜찮겠죠?"

마미코는 얼른 돌아가라고 재촉하듯이 다시 물었다.

"그럼 오늘은 돌아가서 정리 계획을 세우겠습니다. 다음에는 2주 후인데, 오늘과 같은 시간이면 괜찮으신가요?"

"오늘로 끝이 아닌가요?"

"오늘은 〈정리하지 못하는 정도〉를 판정하러 왔어요. 어머님께는 말씀을 드렸습니다만."

"말도 안 돼……."

축 가라앉은 목소리였다.

"그런데 그 판정 결과는 어떤가요?"

"판정은 경중에서부터 중간 정도, 중증의 세 단계로 평가하는데 사모님 댁은 중증입니다."

"중증인가요?"

"실망하지 마세요. 제게 의뢰하시는 분들은 대부분 중증이에요. 중증일 경우, 한 달에 두 번 지도를 3개월간 합니다. 그리고 반년 후에 체크가 있고요."

"왜 제가 3개월이나 시어머니의 감시를 받아야 하는 거죠?"

고뇌 어린 표정이었다.

"오늘 하루로 다 정리할 수는 없나요?"

애원하는 눈빛으로 도마리를 바라보았다.

"저는 정리하러 온 게 아니에요. 정리하는 방법을 알려드리는 것이 제가 하는 일입니다."

"그럼 당신이 쓴 책을 읽으면 그만이겠네요. 오늘 책을 사서 읽을게요."

"정리법은 가정에 따라 다르니까 개별 지도가 필요합니다. 물론 저는 거절하셔도 괜찮습니다."

"그럴 순 없어요. 나중에 시어머니한테 무슨 말을 들을
지…….."

마미코는 포기했다는 듯이 크게 한숨을 내쉬었다.

"숙제를 하나 내드릴게요. 다음에 제가 방문할 때까지 식기
장 서랍 안을 정리해주세요. 오랫동안 열지 않았다는 것은 안
에 있는 물건이 필요 없다는 뜻이니까 전부 버려도 될 거예
요."

원인이 무엇인지 알 수 없지만 마미코는 그저 매일 멍하니
시간만 보내고 있다. 5분이라도 좋으니까 무언가에 집중하면
좋겠다. 집중하는 시간을 조금씩 늘리면 좋은 방향으로 나아갈
지도 모른다.

"무리는 하지 마시고요. 작은 서랍 하나라도 괜찮으니까요."

"하아, 알겠어요."

2주일 후에 마미코의 집을 방문했더니 부엌 서랍이 텅 비어
있었다.

"깨끗해졌네요. 성취감이 있었죠?"

"네, 뭐."

여전히 희로애락이라고는 읽을 수 없는 가면 같은 얼굴이었
다. 기대한 만큼 효과는 없었나 보다. 서랍 하나를 정리하면
기세가 붙어 차례차례 정리할지도 모른다고 예상했는데 서랍
딱 하나만 정리해두었다. 그것도 안만 비웠을 뿐이지 모서리에

여전히 먼지가 있었다. 커다란 쓰레기 봉투가 부엌 구석에 쌓여 있는 것도 여전했고, 싱크대는 불결했으며 전자레인지 위에는 먼지가 쌓였고 안도 더러웠다. 바닥도 청소하지 않아 슬리퍼 아래가 때때로 끈적끈적 바닥에 달라붙었다.

오후 2시가 지난 시각이었다. 마미코는 아침에 일어나서 이 시간까지 대체 뭘 하면서 지냈을까? 화장도 안 했고 청소도 요리도 세탁도 하지 않는다. 딸들도 아직 학교에서 돌아오지 않았다. 집에서 가만히 외톨이로 있는 마미코의 마음은 공허할 것이다.

"오늘은 식기장에 도전해보죠. 찬장 안쪽은 먼지가 잘 쌓여요. 그걸 매일 청소하기는 힘드니까 식기 수를 줄이는 것부터 생각하죠."

마미코는 말없이 고개를 끄덕였는데, 그냥 봐도 마음이 딴 곳에 가 있었다.

지도는 보통 일상적으로 사용하는 식기와 그렇지 않은 식기를 구분하는 것부터 시작하는데, 마미코는 요리를 하지 않으니까 식기를 거의 다 사용하지 않았다.

"4인 가족용치고는 너무 많은 것 같아요."

그런데 마미코는 갑자기 고개를 들더니 도마리를 똑바로 바라보았다. 노려본다고 해도 좋을 만큼 매서운 시선이었다.

내가 뭘 잘못 말했나?

"우리는 5인 가족이에요."

"부부와 따님 둘……이니까 4인. 나머지 한 분은 누구시죠?"

"그건 당신하고는 관계없는 일이죠."

혹시 나머지 한 명은 열리지 않는 방의 주인일까? 갑자기 등골이 오싹해졌다.

도마리가 입을 다물자, 마미코는 숨을 길게 내쉬고 "알겠어요. 불필요한 건 버리라는 거죠? 그래서, 식기장 다음은 어딘가요?"하고 재촉했다.

"냉장고 안을 봐도 될까요?"

도마리는 어떻게든 차분함을 유지하며 말했다.

"그러세요."

모든 걸 내려놓은 목소리였다. 다시 감정 없는 얼굴로 돌아와 있었다.

지저분할 줄 각오하고 열었는데, 예상을 벗어나 깔끔하게 정리되어 있었다.

"청소한 지 얼마 안 됐어요."

"어, 청소하셨어요?"

의욕이 생긴 걸까?

"어제 시어머니가 오셔서 청소하고 가셨어요."

"아아, 그렇군요. 그럼 저도 청소해도 될까요?"

"네?"

반짝반짝 닦아보고 싶었다. 도마리의 집은 늘 깨끗해서 이 정도로 더러운 부엌을 구석구석 청소할 기회가 없었다. 기력과 체력이 얼마나 필요한지 말로만 지도하는 것에 그치지 않고 시험 삼아 실천해보고 싶었다. 그런 경험은 앞으로 일할 때도 도움이 될 테니까. 그리고 부엌이 청결해지면 마미코의 마음도 조금은 움직이지 않을까? 최소한 상쾌함을 느낄 것이다.

"하고 싶으시면 하세요. 죄송한데, 청소하시는 동안에 저는 누워있어도 될까요?"

"몸이 안 좋으신가요?"

"아니요, 몸이 둔해져서 조금만 서 있어도 금방 피곤해요."

몇 년이나 쇼핑하러 외출하는 것 말고는 집안일도 안 하고 집에서 멍하니 살고 있으니 무리도 아니다.

"쉬시기 전에 지요다 구의 쓰레기 분별 방법을 가르쳐주세요. 그리고 쓰레기 버리는 곳이 어딘지도."

그러자 마미코는 분별 방법이 적힌 소책자를 찬장에서 꺼내 도마리에게 건넸다. 관사의 쓰레기장은 넓고 컨테이너가 여러 대 있어서 쓰레기는 아무 때나 내놓아도 된다고 했다.

"그럼 조금 쉴 테니까 끝나면 말씀해주세요."

마미코는 그렇게 말하고 침실로 가버렸다.

도마리는 마스크를 장착하고 지참한 앞치마를 두르고 고무장갑을 꼈다. 온몸에 의욕이 샘솟았다. 일단 먼저 쓰레기를 모아서 버려야겠다. 부엌과 거실 바닥에 널린 택배 상자를 모아 잘 접어서 끈으로 꽁꽁 묶었다. 다음은 부엌 구석에 쌓인 쓰레기 봉투다. 페트병과 캔, 병이 뒤섞여 있었다. 분리해서 버리려고 봉지를 연 순간, 작은 벌레가 우르르 안에서 날아올랐다. 캔이나 병을 닦지도 않고 넣었나 보다. 도마리는 찬장에서 새 쓰레기 봉투를 꺼내 페트병용, 유리병용, 캔용으로 정하고 봉지 입구를 크게 벌렸다. 물로 헹궈서 봉지에 넣는 일련의 동작을 계속 반복했다.

길고 긴 분별을 드디어 마치고 쓰레기 봉투 입구를 묶는데, 현관문이 열리는 소리가 났다. 장녀인 사야카가 돌아왔다. 다녀왔다는 말도 없이 복도를 지나 이쪽으로 다가왔다. 힐끔 보니 얼굴 가득 미소를 짓고 있었다. 도마리가 있는 줄도 모르는지 자기 방으로 똑바로 향했다. 당장에라도 웃음보를 터뜨릴 듯한 미소였는데, 아무래도 공상 세계에 잠긴 것 같았다.

"안녕하세요."

등에 대고 말을 걸자, 사야카는 몸을 움찔 떨며 멈춰 섰다. '아'나 '어'라는 의미 없는 단어를 외치고 모깃소리처럼 "안녕하세요"라고 말하고 방으로 들어가려고 했다.

"사야카 양. 잠깐만 기다려요. 쓰레기를 좀 버려주지 않을래요?"

"제가요?"

돌아보기는 했는데 죽어도 싫다는 표정이었다. 지금까지 집안일을 돕지 않고 컸나 보다.

"쓰레기장이 어디 있는지 모르니까 같이 가주면 안 될까요?

어머님은 피곤해서 좀 눕는다고 하셨어요.”

“그렇지만…….”

“죄송한데, 이것 좀 들어주세요.”

가타부타 말할 여지도 주지 않고 사야카에게 유리병이 든
무거운 쓰레기 봉투와 가볍지만 커다란 페트병이 든 봉지를
들게 했다. 도마리는 캔이 든 봉지와 묶어 놓은 택배 상자를
들었다.

현관을 나와 나란히 걸었다. 사야카가 머리 하나쯤 더 컸다.

“학교는 재미있어요?”

“별로요.”

“제일 좋아하는 과목은 뭐죠?”

“딱히.”

“부 활동은 따로 안 하시고요?”

“네.”

대화가 이어지지 않았다. 엘리베이터를 타고 1층으로 내려가
쓰레기장까지 가는 동안, 사야카는 쓰레기 봉투를 몇 번이나 오
른손과 왼손으로 바꿔 들었다. 무거워서 손이 아픈가 보다.

“쓰레기가 이렇게 무거울 줄 몰랐죠?”

“……하아, 뭐.”

“어린 사람이 들어줘서 다행이에요. 나도 그렇고 어머님도
이제 젊지 않으니까.”

“하아.”

쓰레기를 버리는 소소한 일을 통해 집안일의 어려움과 연장자에 대한 배려를 가르쳐주려고 했지만, 표정 없는 옆모습에서는 아무것도 읽을 수 없었다.

쓰레기를 버리고 집에 돌아오자, 사야카는 더는 일을 돕지 않겠다는 듯이 얼른 방으로 들어가 문을 잠갔다. "더 도와드릴 일은 없나요?"라는 질문까지는 기대하지 않았지만, 도마리가 청소하는 모습을 흥미진진하게 견학 정도는 해주기를 바랐다.

한숨을 한 번 쉬고, 도마리는 부엌 천장부터 바닥까지 공들여 청소기를 돌렸다. 다음으로 싱크대를 스펀지로 문지르고, 조리대와 가스레인지도 닦았다. 그 작업을 마친 뒤에는 물을 꽉 짠 걸레로 바닥을 구석구석 훔쳤다. 걸레가 새까매졌는데 네 번쯤 닦고 빨기를 반복하자 이제 더럽지 않았다.

그러고 보니 식기장의 아래쪽은 아직 보지 않았다. 미닫이를 열어 보니, 아이스크림 메이커, 빙수기, 온천달걀기, 다코야키기, 에스프레소머신, 와플메이커, 샌드위치메이커, 믹서, 주서, 솜사탕 메이커 등 소형 조리 가전이 잔뜩 나왔다. 딸들과 재미있게 간식을 만들던 시기도 있었나 보다. 대체 어디에서 톱니바퀴가 어긋났을까.

집으로 돌아가는 길, 역으로 향하다가 나나미와 마주쳤다.

"나나미 양, 어서 와요."

"아줌마, 또 우리 집에 왔어?"

그렇게 물으면서 나나미는 멈춰 섰다. 그대로 지나쳐도 될 텐데 일부러 멈춰 서는 점에서 나나미의 외로움이 엿보이는 것 같았다.

"나나미 양, 괜찮다면 역 앞 가게에서 도넛이라도 먹을까요?"

당연히 거절할 것을 각오하고 미스터도넛에 가자고 제안했다.

"어쩔까. 사준다면 갈 수 있는데."

건방진 태도는 다 가짜다. 사실은 사람 품이 그리운 것 아닐까? 나나미의 방을 가득 채운 저렴하지 않은 화장품이나 옷을 보면, 용돈은 풍족하게 받을 것이라고 도마리는 짐작했다.

가게로 들어가 카운터 자리에 나란히 앉았다.

"나한테 무슨 용건인데? 설교라도 할 생각이라면 당장 가버릴 거야."

나나미는 말투는 거칠었지만 어딘가 반기는 표정이었다.

"나나미 양의 집을 어떻게 정리하면 좋을지 고민 중이어서 어린 사람의 지혜를 빌리고 싶어서요."

"아줌마, 생각보다 한심하다. 그리고 잘도 장사를 하네."

나나미는 황당하다는 듯이 말하면서 도넛을 베어 물었다.

"하나 물어보고 싶은데요, 어머님이 보여주지 않는 방에는 뭐가 있죠?"

"아아, 그 방은 유스케의 방이야."

"유스케 씨요?"

"오빠."

그런데 가족 구성에 아들은 없었던 것 같은데……. 시어머니가 체크시트에 깜박하고 안 적은 것일까, 아니면 내가 착각하고 있는 걸까.

"그 방은 정리할 필요 없어. 아주 깨끗하거든. 책상 위에 먼지도 없고 침대 시트도 늘 빳빳해서 주름 하나 없어. 선반에는 곤충도감이랑 세계문학 전집이 번호 순서대로 빼곡하게 꽂혀 있고, 책장 위에 올려놓은 지구의도 엄마가 맨날 닦으니까 새것이나 마찬가지야. 다른 방이랑 달리 바닥에 놓아둔 건 바이올린 케이스뿐이니까 마룻바닥도 반짝반짝."

아들만 깔끔한 걸 좋아하는 성격인가?

"그리고 나랑 언니 방은 둘이 같이 다다미 다섯 장 크기인데 오빠 방은 여덟 장이나 돼. 게다가 남향이니까 밝고 더 넓어보이고 암튼, 우리 집에서 제일 좋은 방이야."

딱 한 방만 깨끗하게 해놓는 가정은 이번이 처음이었다.

"오빠만 깔끔한 걸 좋아하다니, 보기 드문 가족이네요."

"아줌마, 못 들었어?"

나나미가 눈을 동그랗게 떴다.

"못 들었다니, 뭘를요?"

"오빠가 5년 전에 교통사고로 죽었다는 거."

놀라서 자기도 모르게 나나미를 빤히 쳐다보았다.

"할머니도 참, 대체 무슨 생각이야. 정리 아줌마한테 말 안했을 줄이야."

도마리는 말없이 차가운 커피를 한 모금 마셨다.

"엄마 앞에서 오빠 이야기는 꺼내지 않는 게 좋아. 분명 발끈해서 그 애는 죽지 않았다, 내 안에 지금도 살아있다, 이러면서 남이 들으면 찜찜한 소리를 태연하게 할 테니까. 엄마는 오빠만 사랑스러운 거야. 나랑 언니는 아무래도 좋은 거지. 그 증거로 죽은 사람이 집에서 제일 좋은 방을 차지하고 있어. 웃기지도 않아."

어른스럽게 굴지만 나나미의 목소리에 슬픔이 어렸다. 삼남매인데 엄마의 사랑은 죽은 아들에게만 향한다. 아들이 죽은 것이 5년 전이라면, 그때 나나미는 초등학교 3학년 정도였을 것이다. 그때부터 나나미는 줄곧 엄마의 시선을 받지 못하고 살았던 걸까.

"어머님은 돌아가신 오빠의 방을 언제까지 그렇게 두시려는 걸까요?"

"글쎄. 5년이나 저 상태니까 평생 저러지 않을까?"

"하지만 거긴 관사니까 아버님이 정년퇴직하시면 나가야 하지 않나요?"

"아, 그런 거야?"

멍하니 입을 벌린 표정이 너무 어렸다.

"어머님은 쓸쓸하실 거예요. 오빠를 잃고 마음에 구멍이 뻥 뚫린 거죠. 그건 좀처럼 메우기 어려워요. 자식의 죽음은 엄마로서 제일 힘든 일이니까."

나나미는 말없이 귀를 기울였다. 어른이 되는 중인 어린 아이의 마음엔 어떻게 들렸을까.

어른은 당연하다고 생각한 것도 아이들에게는 생소한 경우가 많다. 그리고 그 사실을 미처 모르는 어른이 많다. 어른은 말을 아껴선 안 되는데, 바쁘다 보니 자기도 모르는 사이에 아이를 수홀히 대한다.

"오빠가 죽어서 엄마 마음이 무너지는 바람에 우리도 피해를 본단 말이야."

"그래도 나나미 양, 사실은 엄마 심정을 이해하고 있죠?"

"그런 할망구 심정 따위 이해하고 싶지도 않네."

내뱉듯이 말하지만 사람이 그리운지 몸을 가까이 붙여 왔다.

"학교 공부는 어때요?"

"완전 최악. 처음에 손을 놓았더니 이제 영어도 수학도 하나도 모르겠어."

"그거 큰일이네. 지금 중2죠? 이대로라면 고등학교 시험을 볼 때 비참해질 거예요."

"비참이라니…… 아줌마 말을 너무 막 하는 거 아니야?"

"친구들은 이렇게 말 안 하나요?"

"아무도 그런 소리는 안 해. 어떻게든 될 거라고 해주지."

"나나미 양은 어떻게 생각해요? 정말 어떻게든 될 것 같아요?"

그러자 나나미는 테이블 한 지점을 바라보며 우울한 표정을 지었다.

"듣기 좋은 말을 해주는 사람이 당신을 진심으로 걱정한다고 믿으면 안 돼요."

부끄러운 말이지만 아이에게는 똑바로 말해야 한다.

"그런 거 알아. 역시 설교할 생각이었네. 아줌마, 최악이야."

악담을 하면서도 자리에서 일어서려고 하진 않는다.

"중학교 2학년인데 하나도 모르겠다면 앞으로 더 모르게 될 테니까요."

발끈해서 되받아칠 줄 알았는데 나나미는 입을 꾹 다물었다.

"이대로는 고등학교에 못 갈 수도 있어요. 그러면 나나미 양의 최종 학력은 중졸이 되는 거예요."

나나미는 양손으로 도넛을 꼭 쥔 채 굳어서 꼼짝도 하지 못했다.

"아르바이트나 주부 파트타임도 응모 자격은 보통 고졸 이상이죠. 그걸 생각하면 앞날은 어두워요."

나나미는 이를 악물었다.

"지금부터라면 아직 기회가 있을 거예요."

"정말?"

나나미가 돌아본 순간, 눈물이 한줄기 흘러내렸다. 자기도 놀랐는지 서둘러 손등으로 닦았다.

"학원보다 가정교사가 좋을 거예요. 나나미 양의 학력에 맞춰서 기초부터 순서대로 공부하면 분명 따라잡을 수 있어요."

가난한 가정의 아이에게는 추천할 수 없지만 나나미의 집이라면 괜찮을 것이다.

"지금부터라도 괜찮아?"

매달리는 듯한 눈빛이었다.

"열심히 하면 괜찮아요."

그렇게 말해주고 등에 살짝 손을 대자, 안심한 표정을 지었다.

"언니 사야카 양은 학교에 잘 다니나요?"

"모르겠어. 언니는 가족이랑 아예 말을 하지 않으니까."

"그래도 같은 방을 쓰잖아요?"

"언니는 엄마처럼 나를 공기 정도로 생각하거든. 늘 자기 세계에 빠져 있어. 예전에는 같이 배드민턴도 치고 스티커사진도 찍었는데."

어쩌면 불량한 척을 하며 '나를 봐줘요'라고 신호를 보내는 나나미가 훨씬 나을지도 모른다.

"아버님은 집에서 어떠시죠?"

"아빠는 일이 바빠서 매일 아침 일찍 집에서 나가고 밤늦게 돌아오니까 거의 못 만나. 밤에는 거실 침낭에서 자는 것 같고, 엄마하고도 거의 말을 안 해. 그래도 예전에는 엄마를 걱정해서 아빠가 열심히 집안일을 한 적도 있는데, 아무래도 아빠도 힘드니까 요즘은 빨래감을 들고 할머니한테 가서 가끔은 거기서 자고 와."

"참 다정한 아버님이네요."

상상과 달랐다.

"응, 사실은 그래."

나나미의 뺨이 살짝 풀어졌다.

집으로 가는 언덕길을 오르다가 문득 고개를 들자, 비파나
무에 하얀 꽃이 흐드러지게 피어 있었다.

그것을 보고 도마리는 고향의 이모 댁 정원을 떠올렸다.

이모에게는 아들이 셋 있는데, 사실은 넷을 낳았다. 첫째 딸
을 초등학교 3학년 때 백혈병으로 잃었다. 사나에라는 이름으로
도마리보다 두 살 위였다. 어려서 사나에가 입던 옷을 물려받는
것이 좋았다. 이모는 바느질에 솜씨가 있어서 스타일북을 참고
해 시골 양품점에서는 팔지 않는 귀여운 옷을 완성하곤 했다.

그러나 사나에가 죽고 이모는 타고난 밝음을 잃고 말았다.
일상의 소소한 일들이 다 무의미하게 느껴졌는지 집안일에도
점점 소홀해졌다. 물론 옷도 절대 만들지 않았고, 도마리의 집
에 불쑥 찾아와서는 여동생인 도마리의 엄마에게 매달렸다.

"동네 사람이 '오키노도쿠니'라고 말하더라."(오키노도쿠니는
'お気の毒'라고 쓴다. '안타깝다, 딱하다'라는 의미이다. - 옮긴이)

그러면서 이모는 눈물을 글썽였다.

초등학교 1학년이었던 도마리는 '오키노도쿠니'라는 말의 의
미를 정확히 몰랐는데, '독'이라는 한자가 들어가니까 나쁜 말이
라고 생각해서 다른 사람에게 절대로 말하지 않기로 다짐했다.

"그런 말을 했다고? 너무하네."

그때까지 엄마가 우는 모습을 본 적이 없어서 놀란 도마리는 산수 문제집을 푸는 척을 하며 귀를 쫑긋 세웠다.

"생선가게 아저씨는 '시간이 지나면 어떤 상처든 나아요'라는 소리를 했고'."

"낫는다고? 무슨 헛소리야. 나, 앞으로 그 생선가게에서 절대로 장 안 볼 거야."

엄마는 분노하며 말했다.

"사나에의 담임선생님은 이렇게 말했어. 적어도 초등학교 3학년까지는 딸과 함께 시간을 보낼 수 있어서 행복했다고 생각하세요."

"최악이다."

"쌀가게 할머니는 뭐라고 했는지 알아? '괜찮아. 또 계집애가 생길 거야'라더라."

"말도 안 돼. 맨날 생글생글 다정하게 웃는 할머니가 그런 심한 말을 했다고?"

"이게 다가 아니야. 사나에랑 같은 반 애들 엄마 셋이서 분향하겠다고 우리 집에 왔어. 그때 다들 입을 모아서 '마음을 충분히 이해해요'라고 하지 뭐야."

"마음을 이해한다고?"

엄마가 드물게도 소리를 질렀다. 성인 여자가 눈물을 흘리고 큰소리를 내는 모습은 텔레비전 드라마에서 말고는 본 적이 없었다. 도마리는 문제집이고 뭐고, 연필을 내려놓고 엄마와 이모의 얼굴을 바라보았다. 그 대화를 들으면서 말이란 생각보다 어렵다는 것을 알았고, 그 덕분인지 도마리는 말수가 적은 아이가 되었다.

지금 생각해 보면 이모가 도마리의 엄마에게만 마음을 터놓은 것은 똑같이 슬퍼해 주었기 때문이 아니었을까. 위로받는 것이 고통스러워서 그저 같이 울어줄 사람을 찾았던 것이다. 위로하려는 사람들에게 분명 악의는 없었다. 이모도 엄마도 그건 잘 알고 있었을 것이다. 그래도 마음에 없는 악담을 퍼부으면서 분노를 공유했다. 이모와 엄마의 그런 관계를 오랜 세월에 걸쳐 지켜보면서, 말없이 곁에 있어 주는 것이야말로 제일 좋은 방법임을 도마리는 깨달았다. 그래서 마미코에게는 아무말도 하지 않기로 했다.

당시, 엄마는 텃밭을 이용해 채소를 키워 이모 집에 나눠주었다. 어느 여름날, 고등학생이던 도마리는 엄마의 심부름으로 채소를 들고 이모 집으로 갔다. 부 활동이나 수험 공부로 바빠서 이모와는 오랜만에 만났다.

"사나에도 살아 있으면 도마리 정도였겠지?"

이모는 그렇게 말하고 도마리를 사랑스러운 표정으로 바라보았다.

"세상은 너무 불공평해. 왜 사나에만 백혈병으로 죽어야 했을까."

이모의 말을 듣고 도마리는 자기가 건강 체질인 것에 죄책감까지 느꼈다. 사나에가 죽고 10년 이상 지났지만 이모는 사나에를 잃은 고통에서 벗어나지 못했다. 이모도 그랬으니까 어쩌면 마미코도 앞으로 꽤 오랫동안 회복하지 못할지도 모른다.

다음 방문 때, 도마리는 욕실과 세면실을 열심히 청소했다. 그 옆에서 마미코는 멍하니 서 있었디.

"죄송한데, 저 방에 좀 누워도 될까요?"

"네, 그러세요."

먼저 욕실의 모든 물건을 세면실로 옮겼다. 몇 종류나 되는 샴푸와 컨디셔너와 바디샤워젤, 그리고 욕실용 의자와 세면기 모두 바닥에 곰팡이가 피었고 물때로 미끈미끈했다. 욕실 중간창을 활짝 열고 타일 벽에 곰팡이 제거제를 힘차게 뿌렸다. 욕실을 나와 문을 닫고, 곰팡이 제거제가 활약하는 동안 옮겨 놓은 물건들을 세면실에서 하나하나 닦았다. 스펀지로 뽀득뽀득 소리가 날 때까지 문지르자 기분까지 상쾌해졌다. 안전 면도칼, 욕실용 수건, 샴푸 캡 등은 전부 새까만 곰팡이가 자라서 그냥 쓰레기통에 버렸다. 세면실 찬장을 열어 보니 세제가 잔뜩 들어 있었다. 세탁용 세제만으로도 액체와 분말, 모 세탁용, 고급 옷 세탁용, 방 건조용, 깃과 소매용, 오물용, 주름용 등이 있고, 유연제도 방 건조용과 주름 제거용이 따로 있었다. 표백제는 세 개나 있었다. 옆 찬장을 열어보니 청소용 세제가 꽉꽉 채워져 있었다. 욕조용, 욕실용, 물때 전용, 가구용, 주거용, 마루용, 유리용, 다다미 청소용, 신발용, 천 제품용…….
의욕에 넘쳐 집안일을 하던 시기도 있었나 보다. 용도별로 나
누어 팔긴 해도 사실 합성세제 성분은 다 비슷해서 이렇게 다
양한 종류가 필요하진 않다. 전부 버리면 어떨까. 아마 평생
다 쓰지 못할 것 같은데. 그래도 사용하는 것을 멋대로 버릴
수는 없어서 찬장을 닦은 뒤 세제를 원래 자리에 올려놓고, 세
면대를 닦고 바닥을 청소했다.

그 작업을 마친 뒤, 욕실 곰팡이 제거제를 샤워기로 씻어 내
고 욕조를 닦았다.

"사모님, 청소 끝났습니다."

방 밖에서 말을 걸자 마미코가 흐릿한 눈을 하고 나왔다.

"앞으로는 전문업자에게 청소를 의뢰하는 것도 좋은 방법이
에요. 욕실이라면 2만 엔 정도인데 반년에 한 번이면 충분하니
까요."

"네."

마미코는 마음에 없는 대답을 한 뒤, 문득 벽시계를 보더니
갑자기 안절부절 못하기 시작했다.

"사모님, 무슨 용건이라도 있으세요?"

"있지, 있지."

갑자기 나나미의 목소리가 들렸다.

언제 돌아왔는지 도마리의 바로 등 뒤에 서 있었다.

"오늘은 오빠 월명일(고인이 떠난 매달 그 날짜. – 옮긴이)이야.

엄마는 사고 현장에 꽃을 공양하러 가. 그게 밥하는 것보다 백배는 더 중요한가 봐."

나나미는 독기 어린 말을 내뱉었다.

"저도 같이 가도 될까요?"

그렇게 묻자 마미코는 깜짝 놀란 눈빛으로 도마리를 보았다. 생각보다 거부하는 표정이 아니었다. 아주 잠깐이지만 마음을 연 것처럼 부드러운 눈빛이 엿보였다.

"준비하고 나올 테니까 조금만 기다려주세요."

마미코는 조금은 또렷하게 말하고 방으로 들어갔다.

마미코는 몇 분 만에 나왔다. 입술을 바르고 머리를 정리했다.

"뭐야, 대체. 정리 아줌마도 결국에는 저 사람 편이었어?"

나나미의 증오 가득한 목소리를 등 뒤로 들으며 마미코와 함께 현관을 나섰다.

앞장서서 걷는 마미코의 가냘픈 어깨를 바라보며 생각했다. 시어머니가 체크 시트에 손자의 죽음을 적지 않았던 이유는 무엇일까. 시어머니도 마미코처럼 손자의 죽음을 인정하지 못하고 있을까?

"꽃집에 좀 들를게요."

마미코는 관사를 나서면 바로 있는 꽃집으로 들어갔다.

"오늘은 용담이 예뻐요. 안개꽃으로 이렇게 장식하면 어떨까요?"

점원은 마미코의 사정을 아는지 가련한 꽃을 권했다.

"예쁘네요. 그걸로 할게요."

마미코는 꽃을 보며 희미하게 웃었다.

꽃집을 나오자, 앞에서 걸어오던 두 여자가 나란히 고개 숙여 인사했다. 우아한 복장으로 보아 같은 관사에 사는 주부일 것이다. 마미코가 꽃다발을 든 모습이 익숙한지 어디에 가는지 묻지 않았다. 오히려 지나칠 때, 마치 꺼림칙한 것을 피하기라도 하는 듯이 확연히 티를 내며 몸을 피해 마미코에게 길을 양보했다. 대여섯 걸음 걸어간 뒤에 슬쩍 돌아보았더니 그 두 여자가 멈춰 서서 도마리를 빤히 쳐다보고 있었다.

'저 아줌마 옆에 있는 사람은 누굴까? 맨날 혼자였는데.'

둘이 이런 대화라도 나누고 있을까. 눈이 마주치자 두 사람은 황급히 인사를 하더니 잰걸음으로 가버렸다.

사고 현장은 걸어서 3분쯤 걸리는 고급 주택가였다. 사거리에 세워진 전봇대 아래에는 시든 꽃다발이 있었다. 마미코는 그것을 가져온 쓰레기 봉투에 넣고, 아까 산 새 꽃다발을 같은 자리에 놓았다. 그리고 눈을 감고 합장했다. 도마리도 마미코 옆에 서서 똑같이 손을 모았다.

눈을 뜨고 고개를 들었는데, 건너편의 대문이 아주 화려한 집 커튼 사이로 한 여자가 이쪽을 쳐다보고 있는 것을 발견했다. 그쪽도 도마리의 시선을 깨달았는지 얼른 커튼 뒤로 숨었다.

마미코는 눈을 감은 채 기도에 여념이 없었다. 도마리는 그 모습을 차마 똑바로 바라볼 수 없었다. 아이의 죽음이 얼마나 괴로울까, 경험은 없지만 상상만 해도 괴로웠다.

눈을 뜬 마미코는 표정이 꽤 부드러웠다.

"슬슬 돌아갈까요?"

마미코의 그 말이 "지금 아들과 만났어요"라고 말하는 것처럼 들렸다.

"2주 후에 또 방문하려고 하는데, 괜찮을까요?"

"네."

마미코는 순순히 고개를 끄덕였다.

마미코의 뒷모습이 골목을 꺾어 보이지 않을 때까지 배웅했다.

자, 나도 돌아가자. 한 걸음 내딛는데, 아까 그 문이 화려한 집에서 마흔 전후로 보이는 여자가 달려왔다.

"저기…… 죄송합니다. 혹시 이케다 마미코 씨의 지인이신가요?"

마미코를 아는 사람 같았다.

"어라, 혹시 오바 도마리 씨 아닌가요?"

가까이 다가온 여자는 놀라 눈을 휘둥그렇게 뜨고 양손으로 입을 막았다.

"그렇습니다만."

그러자 여자는 갑자기 친근한 웃음을 지으며 악수를 요청했다.

"텔레비전에서 봤어요. 저, 진짜 팬이에요."

"감사합니다."

"도마리 씨, 이케다 씨와 아는 사이세요?"

"네, 조금요."

의뢰인의 사정은 비밀 엄수다.

"이런 말씀을 드리기 좀 그런데……."

여자는 마미코가 바친 꽃다발을 바라보았다.

"이 꽃 때문에 저희는 아무리 시간이 지나도 그 날의 참사를 잊을 수가 없어요. 제가 구급차를 불렀거든요. 여기는 가이세이중학교 통학로죠. 평소에는 트럭이 다니지 않는데, 그 날 아침은 배송 시각에 늦어서 당황한 운전사가 지름길로 가려고 주택가로 들어왔어요. 그리고 이 사거리를 오른쪽으로 꺾었을 때, 전방 부주의로 중학생 남자애 셋을 차례차례 들이받았어요. 셋 모두 즉사했죠. 그때 광경이 지금도 눈에 선해요. 우리 가족만 그런 게 아니고 이 사거리에 있는 가정은 모두 똑같은 감정을 느끼고 있어요. 물론 자식을 잃은 부모의 괴로움은 우리와 비교할 것이 되지 못하겠지만요. 그렇지만……."

말을 더 해도 좋을지 몰라 망설이며 여자는 흔들리는 눈동자로 허공을 바라보았다.

"괜찮으시면 계속 말씀해주세요."

"이 세상에는 잔인한 사람들도 있더군요. 인터넷 게시판에서, 이 곳이 불길한 장소라는 이상한 소문이 퍼져서 구경꾼이 끊이지 않던 시기가 있었어요. 그래도 유족분들에게 꽃을 공양하지 말라고 할 순 없는 노릇이고요. 남편도 참으라고 하니까 그냥 있었는데, 앞으로도 계속 꽃을 공양할 생각일까요? 5년 전에 우리 애들은 초등학생이었어요. 집 앞에서 사람이 죽어서 한동안 얼마나 불안에 떨었는지 몰라요."

"무슨 말씀이신지 이해하겠어요. 이케다 씨께 슬쩍 말은 해 볼게요."

"정말요?"

여자의 얼굴이 반짝 환해졌다.

12월에 들어서자 기온이 훅 내려갔다.

추운 오후, 도마리는 마미코가 사는 관사로 가고 있었다. 혹시 방이 깨끗해졌을지도 모른다. 도마리가 반짝반짝 닦아둔 욕실과 세면실을 보고 이번에야말로 뭔가 느끼지 않았을까. 집 전체가 깔끔해지지 않았을까.

그런데 현관에 나온 마미코는 평소의 무표정이 아니라 대놓고 불편하다는 표정을 지었다.

또 왔어?

얼굴에 그렇게 적혀 있었다.

"제가 오늘 온다고 말씀드렸을 텐데요?"

무심코 날카로운 말투가 되고 말았다.

"알고는 있었습니다만."

그 대답이 유난히 자극적으로 들렸다.

"몇 번이나 말씀드린 것 같은데, 도중에 해약하셔도 저는 전혀 상관없어요."

"저도 몇 번이나 말씀드렸죠. 시어머니가 신청하셔서 거절할 수 없다고요."

거절할 수 없다면 최소한 불쾌한 얼굴이라도 거두어 주지 않을래요? 혀끝까지 나온 말을 억지로 삼켰다.

"그럼 실례하겠습니다."

지참한 슬리퍼를 신고 복도를 지났다. 지난번에 왔을 때와 거실이 전혀 달라지지 않아서 실망했다.

사모님, 적당히 좀 하세요. 잡지쯤은 재활용 쓰레기로 후다닥 버리면 되잖아요. 모아서 묶는 것 정도는 그렇게 힘든 일도 아니잖아요? 테이블 위의 머그잔은 대체 며칠이나 저러고 있는 거예요? 탁한 액체가 막을 이루고 있는데 원래 뭐였어요? 며칠씩 설거지도 안 하고 내버려 두는 그 무신경을 이해할 수가 없네요. 아니, 최소한 청소기쯤은 돌리지 그래요? 청소기는 빗자루와 쓰레받기만으로는 사람이 힘드니까 개발된 문명의 이기라고요. 그렇게 간단하고 편리한 기계조차 쓰지 못하다니 대체 어쩌려고 그래요? 먼지 속에서 편의점 도시락을 먹는 아이들 건강을 좀 생각하세요. 남편분은 매일 밤늦게까지 일하고 계시죠? 맞벌이가 아니니까 집안일은 주부가 할 일이잖아요. 그리고 성장기 아이들의 영양은 어쩌려고 그래요? 나는 손이 많이 가는 요리를 하라는 게 아니에요. 고기와 채소를 대충 볶아서 소금과 후추를 뿌리기만 해도 되잖아요. 생선은 잘린 걸 사서 프라이팬에 직접 구워도 되고요. 그것도 귀찮으면 회와 토마토와 두부를 사 오세요. 불을 쓰지 않아도 균형 잡힌 식사를 얼마든지 만들 수 있어요. 가만히 있지 말고 조금쯤은 그 머리를 쓰면 어때요?

마음속의 외침을 참으려고 하면 할수록 짜증이 나서 폭발할 것 같았다. 아이를 잃은 것은 가슴이 아프지만 그렇다고 해서 이런 방종한 생활이 언제까지나 이어져도 괜찮을까? 주변 사람들이 마미코를 너무 조심스럽게 대한 결과, 이렇게 된 것이 아닐까. 누군가 제대로 충고해주지 않는 한, 앞으로도 계속 이대로다. 두 딸은 어떡하는가. 불쌍하지 않나.

"사모님, 나나미 양은 쓸쓸해 해요. 사모님이 장남만 신경 쓰니까요."

"나나미는 어려서부터 반항적이어서 제가 하는 말이라곤 전혀 듣지 않는 애였어요."

"그건 사모님께 자길 좀 봐 달라고 신호를 보내는 거예요."

"신호요?"

마미코는 도마리의 예상 이상으로 깜짝 놀랐다. 남이 보기에는 일목요연한데도 당사자는 미처 모를 때가 있다. 그래서 설령 미움을 사고 욕을 먹더라도 누군가는 말을 해줘야 한다. 도마리는 이제 사명감까지 느꼈다.

"사야카 양은 나나미 양보다 더 심각해 보여요. 겉으로 드러나지 않으니까 오히려 마음의 상처가 깊을지도 몰라요."

"무슨……."

"이 기회에 말씀드리겠는데, 사고 현장에 꽃을 공양하러 가는 것도 이제 그만두시면 어떨까요?"

사거리 저택에 사는 주부에게 들은 말이 떠올라서 말했다. 마미코는 묵묵히 끝까지 듣긴 했지만, 고개를 번쩍 들고 "당신이 내 기분을 어떻게 알겠어요?"하고 나직하게 말했다.

그런 소리를 들을 각오는 했다. 그래도 딸들이 어린아이로 있는 시간은 얼마 남지 않았다. 엄마의 애정을 모르고 어른이 될 딸들의 장래가 걱정되었다.

"앞으로 몇 년 후면 따님들은 어른이 돼요. 마음이 충분히 성장하지 못한 상태로요."

그때 후회해도 늦는다. 사모님, 당신은 아직 타인의 의견을 받아들이지 못할 시기일 거예요. 그렇지만 나는 포기할 수 없어요.

"유스케는 내 전부였어요."

"그렇지만 두 따님도 아드님과 마찬가지로 사모님이 낳은 아이잖아요. 따님들은 어머님의 사랑에 굶주렸어요."

"당신이 뭘 안다고 그딴 소리를 해요?"

마미코의 날카로운 말투에 도마리는 주춤했다. 오지랖 넓은 사람은 요즘 세상에 인기가 없다. 적으로 여겨질 뿐이다. 연애에 정신이 팔린 젊은 여자에게 "그 남자는 질이 나쁘니까 그만두는 게 좋아" 따위의 말을 해도 귓등으로 듣지 않는 것과 마찬가지다. 사람은 아픈 경험을 한 뒤에야 깨닫는다. 하지만 육아는 그랬다간 늦는다.

"사모님, 주제넘은 말일지도 모르지만……."

"이제 오지 마세요!"

마미코가 외쳤다.

한해가 끝날 무렵, 도마리는 고향으로 내려갔다. 귀성한 그날 오후, 선물로 도쿄 후나와의 고구마 양갱을 들고 이모 집을 방문했다. 이모의 세 아들도 각자 취직해서 고향을 떠나 도시에서 살고 있었다. 세 명 다 12월 31일에 귀성할 예정이어서 이모는 요리 준비를 하느라 여념이 없었다. 이모부는 바둑을 두러 기원에 가서 없었다.

이모는 도마리의 방문을 기뻐하며 요리를 잠깐 멈추고 고타츠에 앉아 수다를 떨었다. 이모가 말차를 우려주고 오세치 요리로 만든 밤긴톤(강낭콩, 고구마를 삶아 밤을 넣은 달콤한 식품. - 옮긴이)을 먹으라고 내주었다. 틀어 놓은 텔레비전에서 음악 방송이 나왔다. 그때, '살아 있으면 충분해'라는 가사가 텔레비전에서 들렸다. 이모는 숨을 멈추고 얼른 텔레비전을 껐다.

잠시 후, 현관에서 소리가 들렸다.

"회람판 가져왔습니다."

남자 목소리였다. 옆집 사람일까.

이모는 먹던 귤을 내려놓고 현관으로 나갔다.

"올해도 감사했어요. 내년에도 잘 부탁드립니다."

이모의 감정이라곤 들어가지 않은 형식적인 인사가 들렸다. 그 목소리로 미루어 옆집 남자를 그다지 좋아하지 않는 것 같았다.

"그건 그렇고 사나에가 죽고 벌써 50년 가까이 지났네요. 역시 상처를 위로해주는 건 시간이에요. 사모님도 이렇게 기운을 차려서 다행이고요."

"내년 반상회 당번은 누구죠?"

이모는 얼른 화제를 바꾸었다.

"내년은 오다 씨입니다. 인간은 괴로운 일을 극복하고 성장하는 법이군요."

말투만으로도 저 남자가 아주 으스대며 말하는 모습이 눈에 선했다.

"그렇지 않아요."

이모의 단호한 말투가 들렸다.

"잘 들어요, 시간이 지나면 자식을 잊고 기운을 차리는 엄마 같은 건 이 세상에 없어요. 나는 단 하루도 사나에를 떠올리지 않는 날이 없어요. 지금도 괴로워서 눈물이 나요. 이 애통함은 평생 사라지지 않는다고요."

조용해졌다.

옆집 남자는 예상치 못한 이모의 큰 목소리에 놀라 말도 하지 못했다.

"괴로운 일을 극복하면 인간이 성장한다는 소리, 두 번 다시 내 앞에서 하지 말아요. 아이가 죽어서 얻는 긍정적인 효과 같은 거, 나는 필요 없으니까. 아이가 살아 돌아오기만 한다면 나는 인간적인 성장 따위 필요 없어요. 아니면 사나에가 죽기 전의 나는 아저씨가 보기에 그렇게 미숙한 인간이었나요? 그래서 지금 그런 말씀을 하시는 건가요?"

"아니요, 미안합니다. 사모님, 정말 미안합니다."

현관문이 닫히는 소리가 들리고, 발걸음이 멀어졌다. 이모가 거실로 돌아오지 않고 그대로 부엌으로 가는 기척이 들렸다. 혼자 울고 있는지도 모른다. 슬슬 돌아가는 편이 낫겠지. 그렇게 생각하고 일어났는데, 이모가 작은 맥주 캔 두 개와 땅콩 과자를 안고 거실로 들어왔다.

"도마리, 한 잔만 같이 마셔주렴."

이모는 울지 않았다. 일부러인지 아무렇지 않은 표정이었다.

"걱정하지 마. 이모는 괜찮아. 첫째가 권해서 회합에 나가면서 달라졌어."

"회합이요?"

이상한 신흥종교가 아닐지 걱정이 되었다.

"아무도 멤버가 되고 싶지 않을 모임이야. '아이를 잃은 부모의 모임'에 들어갔어. 그때까지는 나 혼자만 불행하다고 생각했어. 세상을 둘러보면 아무 사고 없이 행복한 가정이 넘쳐나잖니. 그래서 아이를 먼저 떠나보낸 사람은 나뿐이라고 생각했어. 그런데 아니더라. 나 같은 사람이 정말 많았어."

그러면서 이모는 맥주 캔을 땄다.

"옆집 남자한테 악의가 없는 건 알아."

이모는 과자를 한 움큼 집어 입에 넣었다.

"그래도 매년 그런 소리를 들으면 짜증이 나. 사나에가 떠났을 때도 사람들이 많이 위로해줬어. 하지만 위로가 되기는커녕 그런 말을 들을 때마다 화가 나고 슬펐어. 그래도 '아이를 잃은 부모의 모임'에 들어가서 배울 수 있었어. 그들이 건네는 위로의 말은 무지에서 오는 거라고. 모임에서는 타인에게 무슨 말을 들어도 마음에 두지 않고 흘려보내자는 생각이 주류야. 하지만 나는 그건 아니라고 생각해. 무지한 사람에게 진실을 알려주려고 해. 그게 서로를 위한 게 아닐까? 이런 간단한 사실을 깨닫는 데 50년이나 걸렸지만."

앞으로 옆집 남자는 두 번 다시 불필요한 말을 하지 않을 것이다. 그리고 그의 아내에게도 영향을 미칠 것이고, 아내를 통해 이 동네 주부들에게도 전해질 것이다. 그러면 이모는 무신경한 위로의 말을 듣는 횟수가 줄어들어 스트레스나 분노에서 조금은 멀어질 수 있을 것이다.

마미코도 그런 모임에 들어가면 좋지 않을까. 슬픔을 공유할 수 있는 동료를 얻으면 조금은 긍정적인 생각을 하게 될지도 모른다. 집에 가면 어떤 모임인지 얼른 인터넷으로 조사해봐야겠다.

아이를 잃은 원인은 다양하다. 교통사고, 병, 자살, 살인…….

사망 원인이 같으면 좀 더 동료 의식이 싹터서 고독감을 달랠 수 있지 않을까. 그러나 교통사고라고 다 한 묶음으로 치는 것은 폭력적인 방법이다. 예를 들어 자기가 음주 운전하다가 전봇대에 충돌해 죽는 것과 트럭에 치여 죽는 것은 부모가 느끼는 감정도 다르지 않을까. 마미코의 아들처럼 죽은 아이를 둔 부모의 모임은 없을까. 명백히 운전사에게 죄가 있는데 원망하고 싶어도 그 운전사가 죽어 버렸고…… 가능하면 죽은 것은 남자아이이고 될 수 있으면 중학생 정도로…… 아니지, 이렇게까지 세분화한 모임은 없을 것이다. 아, 그러고 보니 그 사고로 마미코의 아들 말고도 중학생 남자애가 둘 더 죽었다고 하지 않았나? 다른 학생들의 엄마는 지금 어디에서 어떻게 살고 있을까.

고향에서 정월을 보내고 도쿄로 돌아온 도마리는 국회도서관으로 가서 당시 신문을 검색했다.

*일 오전 8시를 지난 시각, 가이세이중학교(도쿄 도 지요다 구) 2학년생 소년 세 사람을 대형 트럭이 차례차례 치었다. 세 사람은 병원으로 이송된 후 사망이 확인되었다. 사망자는 이케다 유스케(13), 다케다 유키(14), 모리무라 다로(13). 운전사 사사다

요지 용의자(42)는 그대로 전방 전봇대에 격돌해 즉사했다.

다른 두 아이의 엄마와 연락할 방법이 없을까. 기사를 복사해서 도서관을 나와 그 길로 가이세이중학교로 갔다. 개인정보보호법 때문에 쫓겨날 가능성이 컸지만, 안 되더라도 일단 부탁해볼 생각이었다.

응접실에서 기다리자 서른 전후로 보이는 훤칠한 남성이 왔다.

"노무라입니다. 저는 당시 세상을 떠난 세 명의 담임이었습니다."

설마 그때 담임을 만날 줄 몰랐다. 사립 중학교는 교사 전근이 없어서 이럴 때 도움이 된다. 사고 당시, 그는 대학을 졸업하고 교사가 된 지 겨우 3년이 지난 참이었다고 했다. 명함을 교환하는데 교장도 들어와서 인사를 나눴다.

도마리는 마음을 잡지 못하고 사는 마미코의 현재 상황을 털어놓았다. 젊은 담임은 때때로 눈물을 흘렸고, 교장은 고개를 끄덕이며 열심히 귀를 기울였다.

"그 사고는 반이 바뀌고 얼마 지나지 않은 시기에 벌어졌습니다. 봄에 있는 보호자 모임도 열리기 전이었으니까 학부모님들도 서로 모르는 사이일 거예요. 사고 후에 학교에서 모임을 열었어야 했는데, 이쪽도 여러모로 혼란스러운 상황이어서……."

"다케다 씨와 모리무라 씨의 연락처를 가르쳐주실 수 있을까요?"

"아시다시피 개인정보 보호법으로 다른 가족분의 연락처를 알려드릴 수는 없습니다. 하지만 그런 취지라면 저희가 학부모님께 연락을 해보겠습니다. 그리고 오바 씨에게 연락을 할지 말지는 학부모님들의 의향에 맡기면 어떨까요?"

"그렇게 해주시는 것만으로 충분합니다. 감사합니다."

도마리는 가방에서 편지를 두 통 꺼냈다. 유족 앞으로 쓴 편지였다.

"이걸 전해주시겠어요?"

"알겠습니다."

교장은 편지를 소중하게 받아들었다.

그로부터 며칠 후, 양쪽 모친에게서 연락이 와서 마미코와 도마리를 포함해 네 명이 함께 만나기로 했다. 도마리가 약속 장소인 호텔 라운지에 도착하자, 아직 20분이나 남았는데 마미코가 벌써 와 있었다.

"오늘은 고맙습니다."

마미코가 일어나 예의 바르게 인사했다. 집에서 보는 마미코와 달랐다. 마흔 중반일 텐데 베이지색 원피스가 청초한 인상을 주었고 날씬한 몸매가 아름다웠다. 객실 승무원이었다는 것을 처음으로 실감했다.

"그 이후로 어떠세요? 정리는 진행됐나요?"

"……아니요, 전혀."

"그렇군요."

마미코와는 싸우고 헤어진 뒤에 처음 만나서 어색했다.

그때, 한 여자가 이쪽으로 걸어오는 것이 보였다. 라운지에
는 사람이 많았는데, 도마리의 얼굴을 텔레비전에서 본 적이
있는지 망설이지 않고 다가왔다. 그런데 마미코와 같은 세대로
여겨지지 않을 정도로 나이를 먹은 여성이었다.

"처음 뵙겠습니다. 모리무라 다로의 엄마, 사요코입니다."

도마리와 마미코가 일어나는데, 사요코의 뒤에서 갈색머리
의 젊은 여자가 다가왔다. 미니스커트를 입고 웨스턴 부츠를
신은 모습으로 보아 한때 좀 놀아 본 분위기가 풍겼다.

"다케다 유키의 엄마 다케다 미카입니다."

인사인지, 미카는 턱을 살짝 앞으로 내밀었다.

넷이 테이블에 둘러앉아 음료를 주문했다.

"저는 고령 출산이어서 벌써 쉰다섯이에요. 도마리 씨보다
한 살 위죠."

사요코가 모두 마음속으로 품었을 질문에 대답하듯이 먼저
말했다. 사이타마 현 오미야에 살고 있다고 한다.

"다케다 씨는 아주 젊네요."

사요코가 미카를 보며 말했다.

"유키를 열아홉 때 낳았으니까 아직 간신히 30대."

말투가 허물없었다. 아들을 가이세이중학교에 입학시킬 만

큼 엘리트 가정의 엄마로는 보이지 않았다.

"우리 남편은 나보다 열다섯 살이나 많은 치과 의사예요. 충치 치료를 하러 갔는데 나한테 한번 만나자고 하지 뭐야."

미카 역시 모두의 의문에 대답하듯이 설명했다.

"남편 부모님이 워낙 교육열에 넘쳐서 둘째도 가이세이중학교 시험을 치렀는데 떨어지고 지금은 공립에 다녀요. 죽은 유키는 머리도 좋았고 스포츠 만능이었어. 그래서 시부모님한테는 자랑스러운 손자였어요. 그런데 둘째는 나를 닮았는지 공부도 스포츠도 그냥 그래요. 그래도 괜찮아. 살아있기만 해도 충분하니까."

첫 대면인데도 숨김없이 털어놓는 미카 덕분에 긴장했던 분위기가 사라졌다.

"나는 그 사고가 나고 1년 후에 이혼했어요."

사요코도 편한 말투로 털어놓았다.

"다로가 죽었다고 도저히 인정할 수 없었죠. 오랫동안 불임 치료를 받은 끝에 간신히 낳은 아이였으니까. 그래서 이혼은 하고 싶지 않았어요. 다로와의 추억을 공유할 수 있는 사람이 남편뿐이었는 걸."

"그럼 왜 이혼했어요?"

미카는 어머니뻘인 사요코에게도 친구를 대하듯이 구김살 없는 말투로 물었다.

"시어머니가 헤어지게 한 거나 마찬가지. 후계자가 어떻게

든 필요했나 봐. 남편은 이혼하고 한 달 후에 시어머니의 끈질긴 권유로 젊은 여자랑 재혼했어. 지금은 아이도 둘 있다고 해. 나는 전업주부였으니까 직장도 없고, 혼자서는 살 수 없으니까 친정으로 돌아갔어. 작년에 아버지가 돌아가시고 지금은 어머니와 둘이 살고. 파트타임으로 버는 수입과 어머니 연금으로 간신히 살고 있어. 이케다 씨는 아이가 더 있나요?"

"네, 그게."

마미코는 기어 들어가는 목소리로 대답했다.

"딸이 둘이요."

"어머, 부러워라."

사요코의 말에 마미코는 시선을 내리깔았다.

"정리 전문가이신 도마리 씨 앞에서 이런 이야기를 하기는 좀 그런데."

그러면서 미카는 친근한 눈빛으로 이쪽을 보았다.

"나요, 유키가 떠난 뒤로 청소 같은 거, 안 해도 된다고 생각하게 됐어요. 그렇게 일찍 죽을 줄 알았다면 집안일에 시간을 낭비하지 말고 계속 유키와 얘기할 걸 그랬어."

"나는 그 사고 후에 다른 가족들이 평범하게 사는 걸 용납할 수 없었어. 왜 우리 애만 죽어야 하는지 억울해서……."

사요코의 말에 울음이 섞였다.

"알아요. 다른 집 얘기를 들어 보면 애가 요즘 근시가 되어서 안경을 써야 한다느니, 성적이 떨어졌다느니, 야구부 선발로 뽑히지 못했다느니, 그런 게 어마어마한 사건이잖아요. 아이가 죽지 않은 집은 똑같은 생활을 계속하는데 우리는 유키가 죽었으니까 예전 생활로 돌아갈 수 없어요. 표면상은 똑같아 보여도 속은 전혀 달라."

"아무리 시간이 흘러도 안 돼."

"응, 전혀 안 되죠."

사요코와 미카의 대화가 이어졌다. 마미코는 차분한 목소리로 "그렇죠" 혹은 "맞아요" 하고 맞장구를 치면서 커피를 홀짝였다.

"남들이 아이 몫까지 열심히 살라고 할 때마다 후려치고 싶어."

미카가 말했다.

"나는 나한테 암시를 걸곤 해. 다로가 살지 못한 시간을 내가 지금 대신 살고 있다고. 그랬더니 밝고 건강하게 살아야 한다는 생각이 들었어. 그렇다고 정말 밝아진 건 아니지만."

"제 마음속엔 유키가 있어요. 그러니까 나랑 일심동체로 살고 있어. 유키는 매년 나이를 먹어서 지금은 열아홉 살이에요. 그리고 내가 마음대로 상상한 건데, 데이토대학 의학부에 다니고 있어요."

"데이토대학? 그것도 의학부? 아주 포부가 대단한데?"

사요코가 웃자 마미코도 살포시 웃음을 지었다.

"그래도 가이세이중학교에 다녔으니까 가능성은 있잖아요?"

미카가 입을 삐죽였다.

"그래도……."

그러더니 말끝을 흐렸다.

"사실은 살아있어 주기만 하면 고등학교 중퇴에 아르바이트를 하면서 살아도 좋아요."

"응, 정말……."

사요코가 동의했다.

미카는 꿀꺽 침을 삼켰다. 이를 악물고 눈물을 참는 것 같았다.

분위기가 슬프게 가라앉았다.

"이케다 씨는 어때요?"

사요코가 마미코에게 말을 걸었다.

"네…… 유스케는 제 안에서 나이를 먹지 않고 열세 살이에요."

"우리 다로도 중학생이야. 사람마다 다르구나. 그건 그렇고 오늘은 아들 이야기를 당당하게 할 수 있어서 정말 기뻐. 이런 거 처음이야."

"저도요. 지금까지 유스케 이야기를 다른 사람 앞에서 할 수 없었어요."

드디어 마미코도 나서서 말하기 시작했다.

"주변 사람들은 나를 배려해서 유스케 이야기를 터부처럼 생각하는 것 같아요. 하지만 저는 유스케를 한시라도 잊을 수 없으니까 자연스럽게 그 애 이야기가 나와요."

"맞아. 아이를 떠올릴 이야기를 하면 상처가 다시 벌어진다고 생각하는 것 같아. 하지만 상처는 치유되지 않았으니까 벌어지고 말 것도 없는데."

사요코가 대답했다.

"그래도 유키가 내 마음속에서만 살아 있다니 너무 쓸쓸하잖아요. 그래서 남편이랑 둘째한테 유키 이야기를 자주 들려줘요. 그랬더니 두 사람 마음속에서도 유키가 살아있는 것 같아서, 나 조금은 편해졌이요."

미카가 말했다.

옛날 사람은 어땠을까? 도마리는 문득 생각에 잠겼다. 예전에는 영양 상태도 위생 상태도 좋지 않고 약도 없어서 아이가 많이 죽는 시대였다. 그렇게 예전 이야기도 아니다. 사람들은 그 슬픔을 어떻게 극복했을까. 지금은 평균 수명이 길어져서 장수가 당연하게 여겨진다. 의학도 발달해서 병도 치료할 수 있다. 그런 현대에 사는 우리는 예전보다 상실을 어떻게 대처해야 하는지 모르는 것 아닐까.

선인들의 가르침을 받고 싶다는 마음이 들었으나, 한편으로 시대 불문하고 아이의 죽음을 극복할 수 있는 사람은 없으리라는 생각도 들었다. 그저 예전에는 아이가 많이 죽었으니까 여러 사람이 상실감을 공유할 수 있었던 것 아닐까? 나만 괴로운 것이 아니라 다들 괴롭다는 생각이 위로가 되지 않았을까?

"유키가 죽은 다음 해에 남편이 치과병원을 개업했어요. 그때 살던 집을 팔고 조금 떨어진 지역으로 이사했죠. 아는 사람이 없는 곳에 가고 싶었어요. 길에서 만날 때마다 괜히 위로한

답시고 건네는 말을 듣는 걸 견딜 수 없었거든. 지금 동네 사람들은 유키가 죽은 걸 모르니까 편해요."

"과하게 신경을 쓰면 지치니까."

사요코가 차분히 말했다.

"저요, 오늘 여기 오려고 이 원피스를 샀어요."

마미코가 갑자기 화제를 바꿨다. 그리고 자기가 입은 베이지색 원피스 소매를 붙들고 보여주었다.

"그거 대박 고급 같아. 나도 갖고 싶어. 어디서 샀어요?"

미카의 솔직한 반응에 다들 웃음을 지어 분위기가 다시 편해졌다.

"긴자 올드로즈라는 부티크요. 그 가게에서 어머니 모임에 입고 간다고 했더니 아이가 몇인지 물었어요."

이번에는 분위기가 가라앉았다. 미카도 사요코도 숨을 죽이고 마미코의 입술을 바라보았다.

"셋이라고 대답했죠."

"그거 당연해. 나도 둘이라고 대답하는 걸요. 유키는 지금 없지만, 태어난 건 사실이잖아."

"맞아. 나도 아들이 하나 있다고 대답해요."

둘이 그렇게 대답하자 마미코가 기쁜 표정을 지었다.

"유스케가 떠나고 얼마 지나지 않아서, 남편 부모님의 제안으로 가족이 다 같이 식사하러 간 적이 있어요. 거기 요리사가 시아버지와 예전부터 아는 사이여서 주방에서 나와 요리를 설명해줬죠. 그때 손주가 몇 명인지 요리장이 물었어요. 다들 순간 당황했죠. 그랬더니 우리 남편이 허둥거리며 딸 둘이라고 대답했어요. 유스케를 계산에 넣지 않았죠. 그때부터 남편과 거리감이 생겼어요."

"남편분은 배려해서 그랬을 거예요. 아이가 셋이라고 대답하면 한 명은 왜 오늘 안 왔는지 물을지도 모르니까. 그러면 사고 이야기를 해야 하고, 요리사도 어쩔 줄 몰라서 허둥지둥하겠죠. 건드려선 안 되는 걸 건드렸구나 싶어서."

"그건…… 알고 있지만."

"이제 용서해주지 그래요?"

"……생각해 볼게요."

"뭐, 이렇게 말하지만 사실은 나도 남편한테 화가 났어요. 유키가 떠나고 한동안 나는 그 애가 자주 입던 점퍼를 늘 입고 있었어요. 그 점퍼에서 유키 냄새가 났단 말이에요. 그랬더니 남편이 꺼림칙하다느니 불길하다느니 그딴 소리를 하는 거야. 그래서 돌려차기를 먹여 줬죠."

"돌려차기?"

다 같이 웃었다.

"흥, 유키가 이 세상에 태어난 것도 사고로 죽은 것도, 비밀도 뭐도 아니잖아."

"그럼. 당당하게 슬퍼하면 돼. 점퍼 냄새쯤 맡아도 되잖아."

사요코가 말하고 마미코가 그렇다고 고개를 끄덕였다. 지금도 아들의 옷을 끌어안곤 하는 걸까?

"그래도 다들 대단해. 열심히 살고 있구나."

사요코가 한숨 섞어 말했다.

"이케다 씨는 긴자까지 원피스를 사러 나가잖아? 다케다 씨도 말은 이러쿵저러쿵해도 치과의사 남편이랑 잘 지내고 둘째도 열심히 키우고. 나는 다로가 죽은 후부터 모든 게 다 무의미해졌어. 예전에는 미용실도 자주 다녔고 네일 숍에서 손톱 관리도 받았어. 고령 출산이니까 아들을 위해서 조금이라도 젊어지려고 노력했거든. 취미로 패치워크 교실에 다니기도 했고. 그런데 다로가 죽고 나서는 전부 다 부질없어졌어요."

"나도 그래요. 긴자에 나간 거, 유스케가 떠난 이후로 처음이었어요. 집안일에도 손을 놔서 집이 엉망진창이고요. 시어머니께서 보다 못해 도마리 씨에게 정리를 부탁할 정도였죠."

"어머, 그렇구나?"

사요코가 놀랐다.

"그거 빨리 말해줘야죠. 이케다 씨는 도마리 씨한테 의뢰할 만큼 정리를 열심히 하는 주부라고 생각했단 말이야. 나도 친정엄마한테 귀가 아프도록 같은 소리를 들었어요. 미카, 너는 아이를 먼저 떠나보낸 아픈 시련 속에서 살고 있어. 그런 상황 속에서도 열심히 하면 천사가 된 유키가……."

미카가 말을 머뭇거렸다.

"유키가…… 유키가 분명 칭찬해줄 거라고 엄마가 말했어."

미카는 손수건에 얼굴을 묻고 소리 죽여 울었다. 그것을 시작으로 마미코도 사요코도 역시 손수건을 눈에 대고 훌쩍이기 시작했다. 주변 사람들이 일제히 이쪽을 보았다.

세 사람은 오랫동안 울었다. 아들이 죽고 5년간 계속 참았던 슬픔을 이 자리에서 전부 흘려보내는 것 같았다. 도마리도 울 것 같았지만 아이를 잃은 경험이 없는 자신이 울어선 안 된다고 생각하고 꾹 참았다.

한참 후, 사요코가 고개를 들고 코를 훔치며 도마리에게 물었다.

"객관적으로 보면요, 이 슬픔을 언젠가 극복할 수 있을까요?"

도마리는 아이를 잃은 경험은 없지만, 이모의 삶에서 많은 것을 배웠다. 조금이라도 도움이 됐으면 좋겠다.

"아마…… 평생 극복하지 못할 거예요."

그렇게 대답한 순간, 미카가 웃음을 터뜨렸다. 그것을 신호로 사요코가 눈물로 뺨을 흠뻑 적신 채 소리 내어 웃었고, 마미코도 새빨개진 코를 하고는 쿡쿡 웃었다. 주변 사람들이 또 일제히 이쪽을 보았다. 울고 웃고, 참 정신 나간 아줌마들이라고 생각할 것이다.

"평생 극복하지 못한다는 소리를 대놓고 하는 사람은 도마리 씨가 처음이에요."

사요코가 말했다.

"그러니까, 다들 머지않아 슬픔도 가실 거라고 무신경한 소리를 한다니까요. 나, 유키가 죽은 후부터 성격이 달라졌어요. 좀 멋있게 말하면, 다른 사람의 아픔을 이해하는 사람이 됐어요. 그 전까지는 다른 사람 따위 전혀 신경도 안 쓰고 살았는데."

마미코도 사요코도 고개를 끄덕였다.

"그래도 유키가 살아있어 준다면 남의 아픔 같은 거 모르는 인간이라도 좋아요."

"맞아."

사요코가 긍정했다.

"나요……."

미카는 다시 울 것 같은 얼굴이 되어 손수건을 꽉 쥐었다.

"나는, 유키를…… 만나고 싶어요. 유키를 만나고 싶어!"

괴로운 비명이었다. 다음 순간, 셋은 소리 내어 울었다. 주변 사람들이 또 일제히 쳐다보았지만 그런 것쯤 아무래도 좋았다. 이 사람들은 아이가 죽기 전과 죽은 후에 전혀 다른 사람이 되었을 것이다. 아이를 잃은 경험은 사람을 완전히 바꾸어 놓는다.

"주제넘은 말일지 모르지만."

울음을 그치기를 기다려 도마리가 제안했다.

"1년에 한 번쯤 세 분이 만나면 어떨까요? 그리고 아드님에게 편지를 쓰는 거예요."

"편지요?"

눈이 새빨갛게 부은 마미코가 의아한 듯이 물었다.

"그걸 셋이서 돌려 읽고 정월이 되면 돈도야키(새해, 집안의 평안을 기원하며 집에 장식한 가도마츠(장식 소나무)나 시메나와(금줄) 등을 모아서 태우는 행사. – 옮긴이)로 태우는 거죠. 그러면 재가 천국으로 올라가니까."

이것은 이모가 속한 모임에서 최근 시작한 행사였다.

"응, 해요. 도마리 씨, 정말 고마워요. 날 찾아서 말을 걸어줘서 기뻤어요. 조금은 편해졌어."

"나도요. 죽을 때까지 슬픔이 치유되지 않으리라고 각오할 수 있어서 좋았어요."

미카에 이어 사요코가 말했다.

"정말 오길 잘했어요. 도마리 씨 덕분이에요."

이번에는 마미코였다.

모임을 주최하길 잘했다. 마미코가 처음으로 속마음을 드러냈다. 동료를 얻어 조금은 긍정적인 기운이 생겼으면 좋겠다.

어느 날 밤, 마미코의 시어머니에게서 연락이 왔다.

"미안해요. 손자 얘기를 체크 시트에 안 써서."

"왜 쓰지 않으셨어요?"

"아무것도 모른 상태로 그 집에 가주길 바랐어요. 죽은 아들의 방만 깨끗하게 해놓는다는 사실을 알았을 때, 도마리 씨가 충격을 받은 표정을 며느리에게 보여주고 싶었거든요. 다른 사람이 보기에 그게 얼마나 이상한지, 도마리 씨의 표정으로 알려주고 싶었어요. 며느리는 원래 총명한 사람이니까 그러면 분명 깨닫는 게 있을 거라고 생각했지."

"정리 지도를 하지 못해서 죄송합니다."

"무슨 말씀을 하세요. 이런저런 조언을 해주셔서 감사할 따름이에요. 그리고 도마리 씨 덕분에 며느리도 달라졌어요. 부엌을 깨끗하게 정리했지 뭐예요. 그리고 밥을 짓고 저녁을 만들기 시작했어요."

"정말요?"

"도마리 씨가 해준 말이 시간이 지난 후에 차근차근 효과를 나타내는 것 아닐까요? 그런 일, 흔하잖아요. 정곡을 찌르는 말을 들으면 누구나 처음엔 반발하지만 나중에는 머릿속에서 자꾸 곱씹게 되니까."

진위는 모른다. 사람이 그렇게 금방 달라지진 않을 테니까.

하지만 시어머니는 좋은 사람인 것 같다. 자신을 배려해서 이렇게 연락을 해주었으니.

그 후, 바쁜 날이 이어져서 마미코를 떠올리지 않게 되었다.

여름도 끝 무렵에 가까운 어느 날, 새 의뢰인의 집이 마미코가 사는 관사 근처 역이어서 문득 생각이 난 참에 도마리는 사고 현장으로 가보았다. 사거리 전봇대에 꽃은 없었다. 어제가 월명일 아니었나? 발걸음을 돌리려는데, 대문이 화려한 집에서 전에 봤던 주부가 나왔다. 환하게 웃으며 도마리의 저서인

《당신의 정리를 도와드립니다》와 사인펜을 내밀었다.

"사인해주실 수 있으세요?"

"네, 물론이죠."

흔쾌히 받아들이고 마미코 소식을 아는지 물었다.

"그게 언제더라. 여자 셋이 전봇대에 서 있었어요. 그중에 이케다 씨가 있었죠. 오랫동안 합장하고 기도를 올렸어요."

정원 손질을 하며 셋을 지켜보았는데, 마미코가 말을 걸었다.

"꽃 공양은 이제 그만하기로 했어요. 지금까지 폐를 끼쳤습니다."

그렇게 말하고 고개 숙여 인사했다고 한다.

"저야 다행이지만, 왠지 안됐더라고요. 무슨 말로 위로해야 할지도 모르겠고."

주부가 조용히 말했다.

역으로 돌아가는 길에 나나미와 만났다.

"어, 나나미 양. 우연이네요."

사실은 우연이 아니었다. 하교할 시간을 가늠해서 기다리고 있었다.

"도넛이라도 먹고 갈래요?"

나나미는 이를 드러내며 웃고는 "미안해요, 아줌마"라고 말하면서 따라왔다. 지난번과 달리 뾰족뾰족한 느낌이 없었다. 머리도 까매졌고 속눈썹도 붙이지 않았다.

"그 이후로 어때요? 집은 깨끗해졌나요?"

"여름방학에 가족이 다 같이 쓰레기를 엄청 많이 버렸어. 그리고 방 배치도 바꿨어. 제일 넓은 오빠 방을 엄마랑 아빠가 쓰고 언니가 엄마 방으로 갔어. 나는 지금 방을 그대로 쓰는데 언니가 나갔으니까 넓어졌고."

"그래요, 잘됐네요. 그런데 오빠 짐은 어떻게 했어요?"

"엄마가 상자에 담아서 옷장 아래에 넣어뒀어. 아빠 침낭도 버렸어. 그리고 아빠는 여름에 휴가를 받아서 엄마랑 둘이 하와이에 다녀왔어. 그동안에 나랑 언니는 외할머니 집에 가서 매일 배불리 먹고 만화 삼매경에 빠졌지."

"공부는 어때요? 가정교사를 뒀나요?"

"아니. 가정교사는 안 두고 영어는 엄마한테 배우고 있어. 아빠가 수학. 엄마는 승무원이었으니까 발음도 정말 좋더라. 그런데 아빠는 데이토대학을 나왔으면서 중학교 3학년 수학 문제를 틀리지 뭐야. 진짜 한심해."

"사야카 양은 어때요?"

"여전히 이상해. 망상 세계에서 살고 있어. 이번 달은 초등학생이 된 기분이라고 하면서 엄마한테 찰싹 달라붙어서 응석을 부려. 같이 요리를 하고 빨래를 개면서. 진짜 못 봐주겠더라. 나이가 몇인데, 바보 같아. 고등학생이면 완전 아줌마면서."

그러더니 뺨이 홀쭉해질 정도로 힘차게 빨대로 셰이크를 마셨다.

"참, 엄마가 아줌마 만나고 싶댔어."

"어, 무슨 일일까?"

"역시 정리 방법을 가르쳐주면 좋겠대. 이제 와서 웃기지. 오빠랑 같이 사고를 당한 오빠들의 엄마들이랑 셋이서 자주 만나는데, 카페나 레스토랑에서 막 시끄럽게 울고 화를 낼 수 없대. 화를 낼 상대는 오빠들을 죽인 운전사 아저씨지, 뻔해. 그 운전사도 그 자리에서 죽었지만 분노가 가시질 않는 것 같아. 우리 집은 가이세이중학교랑 가깝잖아. 다른 아줌마들도 보호자모임으로 종종 와서 이 근처가 익숙한가 봐. 그러니까 우리 집에서 모이는 게 제일 좋을 거래, 엄마가. 사람들이 모이려면 집을 깨끗하게 해야 하잖아?"

"나나미 양, 엄마한테 전해줘요. 정리라면 오바 도마리에게 맡겨달라고."

"응, 알았어. 그럴게요."

이왕 이렇게 됐으니 구석구석 청소하고 싶어졌다. 도마리는 청소를 정말 좋아했다. 청소를 하면 즉각적으로 깨끗해지니까 기분이 덩달아 상쾌해졌다. 자기 집은 늘 깔끔하게 정리해두니까 시시했다.

마미코의 집이 깨끗해지는 광경을 상상하자 벌써부터 가슴이 뛰었다.

아아, 도마리 씨가 정말로 있다면 얼마나 좋을까

　이런 생각을 나만 하는 것은 아니리라. 솔직히 우리 모두 남이 정리를 해주길 바라지 않나? 우리의 복잡한 마음을, 단단하게 엉긴 감정을. 누군가가 살며시 풀어주길 원하지 않을까?

　이 책은 '정리 전문가'인 오바 도마리의 '사건 수첩'이다. 더러운 집, 이른바 '오베야'에 사는 서른 살 넘은 독신 회사원 여성. 부인을 먼저 떠나보내고 홀아비가 된 장인. 자산가인 독거노인. 딱 방 하나만 정리하는 주부. 4인 4색의 정리정돈하지 못하는 사연은 정도의 차이는 있겠지만 우리에게도 꼭 남의 이야기만은 아닐 것이다.

　대형 생명보험회사 광고부에서 일하는 하루카는 서른두 살에 독신이다. 혼자 살기에는 넓은 40제곱미터 1LDK에 살고 있다. 그런데 하루카의 집은 말도 안 되게 더러웠다. 도마리는 방문하자마자 벌레에 물려서 "하루카 씨, 여기 살면서 가렵지 않나요?"라고 물어볼 정도였다. 바닥에는 봉지부터 이불 건조기, 모피 코트까지, 온갖 잡다한 물건이 널려 있고 부엌에도 베란다에도 쓰레기 봉투의 산, 침실 침대에도 물건이 쌓였고, 매일 침대와 수납 박스 사이의 좁고 긴 틈에 이불을 펴놓는다. 혼자 사는 남자 대학생이라도 이 정도로 더럽지는 않겠다는 생각이 들 정도로, 그야말로 쓰레기더미의 집. 그것이 하루카의 집이었다.

도마리 씨는 '정리 전문가'이지만 도마리가 직접 정리하는 것은 아니다. 첫 방문을 마치면 다음 방문 때까지 끝내야 하는 '숙제'를 내는데, 이렇게 하라거나 저렇게 하라고 시시콜콜 정리 방법을 가르치진 않는다. 왜냐하면 도마리는 '쓰레기장 같은 집에서도 아무렇지 않게 있는 사람의 심리 상태'에 흥미가 있으니까. 그래서 딱 보기에도 칠칠치 못한 사람보다 '번듯한 회사에서 열심히 일하는 여성이나 엘리트 회사원의 아내인 편이 더 흥미진진하다'고 생각한다. '말끔한 외모와 크게 어긋나는 원인'을 찾는 것이 도마리 씨가 일에서 느끼는 묘미다.

그런 의미에서 하루카는 도마리 씨에게는 흥미로워서 좀이 쑤시는 대상이다. 대기업에 근무하고 수입도 많고 주거 수준도 괜찮다. 다른 사람이 보기에는 '승자'인데, 하루카는 왜 더러운 방에서 살고 있을까. 그리고 왜 스스로 더러운 방을 정리하려고 하지 않을까. 도마리 씨는 하루카의 냉장고 크기와 가구를 보고 곧 결혼할 예정인지 떠본다. 그러면 그렇지, 하루카는 사귀는 상대가 있고 결혼하기로 했다는데, 상대는 마흔한 살, 게다가 사귀기 시작한 지 5년이나 된다고 들은 도마리는 "오래됐군요……"라고 말하고 침묵한다. 서슴없이 '오래됐다'고 말하는 도마리 씨가 정말 좋다. 의뢰인이라도 하고 싶은 말이 있으면 똑바로 말한다. 환심을 사기 위한 말을 하지 않는다. 사귀는 상대가 있는데 집을 그렇게까지 지저분하게 하고 살 수 있을까. 독자의 의문은 책을 읽어가다 보면 서서히 해결된다. 게다가 하루카가 입사 동기인 광고부 동료 아야카에게 호구처럼 휘둘린다는 사실도 알게 된다. 그렇다, 하루카의 문제는 도마리 씨가 처음부터 꿰뚫어 보았듯이 '자기가 하고 싶은 말을 하지 못하고 참는 것'이었다. 집 안을 채운 어마어마한 물건들은 말하고 싶어도 하지 못하는 하루카의 스트레스가 반영된 것이다.

도마리 씨가 그런 문제를 곧바로 지적하지 않고 하루카 자신이 깨달을 수 있게, 답이 나올 때까지 끈질기게 이끌어 간다는 점이 대단하다. 처음 하루카를 만나 근처 카페에서 잠깐 이야기를 할 때, 도마리 씨는 그녀에게 제일 먼저 이렇게 묻는다.

"하루카 씨, 만약 내일이 인생에 마지막으로 쓰레기를 버리는 날이라면 어떻게 하겠어요?"

이 말이 '정리 전문가'로서 도마리 씨의 배경이며 도마리 씨 자신을 지탱해주는 신조가 아닐까. 그런 일은 현실적으로 없다고 말하는 하루카에게 도마리 씨는 말한다. 지금은 쓰레기 처리장이 전부 꽉 찼으니까 그런 날이 와도 이상하지 않다고. 이 말은 독자인 내게도 절실히 다가왔다. 우리 집은 더럽지 않다고 자신 있게 말하는 사람이라도 만약 내일이 쓰레기를 버릴 수 있는 마지막 날이라면 버리고 싶은 물건, 불필요한 물건이 쓰레기 봉투 하나둘쯤, 아니 서넛쯤은 나올 것이다. 도마리 씨의 말은 현실 운운이 아니라 각오의 문제다. 불필요한 것이 하나도 없다고 장담하는 삶을 당신은 살고 있나요? 그렇게 할 수 있나요? 불필요한 물건을 떠안는 삶을 당신은 좋다고 생각하나요? 이렇게 묻는 것이다. 도마리 씨의 지도로 하루카는 자기 자신을 되찾는다. 싫은 일에 제대로 'NO'라고 대답하는 자신이다. 변하는 것은 단순히 집뿐만이 아니었다. 사람 자체가 변했다. 이게 좋았다.

하루카 케이스 다음으로는 아내를 먼저 떠나보낸 목어 장인이 등장한다. 이번에는 먼저 떠난 아내가 집안일을 전부 담당해서 집안일 능력이 아예 없는 노인이다. 그다음으로는 자식들을 품에서 떠나보내고 혼자 호화로운 저택에 살면서, 올 일이 없는 '언젠가'를 위해 물건을 버리지 못하는 노인이다. 마지막은 사랑하는 아들을 교통사고로 잃고 집안일에서 손을 놓아버린 주부가 등장한다.

저자 가키야 미우의 설정이 절묘하다고 생각한 점은, 이 모든 케이스의 의뢰인이 당사자의 부모이거나(하루카) 딸이거나(목어 장인과 자산가 노인), 시어머니(집안일에서 손을 놓은 주부)로 본인이 아니라는 점이다. 즉, 당사자는 집에 대해 불편도 불만도 불안도 느끼지 않는다. 바로 이 점에서 당사자들의 복잡한 문제가 얼마나 뿌리 깊은지 알 수 있다.

도마리 씨는 당사자들을 일방적으로 부정하지 않고, 실력 좋은 마사지사가 뭉친 몸의 혈을 정확하게 찾아내는 것처럼 그들의 현재 상태에 어떤 모순이 있는지 하나하나 살펴 간다. 목어 장인의 경우, 그가 자기 일을 알아서 하면 등교 거부를 하는 아들을 떠안고 일과 가정을 양립하느라 허우적대는 딸의 부담이 줄어들 것이며, 지금 그가 딸의 짐이 된다는 사실을 차츰차츰 깨우쳐준다.

자산가 노인의 경우는 자기에게는 소중한 보물이라도 남겨질 자식들에게는 불필요하다는 것을 강조한다. 도마리 씨가 그녀에게 말하는 "여자도 쉰을 넘으면 죽음을 준비해야 해요"나

"노후에 안심하려면 물건이 아니라 돈을 남겨둬야 하지 않을까요? 예를 들어, 마음에 들지 않는 옷을 보관하는 것보다 옷을 사는 즐거움을 남겨두는 편이 좋다고 생각하지 않으세요?"라는 말에는 깜짝깜짝 놀라게 된다.

집안일에서 손을 놓은 주부의 경우, 도마리 씨가 직접 움직인다. 아들을 잃은 슬픔에 잠긴 주부에게는 힘도 의지도 남아 있지 않으니까. 그녀에게는 딸도 둘이나 있지만, 딸들의 모습은 그녀의 눈에 들어오지 않았다. 도마리 씨는 주부뿐만 아니라 그녀의 딸도 동시에 케어하는데, 그러기 위해서는 우선 주부의 슬픔을 어떻게든 달래야 한다. 도마리 씨가 그 상황에 어떻게 대처하는지는 독자 여러분이 책을 읽고 직접 느끼시기를. 붕괴 직전인 한 가정이 도마리 씨의 힘으로 아슬아슬하게 버티고 회복하는 모습을 보며 나도 모르게 안도의 한숨을 내쉬었다.

그렇다. 도마리 씨가 정리하는 것은 집이나 방으로 그치지 않는다. 그런 상태를 만든 사람의 마음을 정리하는 것이다. 왜 이렇게 됐는지 차분히 규명하고, 당사자에게 현상을 이해시키고, 어떻게 하면 그 상태에서 빠져나올 수 있을지 생각하도록 교묘하게 유도한다. 그리고 당사자들은 깨닫는다. 지금 자신이 처한 상황을 바로 자기 자신이 불러들였다는 사실을. 나약한 자신의 표출 – 'NO'라고 말하지 못하는 자신이거나 자기 일을 남에게 맡기는 대가이거나, 노후에도 혼자 살아갈 각오가 부족했던 것이나, 잃고 만 아들에 대한 집착이거나 – 이 그런 상황을 불러들였다는 사실을.

우리는 거울을 통해서만 자기 얼굴을 볼 수 있다. 마찬가지로 자신의 약함은 잘 보이지 않는다. 혹시 보이더라도 직시하지 못한다. 직시할 만큼 우리는 강하지 못하다. 그러니까, 도마리 씨가 실제로 지도해줬으면 좋겠다. 큰소리가 아니라 살며시 속삭이듯이. 나약함에 잠겨버린 상황에서 벗어날 수 있도록, 아주 조금만 등을 밀어줬으면 좋겠다. 도마리 씨가 실존 인물이 아니라 아쉽지만 괜찮다. 우리의 도마리 씨는 바로 이 책이니까.

저자 가키야 미우는 아직 우리나라 독자에게 생소한 작가다. 남편의 애인과 아내의 몸이 바뀌어 겪는 이야기를 그린 《남편의 그녀》(콤마)와 노후자금을 모으려고 고군분투하는 50대 주부의 이야기를 《노후자금이 없습니다》(들녘), 이렇게 두 권이 국내에 소개되었다. 2005년에 《회오리 소녀》로 소설추리신인상을 받으며 등단했으니 경력은 12년, 길다면 길지만 1959년 생인 점을 생각하면 비교적 늦은 나이에 작가 인생을 시작한 셈이다. 시스템엔지니어로 20년 가까이 일하다가 신인상을 받았다니, 이공계 머리도 뛰어난데 이렇게 글솜씨까지 뛰어나다니 부럽기도 하고 존경스럽기도 하다.

오바 도마리의 활약상을 그린 《당신의 마음을 정리해 드립니다》라는 이 책. 제목을 처음 봤을 때는 쉽게 이야기로 풀어 설명해주는 철학책처럼 정리법의 A to Z를 재미있고 간략하게 소개해주는 소설형 실용서라고 생각했다. 그런데 실제로 읽어보니 '정리법'을 일일이 지도해주는 책이 아니라 내면의 상처를 바라보고 치유하도록 가만히 등을 밀어주는 책이었다. 내 예상이 보기 좋게 빗나간 셈인데, 오히려 기분이 좋았다. 번역하는 내내 정말 즐거웠고 또 의뢰인들의 이야기에 가슴이 아팠다.

유부남에게 속아 넘어가 5년이나 기약 없는 결혼을 기다리며 불안감에 떠는 직장인. 생활 하나하나 살뜰하게 돌봐준 아내를 먼저 떠나보내 외로움에 시달리며 자신이 딸에게 짐이 된 줄도 몰랐던 목어 장인. 혼자 노후를 보내야 하는 쓸쓸함과 두려움을 외면하려던 노부인. 그리고 사랑하는 아들을 잃은 현실을 받아들이지 못하고 삶 자체를 놓아버린 엄마. 이 책에 등장하는 케이스는 절대 특이한 상황이 아니다. 우리 주변에 있을 법한 지극히 평범한 사람들이고, 어쩌면 미래의 나 자신이 그들 중 한 명일 수도 있다. 사람은 살다 보면 어떤 것에든 충격을 받는다. 그 충격은 마음 한구석에 깊은 흔적을 남긴다. 감수성은 제각각 다르므로 어떤 이에게는 모기 물린 정도의 아픔으로 끝나거나 다른 이에게는 칼에 찔린 치명상이 될 수도 있다. 그러나 어찌 되었건 우리는 그 상처와 내면의 연약함을 바라보고 또 인식하면서 살아가야 한다. 그런 삶의 자세를 조용히 들려주는 책이었다.

'오바 도마리 선생님, 제발 제 방에도 와주세요!'

책을 읽고 또 번역하는 내내 머릿속에서 이런 외침이 맴돌았다. 물론 이 책에 나오는 이른바 '오베야' 수준으로 오물이 가득 차 발 디딜 틈 없이 지저분한 방은 아니지만, 거실에서 방으로 들어오면 가끔 한숨이 나올 때가 있다. 책상 위에는 컵, 책, 자료, 필통 같은 필수품 이외에도 온갖 잡동사니를 죄다 올려놓아서 그야말로 가관이고, 허물 벗은 뱀처럼 몸만 쏙 빠져나온 침대는 베개와 이불, 인형들로 너저분하다. 그렇다고 이 책의 의뢰인들처럼 어떤 큰 사건을 겪어 정신적으로 궁지에 몰린 것은 아니다. 그저 의지 부족과 '귀차니즘', 그리고 시간에 쫓긴다는 핑계로 청소를 뒷전으로 미룬다. 우선순위에서 음, 한 99번째에 할 수 있으면 하고 아니면 안 해도 될 일이 된다. 그러다 보니 내 방은 점점 지저분해진다. 평소에는 심각성을 크게 못 느꼈는데, 그런 방에 앉아서 청소 전문가 오바 도마리의 말과 행동을 번역하고 있자니 묘한 죄책감이 들었다. 그래서 꼭 번역을 마무리하면 청소하겠다고 다짐했고, 실제로 조금은 깔끔해졌다. 이 책과 만남은 손가락 하나 까딱하기 귀찮은 내 마음까지도 움직인 인상적인 경험이었다.

참고로 이 책과 연관된 작품이 있다. 오바 도마리와 가사대행 회사를 함께 운영했다는 여동생 고마리가 '다이어트 전문가'로 나오는 《당신의 살을 빼드립니다》이다. 정리와 다이어트, 그리고 마음 정리. 요즘 사람들의 화두 중의 화두가 아닐까. 연관작도 우리나라에 소개된다면 좋겠지만, 우선은 이 작품의 주

인공 오바 도마리 선생님의 따뜻한 시선이 여러 사람을 위로해
주기를 바란다. 내 마음이 움직인 것처럼.

옮긴이 이소담

대학 졸업반 시절에 취미로 일본어 공부를 시작했고, 다른 나라 언어를 우리말로 바꾸는 일에 매력을 느껴 번역을 시작했다. 읽는 사람이 행복해지고 기쁨을 느끼는 책을 우리말로 아름답게 옮기는 것이 꿈이고 목표다. 현재 소통인(人)공감에이전시에서도 번역가로서 활동 중이다. 옮긴 책으로《양과 강철의 숲》,《아, 보람 따위 됐으니 야근수당이나 주세요》,《일러스트 철학사전》,《하루 100엔 보관가게》,《변두리 화과자점 구리마루당》,《그러니까, 이것이 사회학이군요》등이 있다.

당신의 마음을 정리해 드립니다

초판 1쇄 발행 | 2017년 8월 25일
초판 4쇄 발행 | 2020년 1월 9일

지은이 | 가키야 미우
옮긴이 | 이소담

펴낸이 | 임현석
펴낸곳 | 지금이책
주소 | 경기도 고양시 일산서구 킨텍스로 410
전화 | 070-8229-3755
팩스 | 0303-3130-3753
이메일 | now_book@naver.com
홈페이지 | jigeumichaek.com
등록 | 제2015-000174호

ISBN | 979-11-959937-7-2(03830)

이 도서의 국립중앙도서관 출판예정도서목록(CIP)은 서지정보유통지원시스템 홈페이지(http://seoji.nl.go.kr)와 국가자료공동목록시스템(http://www.nl.go.kr/kolisnet)에서 이용하실 수 있습니다. (CIP제어번호 : CIP2017018219)